JN224321

ガールズ・ルール

Rules for Being a Girl

キャンディス・ブシュネル
ケイティ・コトゥーニョ
三辺律子 訳

愛され女子でいるには

written by
Candace Bushnell
and Katie Cotugno

静山社

ガールズ・ルール

愛され女子でいるには

Balzer+Bray is an imprint of HarperCollins Publishers.

Rules for Being a Girl

Published by arrangement with HarperCollins Children's Books,
a division of HarperCollins Publishers,
through Japan UNI Agency, Inc., Tokyo

優しくて勇敢な友人、ジャニーン・ペプラーへ

――C・B

この本の執筆中に私の心の中にいつもいた

愛しいコレランへ

――K・C

1

「というわけで」三時間目の文学鑑賞の上級クラスの時間、ベケット先生は机のはしに軽く腰かけて、足首をクロスさせ、黒い瞳を輝かせながら言った。「以上が、ヘミングウェイとフィッツジェラルドが二十世紀でもっとも有名な文学上の友でありライバルになった経緯だ。フレネミーってやつだな。ま、正直、APテスト（アメリカの高校では成績によってクラスが選別される。APクラスに所属すると、APテストを受験することができ、大学受験などに有利）には役立たないだろうが。どういうわけか、APテストでは、百年前の出版業界のゴシップに関する知識は問われないからね。だが、ポケットに隠し持っとけば、パーティで友だちにすごいと思わせるのに使えるぞ」

ベケット先生はニッと笑って、立ちあがると、ダークブルーのチノパンのうしろポケットからさっとホワイトボードのマーカーを取り出した。「よし、じゃあ、宿題だ」

わたしたちはいっせいにうめき声をもらしたけど、ベックス（みんな、そう呼んでる）はまたブーブー文句を言ってるな、って感じで手を振って軽くあしらい、明日までに『武器よさらば』を最初から四十ページ読んでくるようにと言った。

「どんどん読めるから」ベックスはトランプを操るマジシャンみたいに手に持ったマーカーをくる

くるとまわした。「ヘミングウェイのすばらしいところは、もちろんいろいろあるから、それについては明日話すことにするが、難しい言葉を好まないというのもそのひとつだ」

「へえ、いいじゃん」グレイ・ケンダルがいきなり声をあげた。九月に転校してきたばかりのラクロス部で、わたしの二列後ろの席で長い脚を投げ出してすわってる。頬に一瞬、えくぼが見えかくれした。「おれと同じだ」

　そんなやりとりをしているうちにベルが鳴り、生徒たちはぞろぞろとドアへむかった。リノリウムの床に椅子の脚がこすれる音が響き、カフェテリアから本日のメニューのチキンサンドのにおいが漂ってくる。

「いける？」教室の前の席で足を止め、クロエにきく。クロエはいつもの赤いリップにはやりのバカでかいメガネをかけ、ゆるやかなウェイヴがかかったイエローブロンドの髪は肩にふわりとかかっている。制服のブラウスの襟で、小さなピンクのフラミンゴの形をしたピンブローチが光っていた。

「えっと」クロエはそう言って、わたしの肩越しにちらりと、ホワイトボードの字を消してるベックスを見た。グレーのカシミアのセーターの中で、きれいな肩の線が動いてる。

　見つめてるのがバレバレだったから、眉をクッとあげてみせると、クロエはお返しに顔をしかめた。

「いけるわよ」

「ふーん、それはよかった」わざとらしくうなずいて、リュックを肩にかける。二人で教室を出ようとしたとき、ベックスが顔をあげた。

「あ、マリン」ベックスは申し訳なさそうに首を振った。「今日もまた、本のことが完全に頭から飛んでた。もう信じてもらえないな。だけど、明日ぜったい持ってくるから」

「ああ、大丈夫です！」わたしはにっこり笑った。

この二週間、ベックスはジョナサン・フランゼンの『コレクションズ』を、わたしならぜったい気に入るから貸すってずっと言ってるんだけど、毎回持ってくるのを忘れてる。

「いつでも大丈夫です。それに、正直、趣味の本を読んでるよゆうがあるってわけじゃないし」

「わかってるわかってる」ベックスはいたずらっぽく顔をしかめた。「YouTube に投稿するので忙しいんだろ、開封動画とか、よくわからないがきみたちがおもしろがってるようなやつ」

わたしはエッと口を開けた。「そんなんじゃありません！」そう言いつつ、内心うれしくて体が火照るのがわかる。「AP文学の宿題で忙殺されてるっていうほうが、正しいです」

「わかったわかった」ベックスは言ったけど、顔は笑っていた。「ほら、もういけ。今日はぼくもカフェテリアの当番なんだ。あとでな」

「ラッキーですね」クロエがからかう。

「だろ」ベックスはニッと笑って、ホワイトボードの下にクリーナーをもどすと、チノパンのおしりで両手をふいた。「茶化してるつもりだろうが、残念だったな。ぼくがどれだけチキンサンドが好きか、わかってないだろ。ほら、いくぞ」

ブリッジウォーター高校のカフェテリアは、実際は、講堂兼体育館で、片方のはしにステージがあって、体育の時間のときは、テーブルは折りたたんで倉庫にしまっていた。クロエといっしょに入っていったときにはもう、わたしたちのテーブルには、ベックスのクラスの優等生たちとラクロス部の男子たちといういつものメンバーがすわっていた。一瞬、違和感のある組み合わせだけど、わたしがジェイコブと付き合いだしてから、ずっとこのメンバーですわってる。

「あ、きたか」ジェイコブはあいさつがわりにわたしの脇腹を軽くつねった。「調子はどう？」

「そうやってマリンが太ってないかチェックしてるとか？」ジェイコブの親友のジョーイがふざけた口調で言い、自分もやろうとするみたいにこっちに手をのばした。

パッとよけてジョーイに中指を立て、あきれた顔をする。「やめてよ、ジョーイ」それから、ジェイコブの肩をつついた。「ちょっと、なんとか言ってやってよ」

「ほら、姫も言ってるだろ」ジェイコブは言ったけど、そんなんじゃ、効き目はほとんどない。でも、それからわたしを引き寄せて膝にのせ、頬にキスしたので、ま、いいかって気になる。ジェイコブとは春のアメリカ史のＡＰクラスでいっしょになって以来、付き合ってる。たまたまとなりにすわったときに、シャー先生が期末の研究レポートのパートナーを決めた。こっちが主導権を握るような相手だといいな、とわたしは思った。それで、Aを取りたい。グループ研究の場合、それがわたしの基本戦略だ。でも、意外にも、南北戦争につながった社会改革についての〈資料活用の小論文〉で、どの一次資料が必要かってことに関して、ジェイコブはちゃんと意見を持っていた。わたしとジェイコブはまるまる二週間さんざん話しあって、グループ研究の進め方を決めた。そんなだったから、Aを取ったとき、ジェイコブは授業中なのにわたしを抱きあげてくるくるまわした。

自分の席にすわって、リュックからターキーのサンドイッチを出す。ディーン・シェパードがきて、クロエのとなりにすわったので、軽くうなずいてあいさつした。ディーンはクロエと今年のホームカミング（年に一度行われる旧教職員と卒業生を招待して行う行事）のパーティにいっしょにいって以来、クロエと付き合いたいって思ってるのを隠さなくなってる。

「金曜日のエミリー・セラトんちのやつ、いく？」ディーンはきいて、ドクターペッパーのキャップをねじって開けると、最初のひと口をクロエにさしだした。

クロエは肩をすくめ、みかんの皮をスーッと長くきれいにむいた。「どうしようかなと思ってるんだけど」気がなさそうに言う。「そっちは？」

ディーンの答えは聞きそびれた。ついでに、そのあとジョーイがエミリーとダンスチームの子たちがめちゃイケてるってことを一人でまくしたてたのも、聞かずにすんだ。っていうのも、カフェテリアのむこう側のステージにベックスが寄りかかっているのに気づいたからだ。となりにいるのは、生物のクレイン先生。九月から入ってきた新任の先生だ。まあまあ若くて、二十代後半くらい、カールした黒い髪(かみ)にメガネをかけ、服はほとんどぜんぶバナナ・リパブリックのシャツワンピースにベルトって感じだ。厚底のブーツをはいた足をクロスさせて、カップの高級ヨーグルトを食べている。ベックスは先生の話に笑い声をあげていた。

　クロエがみかんの皮をこっちに飛ばした。「ボケっとしてるのはどっちよ」クロエは、ベックスのほうに頭をかたむけてみせた。

「してないし！」ジェイコブに聞こえないようにささやき声で言い返す。

「そうかなあ、ほら、よだれ、ふいたら？」クロエが笑った。

　わたしは大げさにため息をついた。「しょうがないでしょ。わたしがチノパンはいた男に弱いのは知ってるじゃん」またちらっとベックスとクレイン先生のほうを見る。「あの二人、なにかあると思う？」クロエとわたしが、ベックスの恋愛(れんあい)事情にこれっぽっちも関心がないっていったらうそになる。

「え？」クロエはすぐさま首を横に振(ふ)った。「ありえない」

「どうしてよ？　クレイン先生はかわいいじゃない」

「うーん、まあね」クロエは納得(なっとく)してない顔をした。「ローカル局のニュースキャスターっぽい感じ？」

「おれだったらヤリたい」ジョーイがご参考までにって感じで口をはさむ。

「だれもあんたにはきいてないから」わたしは言ってから、またクロエのほうをむいた。「仮に、仮にだよ、毎回、採点で夜遅くなって、職員室でいい感じで目が合って――」

「やめてよ」クロエはみかんの房を口に放りこんだ。「それって、自分がそうしたいっていう妄想でしょ？　ジャーナリストになりたいっていう夢、考え直したほうがよくない？　恋愛小説のほうが天職かもよ」

「これこそ、ジャーナリズムじゃん！」わたしは笑いながら言った。「まじめな調査報道よ。アメリカ一の国の宝、すなわちわれらが教師たちのだれも知らない恋愛事情」

クロエは鼻で笑った。「勝手にやってれば」そして、みかんの入っていた紙袋に皮を入れた。「わたしはいかなきゃ。放課後、歯医者の予約があるから、早めに帰るね。ミーティング、わたしがいなくても大丈夫だよね？」

クロエとわたしは今年、校内新聞の〈ビーコン〉で共同編集者をしてるから、基本、空いてる時間はぜんぶベックスやほかの部員とみんなで部室に溜まってた。動作ののろいパソコンの前で背中をまるめてるか、ぼろぼろのたわんだソファでだらだらしてる。

「うん、大丈夫。今夜、メッセージ入れる」バイバイと手を振って、ジェイコブのほうにむきなおる。ジェイコブはすでに二つ目のチキンサンドを食べ終わっていた。「ジェイコブはエミリー・セラトのパーティにいきたい？」

「うん」ジェイコブは肩をすくめ、オレオクッキーの袋を開けた。「え、どうして？　いくでしょ？」

「どうかな」わたしはポップコーンをかじった。「このあいだ、わたしが言ってた映画にいくのもいいかもって思ってたの。屋敷を受け継いだ姉妹の話」

「歴史物？」ジェイコブは顔をしかめた。「そういうのは、クロエかマリンのママと見にいけば？」

わたしは眉を思いきりつりあげた。「それってつまり、そんな映画をじっと最後まで見るくらいなら死んだほうがマシって意味？」

「そうは言ってないよ」ジェイコブは、機嫌を取ろうとするようにクッキーをひとつさしだした。「マリンがいきたいなら、もちろんいくよ」

「はいはい」ジェイコブが本気で言ってるのはわかってた。彼はそういうところ、付き合いがいい。でも、彼が、女子っぽくて退屈だって思いそうなものに無理やり引っぱっていってもしょうがない。

「じゃ、許してあげる。パーティも楽しそうだし」

ジェイコブはうなずくと、わたしの肩越しにベックスのほうへあごをしゃくった。ベックスは、結婚式の花婿みたいにカフェテリアをまわって、ディベート部のオタクからアメフト部のめちゃいかつい男子までみんなを気楽に笑わせてる。「ほら、マリンのお気に入りがくるよ。クレイン先生とヤッてるか、きこうか？」

「やめてよ！」わたしはポップコーンをジェイコブのほうに投げた。「サイテー。そもそもわたし、そんなこと言ってないから」そう言いつつ、ジェイコブがクレイン先生と付き合ってるのかってストレートにきいたら、ベックスが本当のことを言う可能性は大かもと思った。これも、ベックスのいいところのひとつ。ベックスは、一部の先生たちみたいに、学校以外の私生活についてバカみたいに秘密主義をつらぬこうとしたりしない。あくまで自然体って感じ。このあいだも、寝坊して、学校にくるときにスピード違反の切符を切られた話をしてくれた。前の日に、短編集を出版した友だちのパーティで遅くまでボストンにいたらしい。写真撮影の日に、自分のときの卒業アルバムを持ってきて、プカシェルのネックレスにスパイキーヘアっていう、いかにもゼロ年代って感じの自分の写真で笑わせてくれたりもする。

そう言ってるあいだに、わたしたちのテーブルにもきて、ディーンとジョークを言い合い、ジェイコブに昨日のラクロスのゲームのプレイについて質問した。厳密に言えば今はラクロスのシーズンじゃないけど、ブリッジウォーター校のラクロスチームは強豪だから、他校の校内リーグでプレイする特別許可が出ていて、しかも試合にスクールバスを使うことができる。だれもが、ラクロス部員は特別だって思ってる。わたしもそうかも。でも、正直、本人たちがそれをわかってるのが鼻につく。

「もうチキンサンドは食べました？」わたしはベックスにきいた。

ベックスは大まじめな顔でうなずいてみせた。「もちろん」そして、わたしの頭越しに手をのばして、ポップコーンの袋を取ると、ひとつかみ口に入れた。

「ちょっと！」わたしは文句を言ったけど、本当に嫌なわけじゃない。

ベックスは軽く肩をすくめ、ニッと笑った。「ま、学校税だな。文句があるなら、下院議員のところにでも陳情にいけ」

取り返そうとするけど、ベックスはふざけて袋を高くかかげ、わたしが必死で取ろうとするようすを見て笑った。と、そのとき、カフェテリアのむこう側のステージの上からディオガルディ校長がコホンと咳払いをしたのが聞こえた。

「みなさん」校長はアニメに出てくるボディビルダーみたいに両手のこぶしを腰に当てて言った。

ディオガルディ校長は管理職になるまえは体育教師だったから、今もそれっぽい感じで、前腕はがっしりと太く、えんじ色のボタンダウンシャツに包まれた上半身は逆三角形で、いつも首にホイッスルをさげている。朝礼とかスポーツ大会のまえの激励会とかで生徒たちが騒々しくなったときに鳴らすんだけど、それ以外にも、考え事をしてるときに無意識にくわえるくせがあって、赤ん坊のおしゃぶりみたい。去年のハロウィーンのときは、ラクロス部の部員全員が校長の仮装をしてた。

「ちょっといいかな。きみたちの大好きな話題だ。わたしの好きな話でもある——制服の服装規定についてだ！」

「あーあ、うそだろ」ベックスがぼそっと言った。わたしにしか聞こえないくらいの小声だったけど、それからわたしの肩を制服のセーター越しに軽くぎゅっとつかんでから、体を起こし、ステージのほうへもどっていった。「さあ、拝聴しますか」

わたしはびっくりしてベックスの後ろ姿を見つめた。教師がこんな素の反応を見せるのはめずらしい。いくらベックスみたいにくだけた先生だとしても。でも、たしかにディオガルディは服装規定については異常に厳しいことで有名だった。わたし自身は、制服はそんなに嫌いじゃない。毎日、どんな服を着ていこうか悩まなくてすむのには、いい点もある。でも、このところ、ディオガルディはやたら気合が入ってて、スカート丈からメイクからイヤリングの大きさまで、毎週のようにルールが付け加えられてるような気がする。当然、男子にはそういうルールは適用されない。

ちらっとジェイコブのほうを見ると、まだテーブルの下でインスタを見ていて、関心ゼロって感じだ。

「さあ、拝聴しますか」わたしも同じセリフを言うと、長い説教を聞く態勢を整えた。

放課後、新聞部の年季の入ったソファにすわって微積分の問題を解いていると、開いたドアの前でベックスが足を止めた。もう五時過ぎで、ミーティングは二時間まえに終わっていたけれど、ママがまだ迎えにこないので足止めを食っていた。「マリンじゃないか」ベックスはホワイトボードの上の時計をちらりと見た。「迎えはくるのか？」

「あ、はい」わたしは答えた。ベックスはなめらかなレザーのジャケットを着ていた。黒いカールした毛が襟元にかかってる。ベックスがモデルをして大学院の学費を稼いだっていううわさがあるけど（去年、上級生がネットで写真を見つけたってことだったけど、クロエとわたしは見つけられなかった）、今なら信じられそう。「もう少ししたら、母がくるはずなんです。もちろんわたしも免許は持ってますけど、車が一台しかないし。妹のチェスとかあって」わたしは肩をすくめた。

ベックスは眉をあげた。「チェス？」

「妹はマサチューセッツ州のチェスチャンピオンなんです」少し気恥ずかしく思いながら説明した。「ブルックリンの偏屈なおじいさんに習ってて。ふだんは父が迎えにきてくれるんですけど、今日は会議があって、クロエも歯医者の予約があったから――」そこまで言って、ハッと口を閉じた。どうして日々の送迎がどうなってるかなんていちいち細かい話をしてるんだろう。退屈に決まってる。「とにかく、大丈夫です」

ベックスはただにっこりして、ざっくり駐車場の方向へあごをしゃくった。「ほら、送っていくよ」

「え」とっさに首を振って、制服のセーターのチクチクするブルーの袖口を、手が隠れるくらい引っぱりおろした。「いいです、大丈夫ですから。送ってもらうなんて、そんな」

ベックスは肩をすくめ、気楽な調子で言った。「本当に送っていくって。思ってなきゃ、言わないよ。このままだと、すぐに学校にはきみとライルさんだけってことになるぞ」

ライルさんというのは用務員さんで、身長が二メートル以上、肩幅も同じくらいある。みんな、陰で「ホーダー（ゲーム・オブ・スローンズの登場人物。スターク家に仕える巨漢（きょかん）の従者）」って呼んでた。

「ほら、荷物を持って」

ちらっと窓の外を見ると、松の木立のむこうの夕空が紫がかったブルーに染まりはじめていた。わたしはベックスのほうにむきなおり、こみあげる興奮を飲みこむと、リュックに手をのばした。

「じゃあ、お願いします。ありがとうございます」

送ってもらえることになったとママにメッセージを送り、ベックスのあとについてだれもいない廊下を教員用の駐車場にむかって歩きながら、うちの場所を説明した。ベックスの車は年季の入ったジープだった。バンパーにはがれかかったバーニー・サンダースのステッカーが貼ってある。車の中は、コーヒーっぽいにおいがした。後部座席には、ジム用のカバンが投げ出してある。エンジンをかけると、インディーっぽいフォークの悲しげなギターの音が車内に響きわたった。ボン・イヴェールかなって思ったけど、単にそれくらいしかこういう曲をつくるアーティストを知らないから。

「いかにもって感じだろ」ベックスはカーステレオのほうにうなずいてみせ、車を駐車場から出した。「あと、山男っぽいひげがあれば、完成かな」

「いいえ、そんなことないです」わたしはにっこり笑った。「わたしも、ザアザア降りの雨の中、外に立って泣く、みたいのフツーに好きですから」

ベックスは声を出して笑った。「それ、まえの彼女がよく言ってたよ。哀れな男用のクズ音楽、って」

わたしも笑った。「まえの彼女」っていう言葉に、軽く電気ショックを感じてたけど。どんな人だったんだろう。きれいだったのかな。でも、いちばん気になるのは、別れた理由かも。

ベックスはいつも教師にしてはふしぎなほど話しやすかったし、今も、うちのほうまで走っているあいだずっと、話は途切れなかった。ディオガルディ校長が服装規定にうるさいって話はもちろん、ベックスがこのあいだいったっていうボストンのライブの話とか、ハーバードの書店でやってる作家の朗読会の話とか。一度いってみるといいよ、とベックスは言った。

「きみとジェイコブ・ライマーは、そういう?」ベックスは言って、音楽のボリュームを下げた。

ちょうどＶＦＷ大通りを走って、ストップ＆ショップ（スーパーマーケットチェーン）とペットスマート（ペット用品店）を通り過ぎたところだった。「いいやつみたいだよな」

「えっ！」だれがそんなことを話したんだろう。そう思ったのが、顔に出たにちがいない。ベックスは目を見開いて、口を大きく開け、わたしの表情を大げさにまねしてみせた。

「ぼくにも知ってることはあるさ」ベックスはにんまりと笑った。「きみたちは、教師なんて生き物は、目も耳も悪い恐竜(きょうりゅう)みたいなもんだと思ってるからな。なんにも知らずにのそのそ歩きまわってるだけだって」

「え、そんなこと思ってません！」わたしは言った。

ベックスは片方の口角だけクイッとあげた。「はいはい、わかってるよ」

「本当です」わたしは言い張ってから、クスッと笑ってしまった。「でも、まあそうですね。ジェイコブはすごくいい人です」

「それはよかった」ベックスは肩越(かたご)しにうしろを見てから、長い指をハンドルの下に軽く引っかけるようにして、左折レーンに入った。「高校生なんてもんは基本、郵便ポストが口を開けたまま歩きまわってるようなものだからな。最高の相手まで待つのがいいと思うよ」

まんざらでもなくて、ふだん経験しないような火照(ほて)りで胸まで赤くなり、チリチリする。マフラーをしていてよかった。「ありがとうございます」リュックの外側のポケットのすべりの悪いファスナーをぐいぐい引っぱって、しめようとしながら言う。

ベックスは肩をすくめた。「ほんとのことだからね」

わたしはうなずいた。「あ、あそこがうちです」わたしは両親のささやかなコロニアル風の家のほうを示した。「送ってくださって、本当にありがとうございました」

「ああ、気にしないで」

「じゃあ、明日」わたしはドアのロックを開けた。

「あ、マリン」降りようとしたわたしの腕に、ベックスが手をかけた。背骨を興奮が駆けおり、体じゅうの骨がうれしくてガチャガチャ鳴るような気がする。「一応念のためだけど、学校の人間には今日、ぼくが送ったことは言わないほうがいいかもしれないな」

「えっ」ちょっと驚いたけど、わたしは「わかりました」と返事をした。

「まえの学校では、状況がちがったんだ。寄宿学校だったからね。年がら年中、生徒たちをあちこちへ送ってた。うちのマンションで生徒たちが食事をしていくことも、一週間に一度くらいあったかな。だけど、今の学校は……」ベックスの声が小さくなった。「ディオガルディ校長の運営方針は、ぜんぜんちがうからね」

「もちろんです、わかります」ベックスがうちの学校にくるまえ、寄宿学校で教えていたなんて知らなかった。とたんに、ベックスがこれまで手料理でもてなした生徒全員に妙な嫉妬心を覚える。

「だれにも言いません」

「よろしくな」ベックスはちょっと照れたように笑った。「じゃ、おやすみ」

「おやすみなさい」わたしは助手席のドアをそっとしめ、バカっぽく手を振った。そして、ジープが見えなくなるまで、暗くなってきた十一月の芝生の上に立っていた。

エミリーのうちのパーティは、その二日後だった。ジェイコブが、十七歳の誕生日に両親に買ってもらったスバルで迎えにきて、途中でクロエの家に寄った。

「ねえ」わたしは、うしろの席でふわふわしたマフラーを外しているクロエのほうを振り返った。カーステレオから大昔のホイットニー・ヒューストンの甘い歌声が流れている。車の中はコロンの香りでむせかえるようだ。ぜったいヒーターの吹き出し口に吹きかけたりしてないって、ジェイコブは言い張ってるけど。

「今日の放課後、どこにいたの？　二人でレイアウトをする予定じゃなかったっけ」

クロエは首を横に振った。「バイトのシフトを変わってあげたの。ロージーが病院にいくっていうから。ごめんね、メッセージ送ろうと思ってたんだけど。ぎりぎりだったから」

クロエの両親は〈ニコス〉というギリシャレストランを経営している。わたしたちは中学三年のとき、いっしょにそこでバイトをはじめた。最初はテーブルの上を片づけるところからはじめて、今は給仕をしている。

「ベックスもこなかったんだよ」わたしは文句を言って、片脚をシートの上に引っぱりあげ、ヒーターの温度を下げた。「わたしとマイケル・シアしかいなかったから、ドラマの『ブレイキング・バッド』のおもしろさを発見したとか、ウォルター・ホワイトが自分の新しいヒーローだとかいう話をまるまる一時間くらい聞かされたんだから」

「マリンとマイケル・シアと二人きりだったの？」ジェイコブが運転席からちらっとわたしのほうを見た。「おれ、妬いたほうがいい？」

「〈レディット〉（掲示板（けいじばん）型ソーシャルニュースサイト）つながりの親友しかいない男子に脅威を感じるならね」わたしはジェイコブの脇腹をつついた。

ジェイコブがその指をつかんで、ぎゅっと握り、クロエがかんべんしてよって感じで天井を仰いだ。

エミリーのうちは二十世紀中ごろに開発された地区にあるランチスタイルの家で（平屋で屋根の傾斜（けいしゃ）がゆるい家屋）、形は同じで、色だけ別のパステルカラーに塗られた家がたくさん建っていた。

「小学校二年のとき、バスを降りてそのままほかの人の家に入っちゃったこと、あるんだ」とエミリーは言いながら、わたしたちを家の奥へ案内すると、裏口の近くに置いてあったクーラーバッグからビールを何本か取り出した。「グロリアっていうおばあさんが住んでてね、わたしをキッチンのテーブルにすわらせて、ソーダパン（重曹（じゅうそう）とサワーミルクで膨（ふく）らませたパン）をつくってくれたんだ。それ以来、グロリアはわたしの親友になって。三年くらいあとに、亡くなっちゃったんだけど」

ジェイコブはすぐにラクロス部の子たちのところへ入っていった。ジョーイとアフメト、グレイ・ケンダルとあと何人かいる。うわさでは、グレイは去年、派手なパーティをしたとかで有名私立校を退学になったらしい。タイドポッド・チャレンジ（お菓子（かし）のような見た目の洗剤（せんざい）入りカプセルを食べる動画をＳＮＳにアップする。一時アメリカで大流行した）で何人かが病院送りになったって話だ。ブリッジウォーター校にきて三か月もたたないうちに、全員って言いたくなるくらい片っぱしから女子と遊びまわって、試合の日には、ロッカールームの外に物欲しそうな顔をした下級生たちが列を成している。かなり恥ずかしい光景だけど、たしかにグレイがありえないくらいかっこいいことは認める。

　クロエとわたしは二階へあがる階段にすわって、コーヒーテーブルの上に置いてあるBluetoothのスピーカーからごく小さい音で流れてるカーディ・Ｂのラップを聴いていた。場慣れしてない感じの一年生が何人か集まって、スマホの動画を見ている。ソファでは、ビッチってうわさのディアナ・モンタルトが、トリーナ・メンにもたれかかってた。

「ディアナとタイラー・ラモスが講堂で、って話、きいた？」クロエは声をひそめてきくと、ビールのボトルの口を親指でぬぐった。「服装規定が厳しくなったのって、実際ディアナのせいなんじゃないの？」

「うわー、例のハイソックス禁止？」エミリーが一段下の階段にドサッとすわった。手には、ハイボールの缶を持っている。「かんべんしてほしいよね」

「だよね」わたしもうなずいた。「繊細で大事な大事な男子たちが、女子の膝に気を取られて、勉強が手につかなくなります、とか？」立ちあがって、階段の手すり越しにジェイコブの腕をつかむと、がっつりスクラムを組んでるラクロス男子の輪からちょっとだけ引っぱりだす。「ひとつ、きいてもいい？」ジェイコブの手に指をからめる。「わたしたちがハイソックスじゃなくてタイツをはいてたら、バカな男子たちは勉強に集中できるようになる？」

「ぜんぜん」ジェイコブは即答すると、いたずらっぽい笑みを浮かべた。「そうなると困るのは、チャーリー・リナルディくらいだろ。カフェテリアでスカートの中を盗撮して、ネットで売るサイドビジネスが大繁盛なのにさ」

ジョーイとアフメトがゲラゲラ笑った。クロエまでにやっとする。

「最低」ジェイコブに軽く肘鉄を食らわせたけど、わたしもついクスッと笑ってしまった。

笑ってないのはグレイだけだった。ひょろっとしたからだを階段の下の柱にあずけて聞いていたけど、「だれか、ビールほしいやついる？」って自分の空のボトルをかかげた。そして、じゃあ、って感じでボトルを軽くこっちへかたむけると、まわれ右をしてむこうへいってしまった。

「ほんと、変わったやつだよな」グレイがいなくなると、ジェイコブは言って、わたしの肩に重たい腕をまわした。わたしは、グレイの広い肩が人ごみの中に消えるのを見ていた。

パーティは早めに終わった。っていうのも、エミリー・セラトの両親はそもそもパーティのことを知らなかったらしく、シアター・ディストリクトで食事をしたあとショーを見て帰ってきたら、二十人以上のティーンエイジャーが自分のうちで寝そべっていたという状況で、当然だけど、大歓迎ってわけにはいかなかった。

「ふつう、自分の親が見るのが一幕物だってことくらい、チェックするよね？」クロエは、ジェイコブの車めがけて芝生の上をダッシュしながら言った。肌を刺すような秋の風にあおられて、マフラーがひるがえってる。

「家をまちがえてますよって言えばよかったかも」そう返すと、クロエが噴きだしたので、わたしも噴きだした。なんとか車にもどってシートベルトをしたときには、ジェイコブはわたしたちを道端に置いていきかねない顔をしていた。「しらふの運転手のことも少しは考えてくれよな」

「ごめんごめん、わかってる」わたしは言ったけど、まだクスクス笑っていた。クロエとわたしが二人いっしょになると、なんとなく面倒だってジェイコブが思ってるのはわかってた。でも、いい人だから、言いだせないのだ。「いこう」

三人ともお腹がぺこぺこだってことになって、二十四時間営業のマクドナルドへいって、ポテトとシェイクを買ってから、クロエを家まで送っていった。

「じゃあね。明日、バイトだよね？」助手席からクロエのほうを振り返って、きいた。ふだん、土曜はいっしょにシフトに入ってる。でも、クロエは首を横に振った。

「明日は休み取ってる」クロエはカップホルダーからシェイクを取ると、ほっそりした肩にバッグをかけた。「週末はカイラのうちにいくの」

わたしは眉を寄せた。「ほんとに？」

カイラはクロエの年下のいとこで、ウォータータウンに住んでて、ギリシャ正教の青年部の活動に入れこんでる。クロエの誕生パーティで毎年会うからよく知ってるし、ストレートエッジ系（ロックから生まれたライフスタイルでタバコ、お酒、ドラッグをやらないというのが基本理念）って意味ではクールだけど、クロエと超仲良しってわけじゃない。

「どうして？」

クロエは肩をすくめた。「うちの親が仲良くさせたがってるの、よくわかんないけど。ギリシャ語のお祈りを教えてもらえると思ってるのかもね」

「うわっ。カイラ、がんばれ」わたしはふざけて言った。

「だよね」クロエはあきれた顔をしてみせた。「ジェイコブ、送ってくれてありがとう。二人とも、月曜日にね」

クロエが家に入ると、ジェイコブはこっちをむいた。ダッシュボードのライトに見慣れたほっそりした顔が浮かびあがる。「すぐに帰らないといけない？」

ちらりと時計を見て、ためらった。門限までまだ一時間ちょっとある。だけど、ジェイコブがどういう意味できいてるかは、わかってた。ブリッジウォーター駐車場のいちばん奥の林に車を停めていちゃつきたいかどうか、ってこと。「うーん」

「マリンがしたくないことはしなくていい、もちろんだけど」ジェイコブはすぐに付け加えた。

「感謝してます」わたしは顔をしかめてみせた。

「ひどいな」ジェイコブは傷ついた顔をした。「言いたいことはわかってるだろ。無理強いするとか、そういうクソなことはしない。おれはただ――」

「うん、わかってる」わたしはちょっときまり悪くなって、ジェイコブの言葉をさえぎるように手を振った。ジェイコブの言うとおりだ。ジェイコブは一度だって、まだセックスをしてないことでわたしを責めたりしたことはない。でも、ちょっとそういう雰囲気になって、わたしがストップをかけるたびに、ほんの少しがっかりしているのはわかってた。それに、わたしだってしたくないわけじゃない。このあいだベックスに言ったことは、本心だ。ジェイコブはすごくいい人だ。頭はいいし、みんなにおもしろいやつだって言われてる。弟のバスケットボールのキッズチームでアシスタントコーチまでしてるくらい。もしかしたら、自分は、ビビッとくるとか、ああこの人しかいない！　みたいに感じる瞬間を待ってるんじゃないかって思うときもあるけど、ここは現実の高校で、Netflix オリジナルのラブコメじゃない。だいたい、そういう夢見がち女子になりたいわけでもないし。

結局わたしはため息をついて、ジェイコブのシートベルトを指で軽く持ちあげて、パチンとやった。「いいよ」

ジェイコブはにっこりした。

3

その次の週、ハーバードスクエアでグレイシーのチェスの試合があったので、パパとママといっしょに観にいった。競技チェスでひとつ言えるのは、中学生レベルでも（っていうか、中学生レベルは特に）、いろいろな対戦の組み合わせがあって、マーチ・マッドネスのシードチーム決めよりも複雑ってこと（三月（マーチ）に、バスケットボールの大学ナンバーワンを決める全米大学体育協会のプレーオフトーナメントが行われ、全米が熱狂（マッドネス）する）。つまり、わたしはもう何年も、あちこちの会場で妹の番がくるまでぶらぶらして、妹がニュートンとかアンドーバーからきた神童ってことになっている相手を負かすのを、何時間も待つのが習慣になってる。

今日は、いつにもまして進行が遅かった。だれかの弟が椅子の背をくりかえし蹴りつづけ、暖房の乾いた空気のせいであくびが出る。となりでは、グレイシーが目を閉じ、会場の赤いベルベットの座席の背に頭をもたせかけ、クリスマスソングを聴いていた。スマホの着信音が鳴って、ジェイコブからメッセージが入った。Bitmojiでつくったスノボをしてるジェイコブのアバターで、犬みたいに舌を出してる。エミリーのパーティの日の夜、また、ジェイコブにストップをかけてしまった。先へ進みすぎるまえに。でも、気分を害してる感じじゃなかった。この週末はバーモントにあるいとこの家で過ごしてる。だから、「シュレッドする」（ジェイコブはスノボにいくことをいつもこう言う）のに夢中で、わたしの下着の下に入ることはあまり頭にないのかも。

「カフェを探して、宿題してくるね」さすがにたまりかねて、そうささやくと、ママはうなずいた。

「あまり遠くへいかないでね」そう言って、財布から十ドル札を取り出し、わたしてくれた。「グレイシーの番になったら、メッセージ送るから」

結局、T（ボストンの地下鉄網（もう）の愛称（あいしょう））の駅のそばにあるスタバに落ち着いた。外の湿った冷気でウィンドウが曇ってる。リュックからノートパソコンを取り出し、カウンターに並んでいる観光客や大学生たちを眺めた。タトゥーを入れたり髪を刈りあげたりって感じのファッションの人たち。たまに、もう少しああいうファッションを取り入れたいなって思うことがある。髪を真っピンクにするとか、眉ピアスをするとか。でも、ブリッジウォーター校でそういうことしたら、じろじろ見られたりあれこれ言われたりするに決まってる。だったら、浮かないようにするのが安全だよねって思う。

「あれ、マリン？」

顔をあげて、えっ、てなった。もう少しでラテをこぼしそうになったくらい。テーブルの横にベックスが立っていた。ジーンズにパーカーを着て、メガネをかけ、コーヒーカップを持ってる。週末に実家に帰ってきた大学生みたい。メッセンジャーバッグを斜めがけして、ノートパソコンを抱えてる。

「やっぱり。じゃないかと思ったんだ」

「先生！」わたしはカップを倒れないようテーブルに置き、にっこりした。「こんにちは」

「悪いな。もしかして、トラウマになりそう？」ベックスはニヤッと笑った。「まえに、プールで一年のときの校長に会ったんだ。未だにトラウマから抜け切れてないよ。水着を着たシスターがぼくの脳に焼きついてるみたいに、きみにも焼きついたらごめん」

わたしは眉を跳ねあげた。「シスターって水着を着ていいんですか？」

「みたいだな」ベックスはブルッと震えてみせ、それからわたしのノートパソコンのほうにあごをしゃくった。「なにやってるんだい？」

わたしは乾燥でごろごろする目で画面を見やり、またベックスのほうを見た。「ブラウン大学の出願エッセイです」

「え、ほんとに？」ベックスは眉を寄せた。「締め切りはもうすぐだろ？　こんなぎりぎりまでやってるなんて、きみらしくないな」

「正直、もう書き終えてはいるんです」わたしは認めた。ベックスが、なにがわたしらしくて、なにがそうじゃないかわかるくらい、最近わたしに関心を持ってくれてるのが、バカみたいにうれしい。「というか、序論、本論、結論からなってる五段落のエッセイなら書けてるんです。ただそれをあれこれいじくりまわしてるだけ。百パーセント完璧に仕上げたいから」

「完璧主義者の呪いだな」ベックスはわかるよって感じで笑った。「少し見てあげようか？」

わたしは首を横に振った。「そこまでしていただかなくても」

「いや、まじめな話、見たいんだ」ベックスは自分のぼろぼろのマックをテーブルに置いた。「ほら、見せてごらん」

「え、今？」

ベックスは肩をすくめた。「今がいちばんいいだろ？」ベックスは正面の空いている椅子に腰かけると、手をこちらへさしだした。わたしはブラウザーを閉じ（『リバーデイル』〈連続ドラマ。青春ゴシップミステリー〉の二次創作を探してたことをわざわざバラすことないし）、ノートパソコンをわたすと、ぎこちない手つきで空のカップを包みこむように持った。

「ああもう、先生が読んでるあいだ、じっとすわってるなんて無理」五秒もたたないうちにわたしはそう言うと、立ちあがって、ラテのおかわりを買いに列に並んだ。でも、チラチラ振り返って、エッセイを読んでるベックスの表情を見ずにはいられない。鼈甲のメガネの奥の目は真剣で、弱い午後の陽ざしに照らされた髪が金色に光っている。

数分後、唇を噛みながらテーブルへもどった。

「すばらしいよ」ベックスは、わたしがすわりもしないうちから言った。

思わず両手で口を押さえそうになって、なんとか思いとどまる。ぎりぎりだったけど。「本当に？」

ベックスはうなずいた。「本当だよ、これまで出願エッセイは数えきれないほど読んできたし、ぼくは本当じゃないことは言わない。このエッセイは、そうだな、非常に成熟している」

「わ、ありがとうございます」自分のカップを見おろして、あまり笑いすぎないようにする。ほかにもそう誉(ほ)めてくれた先生はいたけど、ベックスに言われると、よりうれしさが増すような気がした。「えっと、実際にはきっと、締(し)め切(き)りまでいじくりまわすと思うけど、先生にそう言っていただいて本当にありがたいです」

ベックスは笑った。「ぼくもそうするだろうな。言ったろ、完璧(かんぺき)主義者の呪(のろ)いだって」そう言って、ベックスは自分の教室にいるみたいに椅子(いす)をうしろへかたむけた。

「実はね、きみが知ってるかどうか知らないが、ぼくはブラウン大学だったんだ。ぼくの父もそうだし……それを言うなら、父の父もね」そして、きまり悪そうに小さく笑った。「面接にいったら、ベケット講堂を探してみて」

「わ、すごい」その意味を飲みこむにつれ、目が見開かれた。ベックスのうちがお金持ちだっていうのは聞いたことがあったけど、講堂を寄付するレベルだとは知らなかった。「探してみます」

「とにかく、言いたかったのは、一本電話を入れて、一言言っておいてほしいってことだったら、喜んでそうするよ。もちろん、それがどのくらい効き目があるかなんてわからないけどね、やって損ってことはないだろ？」

「ありがとうございます」わたしはうなずいて、笑顔をつくった。「うそみたいです」

ベックスは満足げにうなずいた。「いや、正直、こちらこそだよ。きみの実力だ」

「えっと、その、先生は？」わたしはカップでベックスのノートパソコンのほうを指した。「なにを書いてらっしゃるんですか？」

「うわ、マジか」ベックスは哀れっぽく首を横に振った。「聞いてもしょうがないよ」

わたしは眉をクイッとあげた。「だめですよ、教えてください」

「小説だよ」ベックスは目に見えて身を縮ませると、両手に顔をうずめた。「今、声に出してこの言葉を口にしたことすら、信じられないよ。ほら、笑っていいよ」

わたしは目を見開いた。「小説を書いてるんですか？　ほんとに？　どんな小説？」

ベックスは大げさにため息をついてみせると、顔をあげて、わたしを見た。「きみを信じて言ったんだからな。これで、きみはぼくを生かすも殺すも自由ってわけだ」

「そんなことしません」

「ああ、きみはしないだろうな」ベックスがまた前に体重をかけたので、持ちあがっていた椅子の前の脚二本が床のタイルにガツンとぶつかった。「舞台俳優になりたい男の話だよ。だけど、すばらしい俳優とは言えないんだ。それで、子どもむけの舞台で独立戦争とかそういうことについての人形劇をやってる。やがて、彼(かれ)の父親が死ぬ」ベックスは顔をしかめた。「な、口に出して言うと、バカみたいだろ」

「そんなことないです」わたしはすぐさま言った。「正直、おもしろそうです。それって、なんか自伝っぽいし……」

ベックスは変な顔をした。なにを考えてるか、わからない顔。それから、「ぼくの父は生きてるよ」とだけ言った。「ま、とにかく、大学院のときからずっと書いてるんだよ。それで、ほぼ完成はしてるんだけど、そのあともずっと……」

「いじくりまわしてる？」わたしは笑いながら言った。「完璧(かんぺき)主義者の呪(のろ)いってことですね？」

「そういうこと」ベックスは、自分の紙のカップをわたしのカップにコンとあてた。

別の空いてる席に移るだろうと思ったけれど、そのあとも、ベックスはわたしが二杯(はい)目のラテを飲んでるあいだずっと、前にすわっていた。大量のカフェインが血管を駆(か)け巡(めぐ)ってるのを感じながら、いろいろな話をした。スタバでいつもたのむものとか（ベックスはアメリカーノだって）、ベックスの実家で飼ってる老犬のコリーの話とか、現代美術研究所(ICA)で見たっていう抗議芸術(プロテストアート)展のこととか。わたしはまた、何週間かまえに家まで送ってもらった日と同じ気持ちに襲(おそ)われていた。先生なのに、ふしぎなほど話しやすい。

先生としてだけじゃない。男の人としても。

セーターの下で胸のあたりがじわじわ火照ってくるのがわかる。カウンターのバリスタのほうをちらりと見て、ベックスとわたしのこと、デートだって思うかなとか、とりとめもなく考える。って、もちろんわたしは、そんなふうに思ってないけど。ベックスは先生だし、三十歳とかそのくらいだし。でも、こんなふうにいっしょにすわってると、ベックスみたいな人とデートしてるところを想像してしまう。ボストンでワークショップをしてる新しい芝居に興味があるような人。下院議長の名前をちゃんと知っている人。

わざとゆっくりラテを飲む。ベックスがずっと話しつづけてくれるように。あと、カフェインのせいでちょっと手が震えてたから。外は暗くなりはじめていた。頭の片隅では、そろそろ試合会場にもどらなきゃって思ってたけど、一方で、このまま一晩中でもスタバにいられそうだと思う。そんなとき、ベックスのポケットでスマホが鳴った。

「え、マジか、クソ……」ベックスはスマホを見て言いかけ、わたしを見て、教師らしからぬ言葉を引っこめた。「四時すぎとか、うそだろ？　こんなこと、ありえないだろ」

わたしは首を振って言った。「ごめんなさい」本当は、ぜんぜんごめんなさいなんて思ってなかったけど。「邪魔しちゃいましたね。わたしのせいで、ぜんぜん書けなかったもの」

ベックスは肩をすくめた。「現実を見なきゃな。どっちにしろ、たぶん、ぜんぜん書かなかっただろうってこと」ベックスはそう認めると、にっこり笑った。「それに、話してて楽しかったし」

ベックスは立ちあがると、メッセンジャーバッグを肩にかけ、空になったカップをあいさつがわりに軽くかかげた。そして、気安い笑みを浮かべた。「じゃ、週末を楽しんで。それから、出願エッセイは月曜日のぼくの授業の前には送るように。いじくりまわす時間は、本当の本当に終わりだ」

「わかりました」わたしは、ベックスの背中が外の人ごみの中に消えるまで、ずっと見送っていた。

4

日曜の夜、パパはいつもチキンヌードルスープを倍の量つくる。そして、月曜の放課後、わたしは容器に入ったスープをおばあちゃんに届けに〈サンライズ・シニアホーム〉へいく。老人ホームって聞くと、たいていの人は嫌な場所だって思うだろうし、あながちまちがいじゃないけど、もう長いこと、ここに通っているから、今では消毒薬のにおいや、たまに頭が混乱してるようすの人がうろうろしていることも、あまり気にならなくなっていた。

前回、ママと二人できたときにも言ったんだけど、「つまりね、見方によっては、高校とそんな変わらないと思うんだよね」ってこと。

受付をすませると、吹き抜けの階段をあがっていった。おばあちゃんのいるフロアの看護監督者カミーユに手を振ってあいさつする。カミーユは小花模様の医療衣の上下を着て、あざやかなグリーンのクロックスをはいていた。カミーユはありとあらゆる模様の医療衣と、虹の七色ぜんぶのクロックスを持っていて、会うたびにちがう組み合わせで着まわしてる。歩いてしゃべる、着せ替え紙人形みたい。

「こんにちは、マリン」カミーユは、カウンターの上に置いてあるトレーダー・ジョーズ（ロサンゼルス郡を本拠〔ほんきょ〕とする、スーパーマーケットチェーン）のネコ型クッキーの容器をわたしのほうへかたむけた。「大学の出願書類はぜんぶ提出した？」

「うん」わたしはクッキーに手をのばした。ベックスのアドバイスどおり、週末に送信ボタンを押（お）した。バカみたいだけど、ベックスにべたぼめされて、すっかりいい気になってたから。「ぜんぶ出した」

「ブラウン大学に入ったら、Tシャツをくれるのよね？」

「校名入りTシャツとペナントと、アメフトの試合を見るときに使う大きいブランケットもね」

「そんなこと言って、ふざけてるつもりかもしれないけど、ちゃんと約束したからね」カミーユはにっこり笑った。「ほら、入って」

おばあちゃんの部屋のドアは半分ほど開けて、ボストンテリアの形をしたドアストッパーで止めてあったけど、わたしは軽くノックしてから、ドアをそっと開いた。

「おばあちゃん、きたよ」

おばあちゃんが〈サンライズ〉に入ったときは、わたしはまだ中学生で、おばあちゃんは調子が悪い日よりもいい日のほうが圧倒的（あっとうてき）に多かった。ホームの裏に小さなローズガーデンをつくったり、娯楽室（ごらくしつ）でトランプゲームのピノクルのトーナメントを企画（きかく）したりしていたくらい。今は、いい日と悪い日が半々くらい。わたしのことはちゃんとわかってたけど、ママやカミーユには、あまり刺激を与えないようにと言われていた。

「いらっしゃい！」おばあちゃんはにっこりほほえむと、サイドテーブルに本〈分厚くて、ちょっと怖そうなミステリーだ〉を置いた。おばあちゃんは七〇年代からずっと〈月決めブッククラブ〉の会員で、わたしの本好きはおばあちゃんの遺伝子だってみんなに言われてる。「入って入って」

　わたしはかがんで、おばあちゃんの細い肩をそっと両腕で抱きしめた。おばあちゃんはむかしから細かったけど、ここ数年ですっかりやせてしまった。〈サンライズ〉の食事が口に合わないせいだと言うので、ママとグレイシーとわたしはしょっちゅう、おばあちゃんがよくつくっていた料理〈チキン・パルミジャーノ、ベイクト・ズィーティ（パスタを使ったキャセロール料理）、大人気だったミートボール〉を持っていった。それでも、今では四十五キロを切っている。小さいころ、ケープコッドのビーチでわたしのことを抱きあげて、海へ放りこんでくれたときは、日焼けしたたくましい肩をしてたのに。最近では、ハグすると、小鳥みたいに弱々しく感じる。

「おすわりなさいな」おばあちゃんはむかいの椅子を足で示した。ブロックトンにあったおばあちゃんの家から持ってきたゆったりとした布張りの椅子だ。〈サンライズ〉のおばあちゃんの部屋はスイートタイプで、ソファとテーブルのある部屋とベッドルーム、専用のバスルームがついている。おばあちゃんはそこにウィリアムズソノマの高級石鹸と、アートっぽいパイナップル模様のカーテンをつけていた。「今日はどうだった？」

「ふつう」スープの容器をミニ冷蔵庫に入れ、リュックをコートラックにかける。「特になにもなかったよ」

「なにもない!?」おばあちゃんは、毎朝、レブロンのダークブラウンのアイブロウできちんと描いている眉を跳ねあげた。そして、立ちあがって、部屋の奥の小さな簡易キッチンへいくと、ミニ冷蔵庫からアイスティーを取り出した。「ずいぶん刺激的ね」

「ごめん」わたしは言い訳がましい笑顔をつくる。「月曜だから、週末明けでちょっときつかったせいかな」

おばあちゃんはうなずいた。「ほら、みんなよく、高校時代がいちばんいい時期だったって言うでしょ」いちいちほしいかどうかきかずに、アイスティーをコップにそそぎながら言う。「でも、それってでたらめよ。これから大学へいったら、いろんなことがあなたを待ち受けてるってわかるわ。楽しみね」

「あと二週間で、ブラウン大学の面接なんだ」わたしはアイスティーをすすった。「だから、うまくいけば、おばあちゃんの言うとおりになる」

おばあちゃんの顔がぱっと明るくなった。「ほらね、でしょ？」

おばあちゃんはブラウン大学に通っていた。正確に言えば、当時はペンブロークカレッジといって、七〇年代に大学が共学になるまえ、女子大だったころのことだ。何年かまえ、第五十回の同窓会のときに、おばあちゃんはわたしを同伴者として連れていってくれた。それがきっかけで、わたしもブラウン大学へいきたいと思うようになった。今も、わたしがそう言ったときの、おばあちゃんの目の輝きを思い出せる。顔全体が光り輝いているみたいだった。

おばあちゃんは空いているほうの手をのばして、わたしの髪を耳にかけてくれた。「マリン、あなたは本当にすばらしい子よ。だけど、そんなふうにいつもいい子でいなくたっていいのよ。わたしはそうじゃなかったもの」

「へえ、そうなの？」わたしは笑いを隠し切れずに言った。

「笑わないの。まじめに言ってるんだから」

「うそだなんて思ってないよ」わたしは言ったけど、本当はありえないと思ってた。おばあちゃんは洗練されていて上品で、これまで会っただれよりもきちんとしている。二十二歳のときにおじいちゃんと結婚して、わたしのママとその弟たちを育て、そのかたわら、マットレスの安売り量販店でパートタイムの簿記係として働き、週末にはタッパーウェア社の製品を売るパーティを開いた。おばあちゃんが口紅を塗っていないところは、一度だって見たことがない。少なくとも八〇年代から、クリニークの同じ色の口紅をつけている。「むかしの不良おばあちゃんの話、聞きたいな」

「あら」おばあちゃんが手を振ると、窓からもれ入る陽ざしがクリアなマニキュアをつけた爪に反射した。

「あら」おばあちゃんはもう一度言い、それを見て、おばあちゃんの頭がぼんやりしてしまったのがわかった。おばあちゃんの病気でなにが信じられないって、あっという間に症状が切り替わること。まだ目の前にすわってるのに、部屋を出ていってしまったみたい。

「アイナ・ガーテンが出てるか、見てみる？」おばあちゃんがうろたえるまえに、コーヒーテーブルの上のリモコンを取って、ケーブルテレビのフード・ネットワークチャンネルをつけた。おばあちゃんは、料理番組の〈ベアフット・コンテッサ〉が大のお気に入りで、うちのママは今もおばあちゃんのためにレシピ本を発売日に買っている。今の部屋には電子レンジと電気ケトルしかないけど、それでも、たまに特別な日にいくと、キャラメリゼしたナッツとか、おばあちゃんお手製のカクテルをつくってくれているときがある。たぶん、カミーユが手を貸してるんじゃないかと思うけど。

「アイナは四時まで出ないのよ」おばあちゃんは顔をしかめながら言った。声に、さっきとはちがう響きが入りこんでいる。か細くて、ほんの少しイライラしてる。「それに、もうひとりの、牧場の女の人は好きじゃないの（フードライターのリー・ドラモントのことだと思われる。同じくフード・ネットワークのスター）。そう言いつつも、おばあちゃんは結局、テレビを見はじめた。節くれだった指で、アイスティーのグラスを握りしめて。わたしは椅子の背に頭を持たせかけた。

夕方遅くなって家に帰ると、ママはチキンカツを用意してくれていた。キッチンのシンクの上にある窓には、早くも夕暮れが忍び寄っていたけれど、中は暖かくて居心地がよかった。ニンニクとバターの慣れ親しんだ香りが濃厚に漂っている。

「チェスはどうだった?」グレイシーにたずね、カウンターの器からぶどうをひと粒取って、口に放りこんだ。

「ふつう」グレイシーは肩をすくめた。カウンターにすわって、去年の母の日にパパが買ってきたBluetoothのスピーカーにママのスマホをつないであげてる。何度やっても、ママはつながってないって言いだすんだけど。「試合は勝ったよ」

「あのポーカーフェイスの気取り屋オウェン・ターナーをこてんぱんにたたきのめしたのよ」ママはうれしそうに言った。相手が何歳だろうと、容赦なく敵視するんだから。

わたしは笑って、グレイシーのポニーテイルの先っぽを軽く引っぱった。「おめでとう」

「ありがと」グレイシーは満足げにうなずいた。スピーカーがようやくつながって、ママの愛するイタリアオペラがキッチンに流れはじめた。「オウェンは、女の子なんかに負けて恥をかいたから、シベリアの辺鄙な村に引っこんで一生過ごすって」

「へえ、わたしたちのためにも、ぜひとも荷物をまとめて出ていってほしいわ」わたしは明るく言った。

「わたしもそう言ったのよ！」ママはわたしのこめかみにキスをすると、冷凍庫からトマトソースのタッパーを出して、電子レンジに入れた。そして、スタートボタンを押すと、きいた。「おばあちゃんはどうだった？」なにげないふうを装っているけど、一瞬、不安そうな表情がよぎったのはごまかせなかった。

「元気だったよ」おばあちゃんが話の脈絡をたどれなくなってしまったことは、言わなかった。言ったところで、だれにもどうしようもできないことだし、どうしようもできないことでママを心配させてもしょうがない。冷蔵庫の扉を開けて、レタスの袋をママのほうへ振ってみせる。「サラダをつくろうか？」

ママはわたしを一呼吸分、長く見て、目をわずかに細めた。ときどきママは超能力者じゃないかって思うことがある。わたしのうそを見抜くことに関しては。それから、ママは言った。「そうね。サラダがいいわね」

5

クロエがクリスマスの買い物を早めにスタートしたいと言うので、木曜日の放課後、電車に乗ってニュベリー通りまで出た。いってみると、本当にもうクリスマスシーズンの雰囲気で、レトロな街灯に緑の葉のリースが飾られ、お店のウィンドウはどこも電飾がピカピカと輝いて、雪に見立てたスプレーが噴きつけられている。薄暗い空も、十二月のパープルブルーに染まっていた。

「ベックスが小説を書いてるって知ってた？」〈アーバン・アウトフィッターズ〉（衣服や流行に敏感（びんかん）な若者向けの雑貨や書籍（しょせき）などを扱（あつか）う）の大型店の中をうろうろしながら、わたしは言った。ラックにかかったもふもふしたセーターをなでまわし、香りつきのキャンドルを眺める。それから、超大きな白いハート型のフレームのサングラスを手に取って、かけたまま鏡という鏡にむかって変顔をする。

クロエは、コーヒーテーブル・ブック（お客用にインテリアも兼（か）ねて置かれるような本）のディスプレイ越しにわたしを見た。

「どうしてマリンがそんなこと知ってるの？」

わたしは眉を跳ねあげた。「じゃ、クロエは知ってたんだ？」

「ううん」クロエは、買おうかと考えていた『一日一問ダイアリー』を置くと、オーガニックのリップクリームの棚のほうへ体をむけた。「いつ聞いたの？」

「週末にハーバードスクエアのスタバで会ったの」わたしは話しながら、ちょっと自慢してるみたいに思われるんじゃないかって思った。実際、ほんの少し自慢も入ってるかも。「そのまま二時間もしゃべってたんだ」

クロエは驚いた顔をした。「ほんとに？　二人で二時間もなんの話をするわけ？」

クロエの言い方からは、会話を引き延ばしたのはベックスとわたしのどっちだと思ってるのか、わからなかった。

「うーん、なんだろ」急に言わなければよかったという思いが湧きあがった。「とりとめのない話。つまり、ベックスの小説とか」

クロエに小説のプロットを話したけど、わたしが説明すると、たしかにちょっとバカバカしく聞こえた。「ベックスの説明のほうがうまいけどね」わたしはそう締めくくると、サングラスを棚にもどした。

クロエが笑うか、少なくとも関心を持ってくれると思ってた。九月にケーブルテレビでハリー・ポッターマラソン（映画の『ハリー・ポッター』を全編一日で見ようというイベント）をやってるあいだじゅう、インスタのベックスの裏アカを探そうとしたときみたいに。でも、クロエは肩をすくめただけで、マフラーを巻き直すと、出口のほうへあごをしゃくった。

「いこ、この店、ほしいものないし」

「うん」クロエのあとについて、ラッシュアワーの人通りの激しい通りへ出た。買い物をしているあいだに、すっかり暗くなり、突き刺すように冷たい風が吹いていた。「そういえば、だれのプレゼントを探してるの？」わたしは冷たくなった手をポケットの中に入れてたずねた。

「別に」クロエは先に立って人ごみの中に入っていった。

　そのあと、サブカル系の書店やおしゃれなカフェにいったけど、そのあいだずっと、クロエはようすがおかしかった。でも、ボイルストン通りの大きなショッピングモールへ入ったとたん、ぱっと元気になった。いきなり暖かいところに入ったせいで、みるみるメガネが曇ったけど、そのままエスカレーターをあがって、〈セフォラ〉に直行する。マスカラやブロンザーの棚のあいだを、うっすら至福の表情を浮かべて歩きまわってると思ったら、わたしの手首をつかんで、香水のサンプルを吹きかけた。

「ちょっと！」ヴァニラとジャスミンのむっとするような香りが立ち昇ってきて、軽くむせる。

「お礼はいらないって」クロエは澄ましたようすで言うと、深く香りを吸いこんでから、ボトルを棚へもどした。〈セフォラ〉はクロエのパワースポットだ。「いこ、新しいリップがほしいんだ」

　クロエを追いかけて混んでいる通路を歩きながら、わたしは言った。「リップと言えば、最近、ディーンとかなり仲良くない?」

「え、本気で言ってる?」クロエは、メタリックアイシャドウが並んでいる横でぴたりと足を止め、頭がどうかしたんじゃないのって感じで鼻にしわを寄せた。「わたしとディーンが?」

「ちがうの?」クロエの口調に軽くむっとして、わたしはききかえした。別に、わたしの勝手な思いこみとかじゃない。今日の朝だって、ディーンは服装規定違反のパーカーを着て、ファミリーサイズのM&M'Sのトレイルミックス(M&M'Sのチョコとナッツがいっしょに入っている)を食べながら、クロエのロッカーに文字どおりへばりついてたのに。

「ディーンのどこがだめなの?」

「別にだめってわけじゃないけど」クロエは認め、黒いダウンコートの下で肩をすくめて、MACの棚のほうへむかった。「たしかにディーンは最近、わたしのまわりをウロチョロしてるかも。ホームカミングのあとくらいから」

「だよね。で?」

「で、なんでもない」

「もしかして、〈ザ・デリ〉のリストバンドをしてたフランクが関係してるとか?」わたしはからかった。クロエは、「〈ザ・デリ〉のリストバンドをしてたフランク」とはこの夏に別れていた。考えてみれば、知り合ってから、クロエがこんな長いあいだ彼氏がいないのは初めてかも。「まあ、たしかにフランクはいつもほんのちょっとジェノバサラミみたいなにおいがしてたけど。あ、別に悪いって言ってるんじゃないよ。心の求めには素直(すなお)にって言うしね」

「やめてよ！　そんなにおい、しなかったし！」クロエはわたしの肩(かた)をバシンとたたいたけど、笑っていた。やっと思ったような反応が返ってきた。「それから、さっきの質問の答えはノーだから。『〈ザ・デリ〉のリストバンドをしてたフランク』は関係ない。うーん、なんだろ。もう高校生男子は卒業したって感じ？」

「へえ、ほんとに？」わたしはフンと鼻を鳴らした。「これからは、聖ザビエル校の駐車場(ちゅうしゃじょう)で、中学生をひっかけるとか？」

「ちょっと、冗談(じょうだん)ばっかりやめてよ」クロエは顔をしかめてみせた。「わたしが言いたいのは、もうすぐ大学に入るわけだし、そしたら……」クロエはそこでいったん黙(だま)って、棚(たな)からリップティントを取って、照明にかざした。「うーん、なんだろ」とまた言う。「つまりね、マリンはジェイコブとずっとつづくと思ってる？」

「うーん」たしかにそこまでちゃんと考えたことはなかったけど、それを声に出して言うのは、たとえクロエ相手でも気が引けた。「わたしたちがどこにいくことになるかによるかな」クロエのほうを見ずにコンシーラーを眺(なが)めながら、質問をかわす。

「ジェイコブのいく大学がブラウン大学に近いかどうかってこと？」クロエがニッと笑う。

わたしは顔をしかめた。「言わないで！　ブラウンに入れるかどうかわからないんだから！」

「入れるってわたしはわかってるけどね」クロエは言うと、赤のリップを二つ、かかげた。「どっちがいい？」

わたしは目を凝らして見くらべた。「えっと……どう見ても、同じ色じゃない？」

クロエは憤慨したように言った。「ぜんぜんちがうし！　下地になってる色がぜんぜんちがうよ。マリンってほんと役立たず」

わたしは、どうしようもないでしょ、って感じで両手をあげた。「クロエはわたしのことが大好きだから、しかたないね」

「たしかに」クロエは認めると、わたしに腕をからませ、レジのほうへ引っぱった。「いこ。両方買うから」

6

金曜日の終礼のベルが鳴って、ロッカーへむかう途中(とちゅう)、新聞部の部室をのぞくと、ベックスがソファの上であぐらをかいていた。

「先生」わたしは開いているドアを軽くトントンとたたいて、声をかけた。

ベックスは専用の部屋は持っていないけど、採点があるときや職員室にいたくないときはよく部室を隠(かく)れ家(が)がわりにしてる。

「マリンか」ベックスはあわてて姿勢を正した。チノパンに青い格子縞(こうしじま)のボタンダウンシャツを着て、袖(そで)をまくっている。メガネが少しずり落ちていた。「もう帰りか？」

「あと少しで」わたしは言って、ポニーテイルを肩(かた)の前に垂らした。「でも、もしお時間があったら、記事の内容をざっと聞いてもらってもいいですか？」

ベックスはうなずいて、ソファの反対側にすわるよう手招きすると、机の椅子(いす)を引き寄せて足をのせた。「もちろん」

「ありがとうございます」わたしはリュックからシステム手帳を取り出した。「ええと、今回考えたのは――」わたしはそこで黙った。というのも、ベックスがめちゃめちゃ大きなあくびをしたのだ。黒い目がぎゅっと閉じ、ピンクの舌がちらりとのぞく。わたしはちょっと気まずくなって、クスッと笑った。「すみません、もしかして眠いですか？」

「いやいや、そんなことない。悪いな」ベックスは首を横に振り、メガネを外すと、片手でごしごし顔をこすってから、またかけた。「単にあまり寝てないんだ」

「へええ」軽いときめきが体を駆け巡る。ベックスの口から出ると、「寝る」っていう言葉が妙に意味ありげに聞こえる。目に見えない扉が開いて、その……人がベッドの中ですることが浮かんでしまう感じ。「楽しいエッセイの採点が山積みとか？」

「そのとおり」ベックスはちょっとばつが悪そうにほほえんだ。「いや、実のところさ……まえに付き合ってた彼女とよりをもどそうとしてたんだけど、それが……」ベックスは恥ずかしそうに手を振った。「つまり、そういうことなんだ」

わたしは目をぱちくりさせた。「なるほど」なるべくふつうの声でそう答える。まるで、先生たちから恋愛事情についてはしょっちゅう聞いてて、今週でもう四度目か五度目ってみたいに。元カノとよりをもどそうとすることと、寝不足がどう関係するかってことについては、考えたくなかった。っていうか、自分に正直になれば、たぶん考えた。それって自分でもどうかと思うけど。

ベックスは唇をねじった。「ま、とにかく、昨日の夜で完全に終わったってこと。それで」そう言って、自分自身を指す。「今日、きみの目の前には干からびた死体が転がってるってわけさ」

わたしはにっこりした。「がっかりですね」

ベックスは肩をすくめた。「これでよかったんだ。リリーの問題は、彼女が心底――」それから、はっと口を閉じた。「すまない。今、話すことじゃないな」

「そんなことないです」わたしはすっかり興味津々だった。興味を持たないなんて無理。片脚をソファの上にのせて、おしりの下に敷く。「ぜんぜん問題ないです」

「いや、あるよ、たぶんね」ベックスは首を振った。「教師っていう立場としちゃ、まったくポイントは稼げないからね。それはまちがいない。だが、なんていうか、きみは……そうだな、同じ学年の子より大人びてる感じがするんだ。だれかにそう言われたことない？」

そんなこと、だれにも言われたことはなかった。七年生の途中でクロエに見つかるまで、〈小さなペット屋さん〉の人形でこっそり遊んでいたことを思い出す。「そうですか？」

「ああ」ベックスは即答した。「本当に言われたことない？　ぼくは大勢の中高生を教えてきたし、中高生が好きなんだ。あ、変な意味じゃないよ。だけど、たまに、そうだな、ぼくのクラスでエミリー・セラトとかあのへんがしゃべってるのを聞いてると、思うんだ……マリンとはちがうなって。きみには大人の精神が宿ってるような気がする」

胸の中でうれしさがぱっと大きな花を咲かせる。「えっと」わたしはさっとうつむいて、手帳にむかってにやついた。「うれしいです」顔をあげると、ベックスもほほえんでいた。

そのまま一時間近く部室にいて、ベックスは採点を、わたしは微積分(びせきぶん)の宿題をしていた。提出期限はまだ先で、来週半ばのものだけど。四時を過ぎると、ついにベックスが立ちあがり、のびをした。チノパンからシャツの裾(すそ)がはみ出て、腰(こし)のあたりのすべすべした肌(はだ)がちらりとのぞく。ベックスはあくびを噛(か)み殺(ころ)し、後ろめたそうに笑った。

「よし。そろそろいこう、マリン・ロスパト。家まで送っていこうか？」

「え！」このあいだ何週間かまえに送ってもらって以来、そう言われたのは初めてだった。だれにも言わないでと言われた日だ。だからわたしはだれにも、そう、クロエにすら言ってない。心のどこかで固唾(かたず)をのんで、また誘(さそ)ってもらうのを待っていたような気がする。「ほんとのこと言って、とても助かります、ありがとうございます」

ベックスはうなずき、わたしはリュックをつかむと、ベックスのあとについて通用口を出て、二人して冬の白い光に目を細めながら、ほとんど空になった駐車場(ちゅうしゃじょう)を歩いていった。天気予報はずっと、雪になりそうだと言いつづけてる。

「しまった」ベックスはメッセンジャーバッグからキーを取り出すと、ジープの屋根を手でぴしゃっとはたいた。「さあ、今日、ぼくがまた持ってこなかったものはなんでしょう？」

「あーあ」わたしは笑いながら言った。「なんだろうなあ」

「ぼくの頭はいったいどうなってるんだ？」ベックスはつぶやくと、シートベルトを締め、ヒーターをつけた。「もちろん寝不足のせいもあるが、例の本はもうハロウィーンのときからずっと、玄関のテーブルの上に置いてあって、本当に毎朝必ず『マリンに持っていかなきゃ』って思うんだ。そして、毎朝、忘れて家を出るんだよ」

「ポスト・イットにメモしたら？」わたしはからかった。

「ポスト・イットに書くだけで毎日を秩序正しく送れるなら、３Ｍの株を買ってるさ」ベックスは顔をしかめた。それから、思いついたように言った。

「というか、今、急いでる？」ベックスは車を駐車場から出しながらたずねた。「途中、うちに寄って、本を取ってくればいい」

　わたしは驚いた。「そんなことしてくださらなくていいです」おもむろに言う。ベックスが住んでいるところに関心がないわけじゃない。っていうか、かなりある。でも、一方で、うっとうしいと思われるのは嫌だった。「月曜日に持ってきてくだされば、それで大丈夫ですから」

　ベックスは信号で止まると、本当に？　って顔でこっちを見た。「月曜かもしれないし、その次の週か、来年か。再来年ってこともありうるけど？」

　わたしは笑った。「たしかに。じゃ、お願いします」

　ベックスは、ロマンティックな感じに古びたビクトリア様式の元邸宅を三つか四つに分けたマンションに住んでいた。車を路肩に寄せると、ベックスは玄関のほうへ頭をかたむけた。「どうぞ。外にいたら凍えるからね」

「え？」百パーセント車で待つことになると思いこんでいたから、形のちがう窓を見あげて、どれがベックスの部屋だろうと考えていた。ベックスの部屋の中を見られると思ったとたん、心臓がとんぼ返りする。今、この場でクロエにメッセージを送りたいという気持ちと、クロエには秘密にしたいという気持ちが同時に湧きあがった。「えっと、じゃあ」

玄関ロビーに入ると、むっとするほど暖かくて、壁紙は攻撃的なピンクと青紫色の大輪の薔薇の模様だった。埃っぽいシャンデリアの薄暗いドラマティックな光が、ベックスの顔を照らしている。

「気をつけて」ベックスのうしろから階段をあがっていくとそう言われ、ベックスがあごをしゃくったほうを見ると、えんじ色のカーペットがはがれかかっていた。「ぼくの母親は、もう訪ねてこないんだ。脚の骨を折るか、鉛中毒かなんかになりかねないと思ってるんだよ。毎日欠かさず、改修された寮みたいなマンションのリストを送ってくるよ」

「へえ」頭の中でベックスの両親のイメージができはじめた。いかめしい感じのユーモアのかけらもないタイプで、今学期のはじめに読んだジョン・チーヴァーの『ワップショット家の人びと』に出てきそうな、むかしながらのニューイングランドのＷＡＳＰ（白人エリート支配層の保守派）って感じ。ベックスはそういう家族の中で浮いた存在なのかも。「すてきなのに」

ベックスの言ったとおり、フランゼンの本はせまい玄関のテーブルの上に置いてあった。ベックスにわたされた本をリュックにしまった。すぐにまた外へ出ると思っていたのに、ベックスはメッセンジャーバッグをぐらぐらしているコートラックにかけ、肩をすぼめてジャケットを脱いだ。

「お腹空いてる？」ベックスはほんの一瞬、わたしの肩に手をかけ、せまいキッチンへむかった。「ぼくはなにか飲んでからいくけど」

わたしは首を横に振った。「大丈夫です」ベックスが冷蔵庫を開ける音を聞いて、小さく息を吐く。ぽかんと見とれているところを見られたくはないけど、部屋を見まわさずにはいられなかった。なにもかもしっかりと記憶に刻んでおきたい。くたびれた革のソファ、書類の散らばったアンティークの机、あっちにもこっちにもある本棚。壁には、本物のアートがかかっている。本物のアーティストが描いた本物の絵ってこと。ママが〈ホームグッズ〉（家具インテリアのチェーン店）で買って、そこらじゅうにかけてる、飾り文字で〈生きて、笑って、愛して〉とか書いてあるようなのとはぜんぜんちがう。窓辺には、レコードでいっぱいのワインの木箱とターンテーブルが置いてあった。

じりじりとリビングの奥へ入っていって、山と積まれたレコードから一枚取り出し、裏返してみた。〈ニーナ・シモン　シングス・ザ・ブルース〉。何度も手に取られたために、ジャケットの隅のところがわずかにけば立ってる。このアーティストのことは知らないけど、あとでネット検索できるよう名前を覚えておいた。そうすれば、なにげなく会話で名前を出せるし。

「なに見てるの?」ベックスが部屋に入ってきて、肩越しにわたしの手元をのぞきこんだ。片方の手に、フレーバ付きの炭酸水を持っている。ベックスの家はベックスみたいな香りがした。コーヒーとお香みたいな香り。暖炉にはさらに本が詰まれ、かごから雑誌の『ニューヨーカー』があふれ出していた。

わたしはレコードをかかげ、ベックスのほうにむき直った。「本当にこれ、聴いてるんですか?」

ベックスはにやりと笑った。「ああ、気取ってるだろ。音の質が、Spotifyとかそういうのより格段にいいんだ」

「ほんとに? それとも、〈アーバン・アウトフィッターズ〉がもっと買わせようとして使うセールストーク?」

ベックスは目を見開いた。「アーバンなんちゃらみたいなファッキンな店で買ったりしないよ」笑いながらそう言うと、ベックスはわたしの手からそっとレコードを取りあげた。

「へえ、ほんとに?」ベックスが口にした言葉にぞくぞくしつつ、同時にかすかにショックを受ける。

ベックスがにっこり笑うと、完璧な歯並びの歯が見えた。「ほんとさ」そして、わたしの手に指をからめると、自分のほうへ引き寄せた。「レコード店で買うんだよ。十グラムでも自尊心ってものがある人間としてね」

わたしは小さな声をもらした。笑い声じゃない。手を握られ、彼のほうへ引き寄せられたことに驚いたから。よくないことが起こるような予感がこみあげる。ベックスが手をのばし、わたしの顔にかかった髪をかきあげる。

それがどういうことか、理解する間もなく、ベックスは空いているほうの手をわたしの頬にあて、顔を近づけて、キスをした。

一瞬、脳がショートし、雷雨のときの稲妻みたいにチカチカした。ベックスの唇が押しつけられているのが、わたしじゃなくて、だれか別の人間の唇のような気がする。わたしは凍りついたように立ち尽くしたまま、されるがままになっていたけれど、ベックスの手が顔から胸のほうへおりてきたのを感じて、体の本能という本能が悲鳴をあげてよみがえった。

「えっ」小さくさけんで、体を離し、本能的にうしろに下がった。首が燃えるように熱い。皮膚が二サイズ分小さくなったみたいだ。「なにするんですか？」

「落ち着いて」ベックスはすぐさま言って、降参というように両手をあげ、笑みにならない笑みをちらっと浮かべた。「てっきり——」そこまで言って、コホンと咳払いする。「落ち着けって」

「えっ」わたしはまた言って、玄関のほうへもう一歩下がった。ふいにまえにママに聞いた話を思い出す。二十代のころ、地元のバーへ通っていたときに、閉店時間になって、バーテンダーが音楽を止めて店じゅうの電気をつけると、それまで楽しかったのがいきなり終わりになって、すべてがくっきりと浮き彫りになる感じがしたって。「いえ、その、そろそろ帰らなきゃ」

「え、ああ！　そうだな」ベックスはあわてたようにポケットを探りはじめた。「車のキーを取ってくるよ、そしたら——」

「えっと、ここからそんな遠くないし、歩いて帰れます」

ベックスは眉を寄せた。「あのさ、マリン。ちょっと話したほうが——」

「大丈夫です」カナリアみたいに明るい声で言う。でも、ちょっとヒステリックかも。「ぜんぜん問題ありません、本当です」わたしは玄関のほうを指し示した。「本当にいかなきゃ。ええと、いい週末を！」

せまい階段を駆けおりると、凍えるように寒かったにもかかわらず、両手をポケットに突っこんで歩きはじめた。風がコートを通り抜ける。家に入ると、ママがキッチンでおばあちゃんのところへ持っていくクリスマスのスパイスケーキの材料をそろえていた。キッチンテーブルでは、グレイシーがパソコンでチェスをしている。

「おかえり」ママは言って、小麦粉の袋をカウンターに置いた。「なにかあったんじゃないかと思ってたところよ」ママはわたしのほうを見て、皮膚の下を流れている血まで見透かそうとするように目をぐっと細くした。「なにかあった？」

一瞬、ためらい、ママとグレイシーのあいだで視線を泳がせる。なんて言ったらいいのかわからなかった。自分に正直になれば、いつもどこかで、ベックスの発言には正しいとは言えないものもあるんじゃないかって、思ってた。教師が、あんなにいい感じでおもしろい――うん、自分に正直になれば、セクシーだなんておかしいんじゃないかって。たまにベックスのやさしさになんだか……違和感を覚えなかった？　だけど、送ってあげると言われて、うんと答えたのはわたしだ。部室のソファにいっしょにすわったのもわたし。

　家に誘われて、あがったのも。

　あのとき、わたしはどうなると思ってた？

「なにもない」わたしはリュックのストラップを両手で握りしめると、二人に背をむけて、二階へあがった。

　部屋のドアをしめ、ポケットからスマホを取り出す。クロエの名前を表示させてから、なにを話すつもりかわかっていないことに思い当たった。ああ、もしかしたら、別に話さなきゃいけないようなことなんてないのかもしれない。大げさに騒ぎ立ててるだけなのかも。そもそもたいしたことじゃないのかもしれない。別に、だれもいない暗い路地で変質者に襲われたわけじゃないんだから。相手はベックスなんだから。

　そう、ベックス。

　ベックスがわたしにキスをした。

ある意味、わたしのほうがキスをしてほしがっていたのかも？　ううん、それはちがう。

そのとき、武器みたいに握りしめていたスマホがいきなり震え、驚いて落としてしまった。スマホは、意思を持っているみたいにカーペットの上をすべっていった。手をのばして拾ったけど、また落としてしまい、やっと手に取って見ると、ジェイコブの名前が表示されていた。

今夜、アップルビーの家で会うことになっていたのを思い出し、応答ボタンを押す。みんなで集まるんだった。

「あ、もしもし」なんとか声を絞り出す。甲高いつくり声になってるのが気のせいであることを祈る。「練習はどうだった？」

「最高だったよ」ジェイコブは上機嫌で、ロッカールームが臭うのはジョーイとアフメドとどっちの靴下のせいかってことで言い争ったとかいう、やたら複雑な話をたっぷり五分間、しつづけた。車から電話しているので、爆音でかけてるラジオの音が聞こえる。

ようやく話し終わると、ジェイコブはたずねた。「マリンは？　どうしてた？」

「えっと」わずか数秒のあいだに百万回微積分計算をする。ジェイコブが無造作に片手をハンドルにかけているようすが、くっきりと浮かぶ。彼の人生は二時間まえとなにひとつ変わっていない。

「別になにも。ただだらだらしてた」

「ほんとに？　なんだかようすが変だよ」

「そう?」ジェイコブが気づいたことに驚いている自分に、それってどういう意味だろうと思う。

「ちょっと疲れてるだけだと思う」

もっとしつこくきいてほしいのかほしくないのか、自分でもわからない。でも、ジェイコブはいつものとおり調子を合わせた。

「昼寝したら? おれは一回帰って、シャワーを浴びてから、マリンのこと迎えにいくからさ。いい?」

ちらっと部屋の反対側を見ると、ドアのうしろにかけてある姿見に映っている自分が見えた。編んだ髪と制服、どこかほんの少し荒れた表情。

「うん、大丈夫」そう言って顔を背けた。「じゃ、そうしよう」

7

「あのね」次の日の夜、クロエの持っているトルティーヤの袋に手をのばしながら、わたしは言った。クロエのうちのレストランでランチタイムのバイトのあと、クロエがうちにきて、二人でまったりしていた。「ちょっと変なことがあったんだけど、聞いてもらっていい？」

クロエは三角形のチップスのはしっこを、ほんの少しだけかじった。「いいに決まってるじゃん」

「だよね」袋の中に手を入れて、チップスをひとつかみ取る。「でも、ほんとに変なことなの。『ジェイコブがニキビをつぶす動画を見てて変』とかそういうんじゃなくて」

「ふうん、でもさ」クロエは考えこんだように言った。「たしかにニキビの動画って、なんか見てると落ち着かない？」

「ウソでしょ！」わたしはチップスを袋にもどした。「ウエッ、気持ち悪い」

「落ち着くんだって！」クロエがニヤッとする。「まあ、それはいいから。で、なにが変だったの？」

わたしはうなずいて、深く息を吸いこむと、緊張する必要はないと自分に言い聞かせた。だって、相手はクロエなんだし。「あのね」わたしはまた言った。「このあいだの放課後、ベックスにうちまで送るって言われたの」

　クロエは目を見開いた。「ほんとに？」

「うん。だけど、変なのはそこじゃなくてね。っていうか、こうやって声に出して言ってみると、それも変な話の一部かもだけど――」わたしはベッドのはしに頭をあずけて天井を見上げ、キスをされたところまでぜんぶクロエに話して聞かせた。「そのあとすぐ、すごい勢いで逃げてきちゃったから。でも、よくわからないんだ。どうすればいいのか」

　クロエはしばらく黙っていた。クロエのほうへ目をやると、トルティーヤのチップスをものすごく細かいかけらにして、モザイクみたいに膝の上に並べていた。「それって、まちがいない？」

　わたしは眉をひそめた。「どういう意味？　なにがあったかってことについて？　もちろん、まちがいないよ。当事者なんだから」

「うん、それはわかってる。わたしが言いたいのは――」クロエはいったん言葉を途切らせてからつづけた。「つまり、本当にベックスはしようとしたのかってこと、その――えっと、例えば、マリンがベックスにぶつかっちゃったとか、そういうんじゃなくて？」

「もちろん、まちがいない」即行で返す。でも、そう言われて急に、心の片隅にほんの少し、疑念が湧いてくる。だから、しゃんと背をのばして言った。「わたしがつくり話をしてると思ってるわけ？」

「もちろんそうじゃないよ」クロエはチップスのかけらを集めると、机の下にあるごみ箱に捨てた。

「ほんとに？　だって、今の言い方って――」

「マリン！」クロエは軽く笑った。「ちょっと、やめてよ。マリンとわたしの仲でしょ、そんなふうに思ってないって」

「でも、なにか引っかかる？」わたしは言った。

「そんなことない！　それってひどいよ、もしベックスがそんなことしたとしたら。最低。そのときって――」クロエは黙った。

「なに？　つづきを言って」

「ええと、具体的にはどういうふうだったの？」クロエは膝を体に引き寄せて、抱えこんだ。「おじいちゃんから孫へのキスみたいだったのか、それとも舌も使ったのかどうか、とか」

ベックスの手が頬に添えられたことや、その手が下へおりてきたのを思い出す。でもそれを、うまく説明できる気がしない。「ううん、舌は使ってない」わたしは認めた。

「よかった」クロエはほっとしたように言った。「それだけでも、まだマシだったね」

わたしはフーッと息を吐きだした。「かも。ごめんね。ただ、わたし――まあ、そういうこと」

カーペットの上でくるっと向きを変えると、床に寝っ転がった。「だれかに話したほうがいいかな？」わたしは天井にむかって言った。

「今、わたしに話したじゃん」

「そうじゃなくて、ディオガルディ校長とか、そういう人。親にも言ってないの」

「え？　ベックスをまずい立場に追いこむつもり？」

「別にだれのことも追いこもうなんてしてないよ」わたしは肘をついて上半身を起こした。

「だよね、もちろん、それはわかってる」クロエはすぐさま言った。「そういうつもりで言ったんじゃない。ただその……もちろんマリンの言ったことは信じてるけど、本当にまちがいはないのかなって。つまり……ベックスは勘ちがいしたんじゃない？　マリンの気持ちの高まりみたいなものを」

わたしはひどく驚いた。「気持ちの高まり？」

「言いたいこと、わかるでしょ！」クロエは言い訳するように言った。「じゃなきゃ、マリンのほうが勘ちがいしたのかも。あ、マリンが勘ちがいしたって言ってるわけじゃないよ、ただ実際にどういうことだったのか、考えようと思って――」

「勘ちがいなんかしてない」こんなふうに話が運ぶなんて、思ってもいなかった。深く息を吸いこみ、心を落ち着かせようとする。「これって、変なことだよね？　客観的に言って。教師なんだよ？　不適切なことだよね」

「うん、もちろん、百パーセント変」口ではクロエはそう言ったけど、あいまいな感じで肩をすくめた。「だけど、ちょっと、なんて言うか、そこまで動揺することじゃなくない？　もちろんわたしはその場にいなかったわけだけど、でも、わたしたち、さんざんベックスはすてきだとか、そういう話をしてたよね？　もしかしたらベックスはマリンがそういうことを言ってたのを聞いて、気まずくないようにしようと思ったとか――」

「正気？」わたしはさえぎった。「どうしてキスすると、気まずくなくなるわけ？」

「知らないって！　ただどういうことか、考えようとしてるの。それだけ。それに、もしマリンが、その、学校とかそういうところに言ったほうがいいと思うなら、わたしは止めないよ」

「だけど、クロエだったら、言わないってことね」わたしはまたカーペットの上にバタンと倒れこんだ。

「うん、そうかな」クロエは静かな声で言った。「わたしだったら、自分がちゃんと理解できてるかどうかわからないことで、だれかの人生を破滅させたりしない」

「破滅させようとなんてしてない！」

「もちろん、そうだけど。でも、実際はそうなるでしょ？」クロエはまた肩をすくめた。「ディオガルディ校長に言ったら、ベックスはクビになるだろうし、そうしたら、次の仕事は見つけられない。経歴に傷がつくから。しかも、もしかしたらその傷は――」クロエはそこで黙りこむと、手をのばして、わたしの膝の上にトルティーヤチップスを一枚、置いた。「わかんないけど、ベックスだよ、マリン。マリンが大好きな先生じゃない」

それに、わたしのってクロエが心の中でつづけたのがわかった。そう、みんなベックスのことが好き。

「もともとベックスとはふつうの教師と生徒って感じじゃなかったわけだし」

「だね」わたしは目を閉じた。どうしてかわからないけど、いきなり泣きたくなった。「たぶんクロエの言うとおりだね」

長いあいだ、二人ともなにも言わなかった。しばらくして、クロエはチップスの袋の口を丸めた。

「そろそろ帰らなきゃ」そして、ベッドサイドのテーブルからプラスチックのクリップを取った。

「十一時までに車を返すってママに言っちゃったから」

クロエは立ちあがると、わたしのほうへ手をのばして立ちあがらせ、二人して一階へおりていった。リビングでは、両親がトム・ハンクスの古い映画を見ていた。

「おじさん、おばさん、おやすみなさい！」クロエはほがらかに言うと、山のように服がかかっているフックから自分のジャケットを取り、もう一度わたしのほうにむき直った。

「ベックスは本当にさっき言ったことをしたのね？」クロエの声はとてもおだやかだった。

「うん」もう一度、泣きたい気持ちを飲みこむ。ああ、もう、どうしてあんなバカなことしちゃったんだろう。「そうだよ」

クロエはうなずいて、一瞬、さらになにか言おうとしたように見えたけど、思い直して鍵のつまみをカチャリとまわしてドアを開けた。凍りつくような十二月の空気が中に入ってくる。

「月曜日にね」そう言って、クロエは出ていった。

その週末は、両親を手伝って屋根裏からクリスマスの飾りをおろしたり、ケーブルテレビで映画の『ホーム・アローン』を見たりして過ごし、ベックスとのことをなるべく考えないようにしたけれど、あまりうまくいかなかった。月曜日になり、三時間目が近づいてくるころには、緊張でどうかなりそうになっていた。一瞬、本気で文学鑑賞の授業をさぼろうかとも思ったけど、どう考えたって、バカげてる。そのあとどうするつもり？　このあとずっと毎回さぼりつづけるとか？

ぞろぞろと教室に入っていくと、ベックスはいなかった。一瞬、体の奥底から湧きあがる恐怖と期待とが入り混じる。もしかしたら休みなのかも？　わたしたちのあいだになにがあったか、だれかに知られてしまったとか？　クロエが気を変えて、だれかに話した？　小声でクロエを呼ぼうとしたとき、ベックスがのんびりと入ってきて、ドアをしめ、片手をあげて言った。

「遅れてすまない」頬にえくぼをつくり、メッセンジャーバッグを椅子の背にかける。「今日のカフェテリアの自動販売機は、金を入れても、なにも出てこないぞ。一応知らせとくよ。ぼくが、バーベキュー味のチップスとプロテインバーで朝食をすまそうとしてたってこともバレるけどね」

そしてベックスは、ウィリアム・フォークナーの経歴について説明をはじめた。今週から、『死の床に横たわりて』を読むことになっているからだ。

わたしは頭を殴られたような気がした。なにを期待していたのか、自分でもわからないけど、こんなあたりさわりのない、それでいて攻撃的な日常じゃなかったことはたしかだ。一瞬、自分がどこにいるのかわからないような感覚にとらわれ、あれはぜんぶ自分の頭が考えだしたことなんじゃないかとさえ思った。

でも、それから、唇に押しつけられたベックスの唇の感触がよみがえり、制服のブラウスの下でブルッと震えた。

「明日までに最初の四十ページを読んでくること」授業の終わりのベルが鳴ると、ベックスは言った。

リュックにノートを押しこんでいると、教壇からベックスが目を合わせてきた。

「マリン、ちょっと残ってくれないか？」ベックスはなにげなさのお手本といった調子で言った。

やっぱり、二人ともなにがあったかはわかってるんだ。そう思ったとたん、皮膚がぞわぞわし、顔に火がついたように熱くなった。わたしはうなずくと、みんなが廊下へ出ていくあいだ、残って待っていた。クロエがドアへむかいながらこっちに視線を投げかけてくるのがわかったけど、気づかないふりをした。

「それでだ」二人きりになると、ベックスは机のはしに腰かけ、きれいに髭を剃った顔を手でこすった。「ちゃんと話しておいたほうがいいと思って」

「ええまあ」わたしは本能的に制服のセーターの袖を手が隠れるまで引っぱりおろして腕を組み、ぼろぼろのスペリートップサイダーの靴をはいた足を落ち着かなげに踏みかえた。「ええ、その——はい、っていうか——」

ベックスはにっこりして、両手をあげた。「マリン、ぼくはぼくだ、だろ？　ぼくのことを怖がる必要はない。そんなふうに死にたそうな顔をして突っ立ってることはないんだ」ベックスはまた頬をこすると、恥ずかしそうな顔をした。「どうやら……」いったんそこで黙ってから、ベックスはつづけた。「ぼくたちは……たぶんちょっとした勘ちがいをしたんじゃないかな。単純にね」

わたしは目をしばたたかせた。「勘ちがい？」止めるまえに、その言葉が口から飛び出した。

ベックスは首を振りながらつづけた。「コミュニケーションの失敗と言ってもいい。二人ともにとって、とても心外なことだ。だが、起こってしまったことは事実だ」

わたしはごくりとつばを飲みこんだ。「えっと、ええ、そうですね」ベックスが、あんなのはぶざまでバカバカしい出来事にすぎず、別に世界の終わりとかそういうことじゃないって感じで話すのを聞いて、どこかほっとする一方で、これはちゃんとした謝罪ではないという思いが浮かぶ。

でも、そもそもベックスがわたしに謝る必要はないのかも？

結局のところ、わたしはベックスの家にいった。わたしはベックスの気を引くような態度を取った。それに、ベックスとそういうことをするところを想像したことがなかったわけじゃない。

「まあ、とにかく」ベックスは話しながら、すっと机からおりると、ドアのほうへ歩きはじめた。「すっきりさせたかっただけなんだ。これから、お互い変な気づかいとかなしで前へ進んでいけるように。実際、きみは優秀な生徒だからな。ここを卒業したあと、すばらしいことを成し遂げるのに、こんなことが邪魔になったら嫌だろ」ベックスは、まるで商談がまとまったときみたいに手をさしだした。「よし、これでぜんぶ問題なしってことだね？」

「わたし――ええ、もちろん」わたしはベックスと握手した。そのすべすべした冷たい手のひらに触れたとたん、またぞわぞわしたものが体を駆け抜けた。「もちろん問題ありません」

9

クロエはカフェテリアのいつもの場所で待っていた。目の前に置かれたトレイの上の食事は、手が付けられていない。

「ベックスはなんだって?」わたしがすわるとすぐに、クロエはきいた。

わたしは肩をすくめた。「なにも問題ないってことを確認しただけ。だと思う。つまり、あんな――」わたしはまわりをちらっと見まわした。

クロエはうなずいた。「で、マリンも問題ないって言ったの?」

「うん、まあね」ランチバッグからビニール袋に入ったぶどうを出し、クロエと目を合わせないようにしながら粒をひとつひとつもいでいく。「ほかに返事のしようもないし。でしょ?」

クロエは眉を寄せた。いつもの真っ赤な口紅がつややかに光っている。「つまり、本当はちがう? 問題あるってこと?」

「ううん、そうじゃないんだけど――」わたしは言葉を途切らせた。これって……よくわからない。

結局のところ、クロエとわたしは高校に入ってからほぼずっとベックスに夢中だった。でも、かつこいい先生を好きになるってふつうじゃない？　よくある話だし。だからって、その先生とのあいだに本当になにか起こってほしいとか——誘うとか、そういうのとはちがう。

だよね？

どう答えようか考えているあいだに、ジェイコブとラクロス部の子たちがきた。トレイには、レンガを積むのに使えるんじゃないかってくらいどろどろのマカロニチーズが山盛りになっている。

「よっ」ジェイコブが言い、わたしはにっこりした。「なにかあった？」

「新聞部の話。今週末が締め切りだから」わたしは言って、ちらりとクロエに視線を送った。ぶどうを口に放りこむ。「そうだ、わたしが送った記事の要約、見てくれた？」

クロエはあやふやな感じでうなずいた。「こっちもいくつか、アイデアがあるんだ」そう言ってから、ジェイコブのトレイを見た。「新しいメニューについてなにか書くとか？　どう？」

思わず声を出して笑った。だって、笑わずにはいられない。

「なによ？」

「それって、パンチの利いた記事とは言えないよねってだけ」

クロエはまた眉を寄せた。「マリンがしたいのはそれってこと？　パンチの利いた記事を書きたいの？」

「え、その、ただ——」わたしは口ごもった。どうしてクロエが急に不機嫌になったのか、わからなかった。「だって、わたしたち、ずっとそういうものを書こうとしてきたんじゃないの？」

クロエは顔をしかめた。「ただの高校の新聞だよ、マリン。〈グローブ〉のスポットライトチームじゃないんだから（ボストン・グローブ紙の調査報道を行う特別ユニット）」

わたしが答えようとしたとき、カフェテリアの前のほうでざわめきが起こった。またディオガルディ校長だ。うしろに、みじめな顔をしたディアナ・モンタルトを従えている。

「みなさん！」校長はカフェテリアに響きわたるような声で言った。「新しい服装規定についてまだわかっていない女子生徒がいるようなので、ここにいるディアナくんに手伝ってもらって、やってはいけないことを確認します」

「冗談でしょ？」わたしはディアナからクロエに視線を移し、またディアナを見た。「本気でみんなの前でディアナを見せしめにするつもり？」

「みたいだね」クロエが唇を噛む。

ディオガルディ校長は、バスケットボールの小競り合いを見守るコーチみたいにカフェテリアの前をいったりきたりしながら言った。「さて、ディアナが今日、どんな服装規定を破っているか、説明してくれる者はいるかね？」そして、窓際にすわっている一年生にむかってうなずいた。「きみはどうだ？」

「えっと」一年生は聞こえるか聞こえないかくらいの小さな声で言った。「タイツでなくハイソックスをはいている？」

「タイツでなくハイソックスをはいている！」ディオガルディ校長は楽しげにくりかえした。「たしかに、それが問題のひとつ目だ。ほかには？」

ディアナが黙って立っている横で、ディオガルディ校長は服装規定違反をひとつひとつ挙げていった。シャツのすそが出ている、大きすぎる輪っかのイヤリング。さらに、事務のミズ・リンチに定規を持ってこさせて、ディアナのスカートの丈を測ることまでした。

「最低」でも、同意を求めてジェイコブのほうを見ると、ニヤニヤと悪気ない笑みを浮かべて、そのようすを見ていた。

「なに、ニヤニヤしてるの？」ジェイコブの脇腹を肘でつつくと、思っていたより強くなってしまった。「笑うとこじゃないし」

「いてっ」ジェイコブは肩をすくめた。「笑えるじゃん。それに、ディアナは気にしちゃいないさ。カフェテリアじゅうの男にいっせいに見られるなんて、むしろ夢みたいかもよ？」

「超最低」わたしは言ったけど、ジェイコブの友だちはどっと笑った。振り返って、ディアナのなんの表情も浮かんでいない顔を見る。どうしてみんながディアナのことを「ビッチ」だって言うのか、これまでちゃんと考えたことはなかった気がする。それって、ディアナの胸が大きくて、中学のころから彼氏がいたってだけじゃないの？　それから、はっとした。だいたい、たとえディアナが百万人の男と付き合おうと、目立つ服を着ようと、そんなのはディアナの勝手で、他人がとやかく言うことではない。

ようやくディオガルディ校長の演説が終わった。「ディアナくん、今日の放課後、自習室でお目にかかろう。ほかの女子生徒諸君は、ブリッジウォーター高校の名前を汚さないような服装を心がけるように」

「そうだよ、女子生徒諸君、名前を汚さないようにしないとね」ジェイコブがからかうようにくりかえす。

「そっちだって、今ちょっと見ただけでも、少なくとも三つは規則違反をしてるじゃない。校長にみんなの前に引っぱり出されなかっただけ、感謝するのね」

「まあね」ジェイコブは関心がなさそうに肩をすくめた。助け舟を求めてクロエのほうを見たけど、リュックの中でスマホをいじってる。

「それ、食っていい?」ジェイコブは残っているぶどうを指さした。なにも言わずにぜんぶわたす。ふいに食欲がなくなったから。

10

その夜、自分の部屋の机にすわって、コンビニで買った特大の〈スターバースト〉（フルーツフレーバーのソフトキャンディ）の袋からピンクのを選んで食べながら、ノートパソコンの画面で点滅しているカーソルをひたすら見つめていた。カフェテリアの新しいメニューについて、記事の下書きをまとめようとしていたけど、ろくに進んでない。

ふだんは、〈ビーコン〉の記事は心から楽しんで書いてるのに、今はベックスとのあいだにあったことでごたまぜになってる。これまで、放課後の新聞部の部室で、楽しく過ごしてきたはずだった。ううん、実際楽しかった。少なくともわたしは。でも今は……

だいたい、しなびたロメインレタスの上にグリルドチキンをのせたものを目新しくてわくわくする記事にするなんて、ハードルが高すぎる。

ついに我慢できなくなって、机をぐいと押して椅子をうしろに転がすと、クローゼットの扉の裏の鏡に映った自分の姿が目に入った。髪がのび、毛先には去年の夏に入れた〈サン&レモン〉色のハイライトがまだ残ってる。

子どものころ、人魚みたいになりたかった。クロエといっしょに、ビーチへいく前日の夜に髪を三つ編みにしたまま寝たっけ。次の朝は、バスルームにこもって大量のセルフタナーを塗りたくった。波打ち際で遊ぶ時間よりも、準備の時間のほうがはるかに長かったかも。そう考えたら、ふいに思った。ぜんぜん時間なんてかけてないように見せるために、これまでどれだけ時間をかけてきただろう。

立ちあがって、姿見の前に立ち、丈の短いTシャツと、ハイウエストのジーンズの上からちらりとのぞいているお腹を眺め、もし自分が他人だったとして、インスタでわたしの写真を見たらどう思うだろう、と考えた。おしりがペタンコでマスカラがにじんでる女の子のことを、クロエになんて言う？「頭がよくて、仲良くなれそうな子」って言わないことだけはたしかだ。

カーペットの、このあいだクロエがすわっていた場所を見やる。あのときの会話が、耳にこびりついて離れないラジオみたいに再生される。**そこまで動揺することじゃなくない？** あんなふうに言われてすごく頭にきたけど、もしクロエが言ったことが正しかったら？

わたしはベックスの家にあがった。それをまた思い出す。それに、リップクリームを塗り直した、ベックスの車の助手席で。でも、それって、誘ってることになるの？ そんなつもりはなかった。少なくとも、なかったと思う。でも、もしかしたら「意思疎通の行きちがい」があったのかも？

それから、思う。**あれは本当にあったこと**。わたしは当事者なんだから。

ああもう、これじゃ、自分で自分のことを疑おうとしてるみたい。なんでこんなぐちゃぐちゃになっちゃったんだろ？　高校生活をうまく乗り切るには、暗黙のルールがたくさんある。っていうか、人生を乗り切るには、って言ったほうがいいかも。こんな状況に陥ったのは、そのうちどのルールを破ったせいなんだろうって考えずにはいられない。女子にはルールがありすぎる。

両腕をぐんとのばして、また今日のランチのディアナのことを思い出す。ディオガルディ校長にカフェテリアの前に連れ出されたとき、ディアナの目には追い詰められた動物みたいな表情が浮かんでいた。

考えれば考えるほど、怒りが湧いてくる。ディオガルディ校長に対してはもちろん、自分にも。ディアナに謝りたかった。ディアナに無頓着に投げつけられてきた性差別的な言葉を何度も耳にしたのに、「それって、ぜんぜんおもしろくない」って言えたのに、言わなかった。こんなの不公平すぎるよねって、ディアナに言いたい。みんな本当はそういうことをしたいと思ってるのに、実際にしたら、あんなふうに言われることを覚悟しなきゃいけないってこと？

ディアナも感じてるか、きいてみたい。つまり、十代の女の子としてこの世界を歩きまわるのは特権ってことになってて、でもそれと引き換えに、守らなきゃいけないガイドラインがたくさんあるって。

愛嬌をふりまかなきゃいけないけど、やりすぎはダメ。自信を持ってるほうがいいけど、強気すぎるのはＮＧ。おもしろくないんじゃダメだけど、あまり目立ちすぎないよう、控えめに。チーズバーガーを食べないなんてつまんないけど、太るのは論外。まったりはいいけど、だらしないのはダメ。まだまだいくらでもありそう。よくマンガとかでサンタクロースが持ってる、長いプレゼントリストみたいに。

スターバーストの袋に手を突っこみ、またひとつ取って、包み紙をむく。もぐもぐやりながらしばらく考え、それからキーボードの上に手を置いて打った。

〈女子のルール〉

それから一時間近く、猛烈な勢いでキーを打っていた。舌を軽く噛み、両手を飛ぶように動かす。ちょうど書き終わったとき、ノックの音がした。グレイシーが、バッファローチェックのネルのパジャマズボンにけばけばのスリッパというかっこうでドアの柱に寄りかかっていた。「テレビ見るけど、いっしょに見る？　パパがポップコーンつくるって」

「え、なに？」くたくたのふきんみたいにくたびれていた。もう真夜中くらいだろうと思って、モニターのはしの時計表示を見ると、まだ九時になったばかりだったので、呆然とする。「あ、うん、いく」

「おっけ」グレイシーはそう言ってから、わたしをじっと見つめた。「大丈夫？」

わたしはパソコンの記事を見て、また妹を見た。「うん、大丈夫」軽くほほえんでみせる。ベックスのマンションにいった日以来初めて、本当にいい気分だった。

〈女子のルール〉

マリン・ロスパト

それは物心つくまえから、始まっている。歩いたり話したりするのを学ぶのと同じように、女子のルールを学ぶのだ。「あなたはプリンセスよ」「パパの大事な娘だ」「ほーら、くすぐったがり屋さんだな」「さあ、ハグして」「本当にかわいいね」「いい娘ね」

そのころのことは覚えてないかもしれないけど、これなら覚えてるはず。バレエのレッスンでピンクのレオタードのお腹のところがぴんとのびていたこととか、将来、摂食障害になったらどうしようって親たちが騒いでいたこと。それから？　ダンスを習った？　サッカー？　それともなにか楽器とか？　覚えてる？「わたしたちは、あなたに幸せになってほしいだけなの！」ってやつ。覚えてるでしょ？「うん、幸せ」って答えたのを。だって、それがみんなが聞きたいと思ってる答えだから。そうやって、どのくらいみんなが聞きたがってることを言うようにしてきた？

時がたって、今は「女の子だってなんでもできる」の時代！　だから、声をあげなきゃ、ほら、聞こえない！　でも、こうも言われるよね。**女の子でしょ、お行儀よくなさい。**学校で男子がちょっかいを出してくる？　ほら、自分でなんとかして！　学校で男子がちょっかいを出してくるって？　おまえの気を引きたいだけさ。キラキラするものとか、ユニコーンとか、ピンクのものが好き？　今どき？　バカっぽい！　試合に出たい？　悪いね、女子はだめなんだ。

　少しくらいメイクしたら？　足の毛は剃らないとね。メイクが濃すぎ。スカート短すぎ。体にぴったりした服や、細いストラップのタンクトップとか、あ、ハイソックスも禁止ね。だって、男子の気が散るでしょ。胸もおしりも！　男子の気が散っちゃうんだってば！

　ピザは食べられないとかいう女子はかんべん。じゃあ、シェイクも？　それはちょっと。うわ、太った？　がりがりだと女らしくないよ。あんまりグラマーだと、太って見えるよね、存在感ありすぎっていうか。ああこれ、あなたの健康を心配して言ってるのよ。

　おもしろい女子がいいよね。あ、でも目立ちすぎはダメ。頭もよくないと。でも、あんまりよすぎてもね。黙ってばかりじゃダメだって。え、それ、主張しすぎ。ほら、よゆうもって。ぴりぴりしないの。サバサバしてて男っぽくていいよね。やだ、そこまでやったら男そのものだから！　いいね、フェミニスト。女性同士の連帯万歳。え、もしかしてゲイ？　まあ、男子が見てるなら女の子にキスするのもいいかも、ほら、セクシーだし。見せてやって。え、わざと見せようとするなんて信じられない、最低。

簡単なのはダメ。軽いのもダメ。カタすぎるのもダメ。冷たいのもダメ。友だちとして好きとか、なしね。必死すぎるのってみっともない。ほどほどがいいって。男子を勘ちがいさせたらかわいそう。しようとしたからって男子を責めないであげて。夜に一人で出歩くなんて非常識。落ち着いて。心配しすぎ。ほら、笑顔！

女子のみなさん、今は最高の時代です、自分らしくいられるんですから。女子もなんだってできる！　できないことなんてない！　なんだって好きなものになれる！

女子の、ル、ー、ル、にさえちゃんと従っていればね。

11

次の朝、ロッカーへいく途中、廊下のむこうから名前を呼ばれた。振り返ると、部室からベックスが顔を出していた。格子縞のボタンダウンのシャツの襟が、ほんの少しだけゆがんでる。

「マリン、ちょっといい？」ベックスは快活に言うと、手招きした。

「えっと」廊下の超レトロな時計をちらりと見る。二週間前なら、ベックスと部室で二人きりになることなんて、なにも気にしなかっただろう。むしろ、喜んでたかも。ベックスを独り占めできるって。でも、それは二週間前までの話。「はい」

ベックスはうなずくと、部室にもどって、机のはしに腰かけたけど、わたしは開いたドアのところでなんとなく足を止め、ぎこちなく腕を組んで、またおろした。

「話っていうのは」と、ベックスは同じ快活な調子で切り出した。でも、気のせいか、ほんのちょっとだけうそくさく聞こえる？「昨日、きみがアップした記事の原稿について、二、三言話しておこうと思ってね」

「はい」わたしは同じ返事をしたけど、ちょっと身がまえた。昨日の記事のことは、寝る直前まで考えていたし、朝起きていちばんに頭に浮かんだ。これまで書いた中でもトップレベルで力強い記事だと思う——でも、ベックスの口ぶりに、ふいにあれでよかったのか不安になる。「もしかして、気に入りませんでした？」

「いやいや、そんなことないよ、いい記事だ」ベックスはすぐに言って、両手をあげた。「切れがよくて、よく考えられているし、エッジが利いてる。それに、文章も完璧だよ。ただ、発行する前にもう一度、あらゆる角度から検討するのを忘れないようにって言いたかっただけだ」

わたしは眉を寄せた。「なにを検討すればいいんですか？」

「うーん、どうだろうな」ベックスは首をかたむけた。「今回の記事はかなり大胆に書いているだろう？」

「まあ。でも、そこまで大胆だとは思ってませんでしたけど」ゆっくりと答える。

「いいか、マリン。誤解しないでくれよ。あれは、実にすばらしい記事だ」ベックスはにっこりほほえんだ。「ただ、この学校はまぬけだらけだってことだ。顧問として、たたかれる可能性もあると覚悟できているか、確認したいんだ」

「わたしがたたかれるってことですか？」わたしは驚いて言った。そんなこと考えてもいなかった。にわかに、考えが甘かったのか不安になる。「だれから？」

「それはわからない」ベックスはすぐに言った。「ぼくってことじゃないよ、もちろんね。ただぼくとしては、みんながきみの記事を絶賛しなくても、うろたえないでほしいってだけだ」

わたしはうなずき、さっきより強く腕を組んだ。自分のことを抱きしめてるみたいに。ベックスが記事を取り下げるべきだと思っているのをはっきりと感じたし、ベックスの言うとおりにしたい自分もいた。わたしだって、学校のみんなに、過激なフェミニストと思われるのは避けたい。

でも、一方で、これは彼のマンションでのことなにか関係しているんじゃないかと思わずにはいられなかった。

「でも、記者の仕事ってそういうことじゃないですか？」なんとか体の力を抜いて、背をすっとのばし、胸を張る。自分の考えははっきりしているし、それを口に出すことを恐れていないというように。「時には、読む人の気持ちをざわつかせるようなことを書くのが」

ベックスはわたしのことをじっと見つめた。その表情からは、なにを考えているのか読めなかった。

「いいだろう。今週号に記事を載せよう」

朝礼の始まりを告げるベルが鳴った。

ベックスに植えつけられた疑いの種は、午前中をかけて根をはり、葉を茂らせ、花を咲かせた。

三時間目になるころには、国立公園並みに育ってた。ベルが鳴るまえにクロエにはげましてもらおうと思ってたのに、ベックスの教室に飛びこんできたクロエのきれいに描かれた眉は、きゅっと真ん中に寄っていた。

「ねえ」クロエは机と机のあいだをまっすぐ歩いてくると、わたしの机のはしに腰かけて、目の上にかかった黄色い髪をふうっと吹き、エレクトリックブルーの革のトートバッグをコツンとリノリウムの床に置いた。「マリンの記事のこと、ちょっと話せる？」

わたしの心は沈んだ。「クロエも気に入らなかったんだ？」

「ううん、そういうことじゃなくて――」そこまで言って、クロエは顔をしかめた。「え、ほかのだれかに気に入らないって言われたの？」

わたしは肩をすくめ、ちらりと教室の前を見やると、声をひそめて言った。「今朝、ベックスに変なこと言われたんだ。よくわかんないけど」

「マリンのことを心配しただけじゃない？」

「どうして心配してもらわなきゃいけないの？　その、あの記事のどこがそんなに悪かっ……」

「悪くなんかないわよ！」クロエはさえぎって言った。「ただちょっと……声高ってだけ」

驚いて、胸がチクッと痛んだ。「声高？」

「そう、例えば今の声も声高」クロエはからかい口調で言って、ちょっと笑った。「ほら、落ち着いてって。怖いよ。うーん、つまり、まずあれだと、まるでマリンは男子全員のことを敵だと思ってるみたい。それか、脚の毛を剃らなきゃならないことで、ものすごく抑圧されてるって感じてるとか。じゃなきゃ、そもそも脚の毛を剃らないタイプの女子になろうとしてるとか」

「そんなの、これからだって剃るに決まってるじゃない！　わたしが言いたいのはそういうことじゃ――」

「いい？　別に取り下げろって言ってるんじゃない。それに、わたしに相談しないで勝手にアップしたことを怒ってるわけでもない。まあ、本当はわたしたち、共同編集者ってことになってるわけだけどね。ただ、たたかれるってことを覚悟したほうがいいってこと」

「たたかれる？」わたしは引っかかりを感じ、眉根を寄せた。ベックスと同じ言葉を使ってる。「この件でベックスと話した？」

「え？　話してないわよ！」クロエは首を振った。

なぜか、クロエが本当のことを言ってない気がした。でも、わたしが神経質になりすぎてるだけかもしれない。今日は、自分の判断が信用できない。あとで考えたほうがいい。

わたしはのろのろと言った。「わかった。じゃあ、このままいくのね？」

「うん、そうしよう」クロエはにっこり笑った。そして、ポンと軽く肩をぶつけてから、席にすわった。

次の月曜日、わたしの記事は〈ビーコン〉のトップに掲載された。先週の水泳大会の結果と今週のランチのメニューのとなりだ。

一時間目の前にカフェテリアにいくと、ジェイコブが卵サンドを食べながらスナップチャットを見ていた。

「あ、ジェイコブ」彼の姿を見て、ほっとした。昨日の夜は、もしかしたら大きなまちがいを犯したかもと思って真夜中過ぎまで眠れなかった。よけいな騒ぎに巻きこまれて、今のそれなりに安定した状態がひっくり返されたりするかもって。でも、そんなふうに考えるなんて、バカバカしいよね？　しょせん、ただの記事なんだから。それに、そもそも内容だってそんな論争を呼ぶようなものじゃないし。だって、女子に課されたルールがバカバカしいのはたしかなんだから。そんなの、だれにだってわかるはず。

ジェイコブは笑い返さなかった。「ああ、マリン」

そのとき初めて、ジェイコブの前にランチョンマットみたいに〈ビーコン〉が広げてあるのに気づいた。

わたしはおそるおそる彼のとなりにすわった。「気に入らなかったって言わないでね」

ジェイコブは肩をすくめた。「気に入らなかったっていうのとはちがうけど。ただちょっと、いい気分じゃなかったかな」

「そうなの？」一瞬、戸惑った。「どうして？　だって、別にジェイコブとは関係ない話でしょ」

「かもね。だけど、みんなはそう思わないだろうな。これってさ、マリンは男はみんなこんなだと思ってるってこと？」

「そもそもこれって、男子の話じゃないでしょ。女子にどういうことが求められてるかってことじゃない」

「まあね」ジェイコブは言ったけど、納得していない感じだった。

「なにかいいことを言ってくれたっていいじゃない。一応彼女なんだから」

「一応？　それってどういう意味だよ？」ジェイコブは目をぐっと細めた。

　わたしは落ち着かない気持ちでまわりを見まわした。この時間のカフェテリアは空いてたけど、わたしたちしかいないわけじゃない。いくつかむこうのテーブルで、一年生が二人、聞いてないふりをしてる。

「もうちょっとはげますようなことを言ってくれたら、うれしいってこと」わたしは声を小さくして、ささやくように言った。「ごめん。みんながどんな反応をするか、あんまり自信がなくて。だから――」

　わたしが言い終わるのを待たずに、ジェイコブは言った。「じゃあ、そもそもなんで載せたんだよ？　それに、おれがどう思うかも、どうでもいいみたいだな。前もって言ってくれもしなかったろ。おかげでジョーイのやつから聞くはめになったんだ――」

「記事を書くのに、ジェイコブの許可をもらう必要はないでしょ」

「そういうことじゃない！」ジェイコブは首を振った。「今、おれが言ったことを聞いてた？」

そして、ため息をつくと、わたしの手を取ってぎゅっと握りしめた。「なあ、マリンがストレスを感じてるのはかわいそうだと思うよ。ま、みんながみんな、毎週〈ビーコン〉が出た瞬間に、大騒ぎして読んでるわけじゃないからな、そう思えば、少しは気が楽になるだろ」

「本気で言ってるの？」わたしは手をひっこめた。「だれも読んじゃいないってこと？　それではげましてるつもり？」

ジェイコブの肩に力が入った。「今日はいったいどうしたんだよ？　え？　生理中とか？」本気で途方に暮れたような口調だった。

わたしは思わず二度見した。「もういい」思い切り椅子をうしろに引くと、床に擦れてすごい音がした。でも、もう人に見られたってどうだっていい。「もううまくいかないと思う」

ジェイコブは目を見開いた。「え、ちょっと待ってよ。うまくいかないってなにが？」

「これよ」わたしたち二人を指さす。「ジェイコブとわたし……距離を置いたほうがいいと思う。ジェイコブから。つまり、これからずっと」

自分の口から出た言葉にショックを受けた。ジェイコブの表情からも、同じだとわかる。十分前まで、ジェイコブと別れるなんて選択肢は頭の片隅にもなかった。でも、今はそれが当然のことのように思える。

「なんなんだよ?」ジェイコブも立ちあがり、椅子がガタンと音を立て、わたしたちはにらみあった。「いったいどうしてそういうことになるんだよ? わかったよ、生理中だなんて言って悪かったよ。あれはよくなかったと思う。だけど、だからって、別れるようなことじゃないだろ」

「そう?」本気で考えはじめたら、くだらないコメントひとつのせいだけじゃない気がしてきた。去年、ラクロス部の子たちが一年生の女子をかわいい順にランク付けしたこと。カフェテリアでディアナを笑ったこと。服装規定の話のとき、バカにしたようにニヤニヤしていたことや、わたしがアイスクリームじゃなくてフローズンヨーグルトのほうが好きだと思いこんでること。これまでたいしたことじゃないって自分に言い聞かせてきた百万個くらいの些細なことが、突然、どうでもいいことに思えなくなったのだ。

「そうは思わないけど」

「わかった」ジェイコブはお手上げだというように両手をあげた。今では本気で怒っていた。唇を一文字に結び、頬は怒りで紅潮している。「じゃあ、これでおしまいだ。まあ、別れたほうがいいんだろうな。マリンがこういうふうになるんだったら」

わたしは眉をクイッとあげた。「へえ？　こういうふうって？」

「こういうタイプだよ」ジェイコブはわたしを指さした。「ヘンな記事を書いて、やばいやつみたいなことを始めて……あれだよ、イカレたフェミニストになるとか？」

わたしは声をあげて笑ってしまった。意地の悪い空っぽな声が響く。「イカレたって――ジェイコブ、ほんとにわたし、そうなるかも。じゃ、もうさっさと消えたら？」

一瞬、ジェイコブはわたしを見つめて、口をパクパクさせた。これまでこんな口の利き方をしたことはない。ジェイコブにも、ほかの人にも。嫌悪感に襲われると思ったけど、実際には、むしろ力が湧いてくるような気がした。

「そっか、じゃ」ようやくジェイコブは言うと、サンドイッチの包装紙をクシャッと丸め、カフェテリアの前に置いてあるごみ箱に放りこんだ。「永遠にさよならだな」

「永遠にさよならだね」わたしもくりかえすと、リュックを肩にかけ、一時間目の授業にむかった。

ジェイコブの記事に対する反応は、総じて、そのあと午前中にみんなが見せた反応を占うリトマス試験紙となった。ディーン・シェパードはまるでわたしにひっぱたかれるとでもいうみたいに大げさに飛びのいてみせた。ハリー・ワイズバッシュはヒラリー・クリントンを引き合いに出したジョークを飛ばした。

「まあ、いいことかも」ベックスの授業が始まるまえ、クロエはなぐさめるように言った。「わたしたちが編集者になってから、〈ビーコン〉がこんなに話題になったのは初めてだし」

「見出しじゃ売れない、マリンのイカれた記事で売れてるんだ、みたいな?」『ニュージーズ』のもじり（一九世紀終わりにニューヨークで起こった新聞販売（はんばい）少年たちのストライキを基（もと）にしたミュージカル。中に「見出しで売れるんじゃない、おれたち（新聞販売（はんばい）少年）が売ってるんだ」という有名なセリフがある）。中学のとき、しょっちゅう見てたっけ。それから、顔をしかめた。「あ、そういえば、ジェイコブと別れた」

「え、どういうこと?」クロエがぱたんと両手をおろした。「どうしてよ?」

「うーんと」わたしは言いかけて口を閉じた。**〈わたしの記事のこと気に入らないって言われて、そうしたら、彼のなにげない性差別的な態度がどれもこれも気になってきたって感じかな〉**が、今朝のときほど立派な理由に思えなくなってきたのだ。「つまり——」

クロエは首を振った。「マリン、いったいどうしちゃったの?」

答えるまえに、ベックスが入ってきた。ベックスは教室の前の机に寄りかかった。「さて、授業を始めてもいいかな?」

ベックスが今週のボキャブラリーを復習しているあいだ、わたしは目立たないように縮こまっていた。それから、ベックスは来週までの宿題だと言って、プリントを配った。

「新しい読書リストをつくったから、目を通しておくように。この中から短編を一編選んで、作者の文学手法について二ページから三ページのエッセイを書いてくること」

それなら楽勝だ。一時間かそこらでやっつけることができる。でも、リストに目を通したとたん、眉間にしわが寄るのがわかった。ジョン・アップダイク、マイケル・シェイボン、ジョン・チーヴァー。衝動を抑えるより先に、手があがっていた。

「えっと」ベックスはわたしのほうにむかってうなずいた。「なんだい、マリン？」

「すみません、ただ――」わたしは言いよどんで、かすかな緊張を感じつつまわりを見まわした。ディーン・シェパードはすでにニヤニヤしている。「リストに女性の作家も入れたほうがよくないですか？　じゃなきゃ、白人以外の作家か」

ベックスは一瞬、驚いたような顔をした。そして、リストを見やったが、その表情から、たぶんそれに気づいていなかったことが伝わってきた。

ベックスは小さく舌打ちすると、わたしを見た。「なるほど。じゃあ、マリン、このリストは気に入らないってことだね？　なら、だれを加えるべきだと思う？」ベックスは明るく言った。

「え？　えっと」わたしの頭は完全に真っ白になった。必死で考えても、もう死んでいる白人男性作家以外の作品は、短編すらひとつも思い浮かばなかった。「そこまでは考えていませんでした」わたしは認めた。

「そうか」ベックスはあいかわらず機嫌よく言ったけれど、どこか白々しくて、親しみではなく皮肉が含まれているように感じた。この授業で、ベックスが宿題に関して自信が揺らいだようすを見せたのは、初めてだ。こちら側から不満を言ったのも初めてってこともあるけど。「なにか思いついたら、みんなと共有してくれ。いいね？」

　みんながクスクス笑ってるような雰囲気になって、わたしはみじめな気持ちでうなずいた。恥ずかしくて全身がチクチクする。クロエが信じられないって顔でこっちを見た。ああもう、どうして口を閉じておかなかったんだろう！　そうじゃなくても、余計な注目を浴びてるっていうのに。

　ベックスがホワイトボードのほうをむいたとき、開きっぱなしのドアをノックする音がした。見ると、ネイビーのシャツドレスと、フレームの大きい丸メガネをかけたクレイン先生が立っていた。黒い髪は頭のてっぺんできれいにまとめられている。

「ベケット先生」クレイン先生はそう言って、さっとわたしのほうを見てから、またベックスに視線をもどした。今のやりとりを聞いていたのかもしれない。「ミズ・リンチから名簿をあずかってきたんです。ついでにお届けしようと思って」

「そうか！　ありがとう」ベックスはうなずいて、超特大の笑みを浮かべた。

　教壇にもどったときにはもう、ベックスはわたしのことなど忘れたように見えた。

　助かった。それでも、それから授業が終わるまで、わたしは姿勢を低くしてすわり、消えてしまいたいとひたすら願っていた。ベルが鳴ると、クロエはまっすぐわたしの机まで飛んできて、腕をつかみ、廊下に連れ出した。

「ちょっと、今日はさんざん事件を起こしといて、さらに、みんなの前でベックスと一戦交えるってどういうこと?」クロエは冗談めいた口調で言ったけど、本当はそうじゃないのはわかった。「月経前症候群がひどいとか?」

「やめてよ」ジェイコブをフッたのは、ほんの二時間前に彼がまったく同じことを言ったからだとは言わなかった。「ただちょっと――」

「マリン!」

わたしはビクッとした。今日はもうこれ以上、だれにも責められたくない。でも、振りむくと、クレイン先生が片手にペットボトルの水、もう片方の手に白い表紙の薄い文庫本を持って立っていた。「ちょっといい?」

「あ、はい」クロエのほうを見て、また先生のほうへ視線をもどす。「もちろんです」そして、クレイン先生について廊下を歩きはじめた。

「ベケット先生とのやりとりを聞いちゃったの」クレイン先生が言ったので、思わず顔がゆがむ。

「やりとりなんていえるかどうか。わたし、固まっちゃったから」わたしは正直に言った。

クレイン先生はにっこりした。「そういうこともあるわよ。だけど、はずみで言ったのかもしれないけど、あれはよかったわよ。全員白人で全員男性の読書リストなんてバカげてる。次は、ちゃんと用意しておけばいいってだけのことよ」

そして、先生は「はい」と言って、持っていた本をさしだした。「この本、いいスタートになるんじゃないかと思って」

タイトルを見た。ロクサーヌ・ゲイの『バッド・フェミニスト』。

クレイン先生はしげしげとわたしを見た。「あのね、もしまわりの状況（じょうきょう）に違和感（いわかん）があるなら、なにかしら行動を起こさなきゃ」

どういう意味かたずねるまえに、クレイン先生は廊下（ろうか）を歩きはじめた。それから、ふと振（ふ）り返った。「ところで、マリンの記事、すごくよかったわよ」


昼休みと、そのあと授業がない時間にも、図書室で『バッド・フェミニスト』を読み、夜はベッドの中に持ちこんだ。そして、二日後の朝、一時間目のベルが鳴るまえにクレイン先生のところへいった。

先生は生物室で授業プランをチェックしているところだった。わきに置いてあるスマホから、小さい音量でクラシック音楽が流れている。今日のシャツドレスはモスグリーンだった。

「ああ、マリン。本はどう？」先生はにっこり笑った。

先生の質問に答えるかわりに、わたしは言った。「ちょっと思いついたことがあるんです。先生に手を貸していただきたくて」

12

「今から先生に言っておきますけど、だれもこないかもしれません」二週間後、わたしは八時間目のベルのあとに生物室のベンチ椅子のはしっこにすわってドキドキしながら　クレイン先生にそう言った。

　ロクサーヌ・ゲイの本を借りたあと、最初にフェミニスト・ブッククラブをつくろうと思いついたときは、すばらしいアイデアに思えた。ディオガルディ校長のくだらない服装規定や、ベックスの性差別的なリストに中指を突き立ててやれるって。いろんなことぜんぶに中指を突き立ててやる。チラシをつくって、一冊目はどの本にしようかさんざん悩んだすえ、マーガレット・アトウッドの『侍女の物語』に決めた。図書室の保有冊数がいちばん多かったから。そして、事務管理室のミズ・リンチに、新規クラブ設立届けを提出した。

　でも、いざ第一回の集まりの日を迎えると、だれもきたがらないパーティの主催者のような気持ちに襲われた。クロエすら、レストランでシフトを増やしたからと言って、断ってきた。今さら驚くことじゃないのかもしれないけど、やっぱり落ちこんだ。いちばんの親友を納得させられなかったということは、ブッククラブの未来は超明るいとは言えないってことだから。

　クレイン先生は肩をすくめた。「だれもこなかったら、わたしたち二人で語り合えばいいじゃない」そして、横の机に置いてあるダンキンドーナツのほうを見た。「で、マンチキン（ドーナツポップのような小さいサイズのドーナツ）を二十五個ずつ食べましょ」

　笑ったおかげで、少し気持ちが落ち着いた。先生にマーガレット・アトウッドの作品をほかにも読んだかどうかきこうとしたとき、不安げな面持ちの一年生が二人、恥ずかしそうに教室へ入ってきた。たしかジャズバンドをやってる子たちだ。心臓がドクンと打つ。二人が『侍女の物語』を持っていたからだ。

「すみません」背の高いほうが言った。白い肌にブロンドの髪をレイア姫みたいに二つのおだんごにした女の子で、ちょっと怯えたように教室を見まわした。「あの、ブッククラブはここですか？」

「そうよ、どうぞすわって」クレイン先生が言った。

　おずおずといった感じだったけど、一人、また一人と生徒たちが入ってきた。デイヴっていう、ニンジン色の髪にそばかすだらけの顔をしたＡＶ機器マニアの男子と、黒人の女子で、文芸部にいるリディア・ジョーンズ。それから、身長百五十二センチでバレーボール部のキャプテンをやってるエリサ・エルナンデスが、バレー部の子たちを何人か連れてやってきた。「近々大きな試合があるのよね？」クレイン先生が言うと、エリサは顔を輝かせて説明した。

「去年は全国大会で優勝したんです。今年も優勝するつもりです」

「そうなの？」わたしは驚いた。たしかに最近、学校のあれこれに注意していたわけじゃないけど、そんなことは初耳だ。あんな鼻持ちならないアメフト部の試合は、みんな――そう、わたしも含め学校中の子たちがいくのに。しかも、アメフト部は先シーズンは二回くらいしか勝ってないはず。

「どうして学校の激励会とか、ないわけ？」

「本気で言ってる？」エリサが言い、バレー部の子たちはクスクス笑った。「他校での試合にバスを出してもらうことだってほとんどないのに」

わたしは眉間にしわを寄せた。「それって、ひどくない？」注意して探すようになると、大きなものから小さなものまで、あらゆるところに不平等は転がっている。どうして今まで気づかなかったんだろう？

「次の記事のいいトピックになりそうね、マリン」クレイン先生はすかさず指摘して、ドーナツをポンと口へ放りこんだ。

それって――そうかも。わたしはエリサのほうを見て、クイッと眉をあげた。

「インタビュー、受けてくれる？」そうきくと、エリサは歯を見せて笑った。

そうこうしているうちに、クレイン先生が話を『侍女の物語』のほうへもどした。わたしはブッククラブというものに参加したことはなかったから、会話がつづかなくなってしんとなってしまったときのために、ネットから読書会のための質問リストをプリントアウトして持ってきていた。でも、実際にやってみると、そんなものは必要なかった。リディアとエリサはよくしゃべるし、デイヴは地味に笑えた。ボソッとおもしろいことを言うんだけど、ユーモアのセンスがすごくドライでブラックなので、一拍、間があいてから、ジョークだったってわかる感じ。

わたしたちがギレアデ共和国（『侍女（じじょ）の物語』の舞台（ぶたい）の架空（かくう）の国）と現代アメリカの共通点を話していたとき、開いているドアをノックする音がした。顔をあげると、校名の入ったラクロス部のパーカーを着たグレイ・ケンダルが、がっしりした肩にリュックをひっかけるようにして立っていた。

「えっと」グレイは黒い目で教室をさっと見まわした。「遅れてごめん。ブッククラブはここだよね？」

わたしはすかさず姿勢を正した。「どうしてよ？」

「マリン」クレイン先生がおだやかにわたしをたしなめた。「そうよ、グレイ」

「よかった」グレイはちょっと妙な顔をしてわたしを見ると、本をかかげてみせた。ぼろぼろになった文庫版の『侍女の物語』で、背表紙に貼ってある〈古本〉という派手なオレンジ色のステッカーがはがれかかっていた。「いいかな――？」

「読んでないでしょ」止めるまえに言葉が飛び出した。ひどく失礼なことを言ってる自覚はあったけど、グレイがくるなんて、なにか別の動機があるに決まってる。ジェイコブがわたしを邪魔するために寄越したんじゃないかって、一瞬だけど、本気で思ったくらい。

「いや」グレイはふっと笑いをもらした。愛想はいいけど、ちょっとだけ自信がない感じだ。「読んだよ」

わたしはぐっと目を細めた。「最後まで?」

「ああ」

わたしは疑わしげにグレイを見つめた。なにをたくらんでるんだろう? ラクロス部の男子が、それも、ただ部員ってだけじゃない、スター選手が、トロイの木馬みたいに現れて、いかにも興味があるようなことを言うって——どういうこと? スパイ? そんなはずないけど。

ほかの子たちは黙って見ている。すると、デイヴがコホンと咳をした。

それで、わたしは言った。「わかった。じゃ、どうぞ」

グレイはニッと笑って、ぼろぼろの文庫本をかかげるようにして敬礼し、輪を突っ切って、空いている椅子にすわった。

クレイン先生が主人公のオブフレッドと司令官について質問をし、そこから、議論はかなりの盛りあがりをみせた。グレイが議論を牛耳りたがるんじゃないかって思ってたけど、意外にもほとんど口を開かなかった。ちらりと見ると、わずかに身を乗り出すようにして、眉を寄せ、エリサの話に耳をかたむけている。実際、ほとんど口を利かなかったので、そろそろまとめに入ろうというときに、クレイン先生がグレイのほうを見て言った。

「グレイ、さっきからずっと黙ってるけど、まだ話に出ていないことでなにか感じたことはない?」にこやかにうながす。

グレイは軽く咳払いをした。「えっと、そうですね、正直に言うと、すごく怖いと思いました。読んでるあいだじゅう、心臓がバクバクしてた。女の子がカナダへ脱出しようとして乗った飛行機が止められたときは、もらすかと思った」

わたしは眉を寄せた。物語中でそんな事件は起こってない。わたしがなにか読み落としてるなら、別だけど。

「どの子のこと?」わたしがきくと、リディアとエリサがおもしろそうにグレイを見つめた。

「主人公の子」慣れているはずの女子の注目を一身に集めて、めずらしく落ち着かないようすでグレイは言った。「『マッドメン』にも出てた子だよ」

やっぱり。映画だけ見たってことか。わたしは納得してうなずいた。「そういうことね。そうじゃないかと思ってた」

「さてと」クレイン先生は笑いを噛み殺しながら言った。「とりあえず、今日のところはこれで終わりね。来週、またここで集まりましょう」

これからはしょっちゅう集まれるよう、短編やエッセイを中心に読むことに決まった。「ドーナツの残りを持って帰りたい人は、遠慮せずにどうぞ」

わたしは砂糖をまぶしたドーナツを二つ取って、教室を出た。駐車場まできて、はっとした。グレイが校舎の前をいったりきたりしている。何メートルか歩いては、顔をしかめて時計みたいなものをにらみつけている。

「どうかしたの？」わたしは声をかけた。

グレイはきまり悪そうな顔をした。「歩数計だよ」そして説明するように、こちらへむけて手首を振った。「でも、これじゃ稼げないらしい」

わたしはつい笑ってしまった。「本気？」グレイって、つい質問攻めにしたくなる。

「なんでそこで笑うんだよ？」

わたしは首を振って、グレイのほうへ歩いていった。「ううん、つまり、うちのママがやってたら、笑わないけど」

「お母さん、めちゃアスリートとか？」グレイも言い返した。

「ズンバもスポーツに入るならね」わたしはグレイの手首を見やった。「何歩歩けばいいの？」

「二万歩」

わたしは眉を跳ねあげ、ピーコートを着た肩をすくめた。「毎日？」

グレイは肩をすくめた。「たいしたことないよ」

「そこで謙遜してみせなくたっていいわよ。別にそこまで感心してないから」わたしはニッと笑った。

「だろうね」グレイも笑い返した。まさか気を引こうとしてる？　だとしても、たいした意味がないことはわかってた。だれにでも手を出すことで有名なんだから。

「で、本当はどういうつもりだったわけ？」きかずにはいられなかった。校舎のほうを見やる。

「ブッククラブのことよ」

グレイは顔をしかめた。「大学受験用」グレイは認めて、頭をかたむけた。「課外活動を増やさなきゃならないんだ。でも、マリンがベケット先生とやりあったの見て、男前だなって。だから、応援しようと思った。ていうか――」そこで、グレイは顔をゆがめた。「男前って言い方、アウトだな」

わたしは首を振った。「いいよ、それで」

「勇気あるって、言いたかった」

わたしはまたニッと笑った。さっきよりゆっくりと。今回のはからかってるんじゃないから。

「ブッククラブではひどいこと言って、ごめん」

「いいよ、わかる」ふしぎなのは、本気でグレイがそう思っているように見えることだった。エミリーのパーティでジェイコブがバカなジョークを言ったとき、一人だけぜんぜん笑ってなかったのを思い出す。そう言えば、彼はいつもラクロス部の子たちとは一定の距離を置いているように見えた。わたしが思ってるグレイ・ケンダルだけじゃなくて、別の顔もあるのかもと、ふと思う。

そのとき、リュックの中でスマホが鳴った。このいやに楽しげな着信音はママだ。ところが、スマホを取ろうとすると、リュックの下のポケットのファスナーがいつもどおり、またひっかかった。小声で悪態をついてぐいぐい引っぱるけど、うまく開かない。

「ひっかかっちゃった。新しいのを買ったほうがいいかも」ちょっと気恥ずかしくなって、説明する。

グレイは首を振った。「リップクリーム持ってる？　っていうか、いいよ。おれが持ってるから」グレイは自分のリュックのポケットから取り出すと、歯でふたを開け、ファスナーにスーッと塗りつけた。すると、ファスナーはスムーズに動くようになった。「ほら、新品同様だろ」リュックをさしだしたグレイの頬に、一瞬、えくぼが浮かんだ。

気がつくと、笑い返していた。「たしかに。ほんと新品みたい」

13

「やあ、マリン、いらっしゃい」その夜、〈ニコス〉へいくと、クロエのパパがバーカウンターのむこうからニッと笑った。「きみの記事を読んだよ。とてもよかった」

わたしは笑い返して、軽く天井を仰いでみせた。「ありがとうございます」

「本気で言ってるんだよ」クロエのパパはほがらかに言った。

クロエのパパのスティーヴのことはむかしから大好き。もじゃもじゃの眉毛にビール腹で、おやじギャグを連発する。

「がんばれよ」

「やめてよ」クロエがわたしのうしろをさっと通り抜けて、キッチンへむかった。「パパ、今日はもうフェミニズムの話はやめて」

クロエのパパは眉を寄せ、もじゃもじゃのあごひげをしごきながら、娘の後ろ姿を見やった。わたしはなにも言わず、肩をすぼめた。

わたしは厨房の前でクロエに追いついた。クロエはエプロンをつけているところだった。

「ねえ」わたしはおどおどとほほえんだ。「今日は学校であまり会えなかったね。大丈夫？」

「わたしは大丈夫よ」クロエはすぐにそう答えると、ちらりと笑みを返した。「めちゃめちゃ忙しかっただけ」

　思わず唇が曲がるのがわかった。今週みたいに、クロエといっしょに過ごさなかったのは初めてだ。「ほんとに？」

「もちろん。ブッククラブはどうだった？」

「楽しかったの！」自然と笑みが浮かんだ。口に出してみて、本当にそうだったことに気づき、自分でも驚きながら、集まりのことを詳しく説明した。〈Nolite te bastardes carborundorum〉（『侍女（じじょ）の物語』で主人公のオブフレッドが見つけた言葉。「やつらに虐（しいた）げられるな」という意味）と書かれたTシャツをつくって、来週の〈私服登校デー〉に着ようと思ってると話してる途中で、クロエがぜんぜん聞いていないことに気づいた。

「クロエも入ってよ」わたしは遠慮がちにそう言うと、口を閉じ、それからたずねた。「ねえ、クロエ、どうかした？」

　クロエはため息をついた。「あのね、感じ悪く聞こえるかもしれないけど、本当にそういうつもりじゃないの。だけど、マリン、最近ヘンだよ。ねえ、元のマリンはどこいっちゃったの？　おもしろくてクールなわたしの親友は？」

　クロエは両手をあげ、肩越しにダイニングのほうを振り返った。「マリンがいろいろ……あったのはわかってる。だけど、もうそのことはぜんぶ忘れることにしたんだと思ってた。なのに、今のマリンはまるで……そこから抜け出せなくなってるように見える、よくわかんないけど」

わたしは目をしばたたかせた。「そこから抜け出せなくなってるって、どこから？」

「怒らないでよ、わたしはただ――」

「お二人さん！」カウンターのむこうからスティーヴの太い声がした。「テーブルの用意を」

そのあと、クロエとは一度もしゃべらなかった、二つの月が競争しているみたいに、お互いのまわりをぐるぐるまわるだけ。そう、たしかにわたしは**いろいろあった**、と自嘲気味に考える。そして、たしかに忘れることにした。だれにも話してないし、これまでやってきたとおりに生活してる。だけど、一方で、ものの考え方が少し変わりつつある。でも、それっていけないことなわけ？

九時半になったころにはもう、うんざりしていた。こんなの、バカみたいだ。**マリンはどこいっちゃったの？** って、ここにいるし！　最後の中年男性二人のテーブルに、伝票を持っていって、記念日のお祝いだったんだなと思う。そう、わたしはわたしのままだし、クロエだってクロエだ。車で送ってもらうついでに夜のスタバに寄るかきいてみよう。Spotify でシーアの新しいアルバムを聴いて、語りつくそう。

でも、エプロンをしまって駐車場へいき、しばらく見まわしてから、自分の顔が曇るのがわかった。クロエは去年、免許を取ってから、毎回バイトの帰りにわたしを送ってくれていた。なのに、クロエのＳＵＶ――ベージュのジープで、うしろのウィンドウにナマケモノのキャラクターのステッカーが貼ってある――が見当たらない。

リュックからスマホを取り出してメッセージを打った。**もう帰ったの？**

三十秒後に返事がきた。**あ、ごめん！　パパに伝えといてって言ったのに、忘れたんだ。カイラが彼氏ともめちゃって、会いにいくって言っちゃったの。だれかに迎えにきてもらえそう？？？**

クロエが本当にあのぼーっとしたいとこのカイラのためにわたしを見捨てたのかどうか、考えはじめたらキレそうだったので、レストランの外のベンチにすわって、うちに帰る方法を考えることにした。歩くには遠すぎる。パパとママは、グレイシーのチェスの先生が毎年やってる奨学金集めのパーティで、バーリントンへいってる。もちろんジェイコブに電話するのは論外。電話帳をスクロールして、最近もそこそこ連絡を取ってて、車を出せそうな友だちを探す。金曜の夜十時にギリシャ料理店の外のショッピングモールの駐車場に一人で立っているときほど、自分の人生の選択についてまざまざと考えさせられる瞬間はない。

お店にもどってスティーヴに泣きつくしかないと思ったとき、ふと思いついた。唇を噛んで、連絡先をスクロールし、グレイの名前を見つける。今日のブッククラブのあと、グレイがわたしのスマホから自分にメッセージを送って、番号を交換した。「難しい言葉が出てきたとき、手伝ってもらえるように」そう言って、グレイは大げさなしぐさでわたしにスマホを返した。

今、忙しい？ やっぱりやめようとか思いはじめるまえに、送信ボタンを押した。

グレイは十五分後にきて、レストランの前に、十年物って感じのトヨタを停めた。ダッシュボードに首が動く犬のマスコットがぶら下がっている。「ウーバーを呼んだお客さまですか？」グレイが言い、わたしは車に乗りこんだ。

にっこり笑ってお礼を言う。「グレイ、ありがとう。命の恩人だね」

「ぜんぜん大丈夫」グレイの車はシナモンフレーバーのアルトイズ（ミントタブレット）の香りと、うっすらジムのバッグのにおいがした。カップホルダーにスマホが逆さに突っこんであり、極小のスピーカーからケンドリック・ラマーの曲が小さく流れている。「Bluetoothがついてないんだよ」グレイはちょっと恥ずかしそうに言った。

「ウーバー的には、星ひとつ減点だね」わたしはからかい、五、六本あるペプシの空のボトルをわきへ押しやると、リュックを床の足のあいだに置いた。「でも、まじめな話、本当にありがとう。すぐに返事くれると思わなかった」

「おれはひっぱりだこだから？」

わたしはわざと顔をしかめてみせた。「少なくとも、今のわたしより人気があることはまちがいないね」

グレイは、それにはコメントしなかった。「メッセージもらったときは、友だちといたんだ」ちらりとうしろを見てから、車を通りに出す。「でも、どっちにしろ、あいつらには飽きてたから」

「飽きてた？」

「ああ」グレイはなんてことはない調子で言った。「マリン、マリンには正直に言うけど、今の状態を変えたいって思ってるんだ」

うそばっかり、と思ったけど、とりあえずほほえんだ。座席の背に頭をもたせかける。「わたしと同じだね」

「で、えっと、行先は？」

「あ、だよね！」わたしは笑って、家の住所を告げた。「オーク通りの角で降ろしてくれればいいよ。そうすれば、環状交差路を通らずに帰れるから。あとは歩いて帰れる」

「それじゃ、ウーバーの運転手としてだめすぎない？」グレイはニッと笑った。「あのさ、腹減ってない？」

たしかにスパナコピタ（ギリシャの塩味のほうれん草パイ）をお皿半分食べただけだった。でも……「グレイは空いてるの？」

「なにしろ十七歳だからね。腹は四六時中空いてる」グレイは口の片はじをあげてニヤッと笑った。

わたしたちは国道4号線沿いにある〈エグゼクティブ・ダイナー〉にいき、しかめっ面のウェイトレスに案内されて窓際の席にすわった。わたしはピーナッツバターシェイクを頼み、グレイはチーズバーガーとオニオンリングと、サイドメニューのチョコチップパンケーキをオーダーした。

「この店に夜きたの、初めてかも」グレイは角の欠けた合成樹脂のテーブルやカウンターにすわってるさえない中年の客たちを見まわした。

「へえ？」わたしはシェイクを飲みながら、鼻にしわを寄せてみせた。「ブリッジウォーター校の女子の接待で忙しくて？」

「フェミニズムについての寄稿記事を書くのに忙しいのかもよ」そう返して、グレイはニッと笑った。

「問題を起こして名門校を放り出されるので手いっぱい？」

ふざけて言ったつもりだったけど、グレイはちょっとたじろいだ。「おれ、そういうことになってんの？」グレイはテーブル越しに黒い眉をクッとあげてみせた。

「ちがうの？　わたしの聞いたうわさでは……」わたしは言いよどんだ。「ああもう、ごめん、わたし、サイテーだね」

「いや、そんなことないよ」グレイはにっこりして、太いフライドポテトを、さっき自分で混ぜたケチャップとマヨネーズとチリソースのミックスに突っこんだ。「どこからそういううわさが広まったのか、わからないんだ。てか、たしかにパーティはしたけど、そのせいで退学になったわけじゃない」

「じゃあ、なんだったの？」わたしはグレイのほうを見るかわりに、長いスプーンでシェイクをかき混ぜた。「あ、もちろん話したくないなら話さなくていいからね」

グレイは肩をすくめた。「いや、別にいいよ。頭が悪すぎたせいだよ」

わたしはぱっと顔をあげた。「グレイは頭悪くないよ」

グレイは片手を振った。「てか、たしかに頭が悪いわけじゃない。だけど、おれ、ＡＤＨＤ（注意欠如（けつじょ）・多動症（たどうしょう））とか、そういうので、ハートレイ検定の、つまり、厳しい学力基準ってやつを満たしてないんだ」

わたしは眉根を寄せた。「それって、学校側が配慮しなきゃいけないんじゃないの？　学習困難（知的な発達に遅（おく）れはないが、読み書き、計算などある特定の課題だけが困難な状態）ってことだよね？」

「ま、そうかな。だとしても……少しは勉強もしないとってこと」

「なるほど」自分の顔がにやけるのがわかった。「ぜんぜんしないんじゃ問題外ってことだね」

「そう。まあ、とにかく、人は、自分が考えたいように考えるんだ。だから、おれのことも……みんなが考えたいように考えさせときゃいい。それに、うわさのほうがマシだし」

「だけど、誤解されるのは嫌じゃない？」わたしは、グレイ作のケチャップソースをフォークにつけ、おそるおそるなめてみた。思ったより悪くない。

グレイは肩をすくめた。「まあ、そういうときもある。どう考えてるか気になるような相手だったらね。だけど、たいていはさ、うわさなんてどうせ二、三か月のことだろ？　気にすることないや、って」

「かもね」それから、おもむろにきいた。「来年はどうするの？　決まってる？」

　グレイはうめいて、パンケーキのお皿をひっくり返すふりをし、ずるずるとテーブルの下へ体をもぐらせ――もう少しでペプシの入ったプラスチックカップを倒しそうになって、ぎりぎりで受け止めた。さすがの反射神経。それは認める。

「あれれ」わたしは笑った。「ごめん、もしかして触れちゃいけない話題だった？」

　グレイはため息をついて、片手で顔をこすった。「うちの母親たちは二人とも法律家なんだよ。てか、それより悪い。一人は弁護士で、もう一人は法学部の教授。で、二人ともセントローレンス大学を出てんだ。シラキュースの近くの。それで、二人ともおれに同じ大学へいって、ラクロスをしてほしいと思ってる。っていうのも、母親たちは毎年、すげえ額の寄付をしてるからな。だから、バカなおれでもまちがいなく入れるってわけ（アメリカには、寄付金や親が卒業生かどうかで入学が優遇（ゆうぐう）される制度を持つ大学がある）」

「そう言うの、やめなよ」わたしは、無意識のうちにテーブルの下でグレイを軽く蹴った。「グレイはバカじゃない。で、グレイはなにしたいの？」

「画家」グレイはさらりと言った。ドキッとするほど真剣な顔だったけど、次の瞬間、ニッとまぬけな笑みを浮かべた。「うそだよ、冗談。正直、大学なんかいきたくないんだ。去年、社会奉仕

（罪を犯（おか）した人が刑罰（けいばつ）のかわりに一定期間の社会奉仕（ほうし）を命じられること）で、フォールリバーの放課後学校のボランティアをしなきゃならなかったんだけどさ——あ、つまり、パーティのうわさもぜんぶうそだったわけじゃないってこと」

「洗濯洗剤のこと？」わたしは眉をクイッとあげた。

「おれはだれにも洗濯洗剤を食えなんて言ってない！」グレイは頭にきたようすで言った。「ったく、いくらおれだって、石鹸を食っちゃだめなことくらいわかってる」

　わたしは鼻を鳴らした。「たしかにね」

「とにかく、週に三回いって、そこの小さい子どもたちと遊ばなきゃならなかったんだ。最初はクソ面倒だったんだけど、そのうちすっかり気に入っちゃって、もう奉仕期間は終わってんだけど、今も通ってんだ。むこうもおれのことを気に入ってんだよ。たぶんな。卒業したら、フルタイムで雇うって言われた」

「すごいね」ついそこでの姿を想像して、かわいいって思いたくないのに、思ってしまった。「だけど、ご両親は、つまりお母さんたちは反対なわけね」

　グレイは顔をゆがめた。「まさかそんな、大学へいかないなんて！　って感じ。うちの親的には、そんなの、ドラッグを買うために体を売るレベルのことなんだよ。じゃなきゃ、『役人のために働くのと同じ』くらいダメらしい」

グレイはバーガーを食べ終わり、レジの横で回転してるガラスケースにあった怪しげなチーズケーキも平らげた。お店を出るとき、彼の肩がわたしの肩にぶつかった。外は、ひりひりするほど寒かった。

駐車場を歩きながら、きいた。「失礼な質問してもいいかな？　もしそんなに成績が悪いなら、どうして文学鑑賞のＡＰクラスにいるの？」

グレイは鼻を鳴らした。「スケジュールに合う言語科目がそれしかなかったんだよ」そして、キーのボタンを押して、車のドアを開けた。「ラクロスができるように、例外措置ってわけ」そして、レストランのネオンサインの光に照らされたわたしの表情を見て、付け加えた。「それも、特別扱いってことだろうね。そのせいで、女子バレー部はバスが使えない」

「あれ――？」グレイは、女子バレー部の話をしていたときはまだいなかったはずだ。

「教室に入るまえ、ドアの外に立ってたんだよ。緊張してたから」

それを聞いて思わず笑いながら、助手席に乗った。「それって学校のシステムがゴミってことよ。それに、こんなこと言ってもしょうがないかもだけど、わたしはグレイと同じクラスでうれしいし、ブッククラブに参加してくれたことも、ありがたいと思ってる」

「ああ、おれもだよ」

それからうちまでは、ほとんどしゃべらなかった。グレイの iPhone のスピーカーからごく小さい音で流れてる音楽と、車のちょっとぎこちないエンジン音だけがしてる。

「改めてありがとね。ほんと助かった」グレイがうちの前に車を停めると、わたしは言った。

「いいって。じゃ、月曜日」

「うん、月曜日にね」わたしもそう言って、床のリュックを取った。車のドアに手をかけたとき、わたしの腕にグレイが触れた。

「あのさ、マリン」グレイは軽く咳払いをした。またちょっと緊張しているみたいだ。「あれ、あの記事、本当によかったよ」

わたしは声を出して笑ってしまった。驚いたのと、それになんかすごくうれしかったから。でも、それから、笑ったせいでなにかがプツッと切れたみたいになって、一瞬、自分が泣き出すんじゃないかと思った。

だから、深く息を吸いこみ、ダッシュボードのグリーンの光に照らされているグレイにむかってほほえんだ。

「ありがとう」

14

土曜の夜、パジャマで机の前にすわって、むかしのスパークノーツ（高校生向けに文学作品などの学習ガイドを提供しているサイト）でジョン・チーヴァーの『泳ぐ人』の象徴的意味の解説をスクロールしつつ、ぼーっとしまいとしていた。

結局クロエは週末をカイラのところで過ごすことになったので、いつもみたいにスタバへいったり、クロエの最新のプレイリストで歌いながらドライブしたりすることもできずに、サム・スミスを聴きながらベックスのクラスの宿題をやっている。ううん、正直に言えば、グレイのことを考えていた。新しい彼氏を探してるわけじゃない、それは本当。ただ……。グレイと話すのは楽しかった。彼が、わたしの話に本気で興味を示してくれる感じが、好きだった。

エッセイはまったく進んでない。ベックスに消えろって言って、思い切り羽目を外してやりたい。いっそ、『バッド・フェミニスト』に出てくる『ハンガー・ゲーム』愛について書くとか。でも、そんなことをしてなんになる？　結局、自分が損をするだけ。

開けっ放しの部屋のドアをグレイシーがノックした。「髪を巻いてくれる？」グレイシーはヘアアイロンをかかげて、くるりと巻くしぐさをしてみせた。

「いいよ」その姿を見て、眉があがりかけたけど、なんとかこらえた。グレイシーはスキニーのジーンズに丈の短いトップスを着ていた。このかっこうで外出するのにママがオーケーを出すか、まず微妙だし、ウェッジソールのショートブーツはわたしのだし。

「メガネはどこへやったの？」とりあえず些細な窃盗には目をつぶって立ちあがると、椅子を転がして、クローゼットの扉についている姿見の前まで持っていった。

グレイシーはぴくっと肩をすぼめた。「いらないから」

それって……どう考えても、無理がある。わたしは必死で笑いをこらえた。「グイレシー、グレイシーはメガネをかけなきゃほぼほぼなにも見えないじゃない。それじゃ、〈近眼のマグー〉（アニメキャラクター。目が悪いがそのことを認めない）みたいに、壁にぶつかるよ」

グレイシーはドスンと椅子にすわると、廊下のほうへむかって大きくため息をついた。「ママがコンタクトを許してくれれば、問題ないのに」

「問題があるわけ？」わたしは眉を寄せて、ヘアアイロンのプラグをコンセントにさした。「そもそもどこにいくの？」

「クラスの子たちと映画」

「クラスの子たち……」わたしはくりかえし、顔にかかった髪をかきあげた。なにかありそう。「だれか、くるわけ？」

グレイシーがガクッと頭をのけぞらせたので、長い髪がカーペットに触れそうになった。「まあ、男子がくるんだけど」グレイシーはしぶしぶ認めた。「別にたいしたことじゃない」

「へえ、そう？」両手でグレイシーの髪をまとめ、もつれをほどいていく。興味なさそうにすれば、もうちょっと聞きだせそう。「そこのクリップを取ってくれる？」

読みは当たった。「ルイスっていうんだ」グレイシーはクリップをこちらにわたしながらつづけた。グレイシーの髪をブロックに分けながら、アイロンが熱くなるのを待つ。「めちゃかっこいいの。それに、スペイン語のクラスでしゃべってるとき、わたしのこと気に入ってる気がするんだよね。わたしのジョークとかに、いっつも笑ってくれるし——だけど、彼、すごく人気があるから」グレイシーは鏡にむかって顔をしかめた。ていうか、自分の顔が見えないから、目を細めただけかも。「なのにわたし、メガネとかチェスとか——」

「チェスのこと、大好きなんだから、いいじゃない！」思わず言ってしまった。「それに、めちゃうまいんだから——」

グレイシーはさえぎった。「チェスなんて関係ないよ！　クラスの女子には……」言葉を途切れさせてから、つづける。「胸がある子もいるし、まつ毛のエクステしてる子だっているんだよ。でも、わたしはまだ子どもみたいだし」

だって、実際子どもだし。即座に頭に浮かんだけど、声に出して言わないことくらいは心得ていた。鏡の中のグレイシーの、透明感のある肌やまっすぐな眉、口元の、七歳のときにスケートボードから落ちたときの傷跡を見つめる。わたしのクラスで最初に胸が大きくなったオパール・コザレは、男子に死ぬほどからかわれたって話をしたかった。年齢が上になったって、思ったほどいいことはない、って言いたい。でも、そんなことを言って、怖がらせたくなかった。

しばらく黙って、アイロンで髪をはさみ、そっと引っぱる。このやり方は、クロエに教わった。それを思い出して、かすかに胸の奥が痛む。わたしが自分でできるようになるまで、辛抱強くやってみせてくれたっけ。

「どっちにしろ、メガネをかけてるグレイシーをかわいいと思わないような子は、価値ないよ」しばらく考えたすえにそう言って、クイッと手首をひねり、ファッション・ブロガーみたいな巻き髪をつくっていく。

グレイシーはうんざりしたような顔で反論した。「お姉ちゃんはそう言うけど、それって、姉あるあるみたいなもんだから。次は、あなたはそのままで完璧とか言い出すんでしょ」

「実際、グレイシーはそのままで完璧だもの。でも、自分も八年生のころ、同じ道を通ったことは認めるよ。わたしがタマル・ハリスのうちのプールパーティのまえにへそピアスをさせてって、ママにさんざん頼んだのを覚えてない？」

「あったね、忘れてた」グレイシーはニヤニヤした。「許してくれなきゃ、自分で縫い針であけるってママを脅してたよね」

わたしも笑った。「うちに縫い針があるとは思えないけどね。だって、ママが縫物してるのを見たのって、最後はいつ？　とにかく、あのときはへそピアスがイケてる青春時代を過ごす決め手だってくらいに思ってたんだと思う。今となってはもう覚えてないけど」

あのパーティにむけて準備したときのことを思い出すと、恥ずかしくてお腹がムズムズする。中学卒業を間近に控え、完璧なビキニを探しまわったり、コスメで腹筋が割れてるみたいに見せようとしたり、とにかくクールでおもしろくてセクシーだと思われようと必死になっていた。恥ずかしいのと同時に、あのときにもどって、十四歳の自分を守ってあげたくもなる。

「ま、とにかく」グレイシーの頭を横にかたむけ、耳のうしろの髪を巻きはじめる。「どうしてももうメガネをしたくなくて、メガネをしない自分のほうがかわいいってグレイシーが思うんだったら、今年の夏、ママへのプロモーション活動を手伝ってあげてもいいよ。だけど、ルイスにアピールするためだけだったら――つまり、だれかに気に入ってもらいたいっていうだけの理由だったら、〈エールワイフ〉シネマコンプレックスの階段でつまずいて、別の意味で注目されるだけだと思う」

「かもね」グレイシーはいかにも納得してないようすで言った。

それから、振り返ってわたしを見た。「あ、話変わるけど、お姉ちゃんの記事、すごくよかったよ。って、お姉ちゃんに言ってなかったよね？」

「ほんとに？」びっくりして、鏡の中のグレイシーをのぞきこむ。「そもそもどうやって読んだの？」

「友だちのマッケナがプリントアウトしたのを持ってたんだ。マッケナのお姉ちゃんも、ブリッジウォーターに通ってるんだって」

「そうなんだ。うれしい。ありがとう」わたしはうなずいて、アイロンをあてるのに集中しているふりをして、ニヤニヤしそうになるのを隠した。現実的に考えて、フェミニスト・ブッククラブとかわたしの記事でなにか大きな変化をもたらせるとは思ってない。でも、自分の妹になんらかの影響を及ぼせたのだとしたら、それだって意味がある。

「今夜はメガネをかけていくって約束してくれる？」グレイシーの髪からクリップを取って、なくさないように自分のパーカーのポケットにはさむ。「宿題を終わらせるかわりに、救急医療室にお見舞いにいくはめになったら困るから」

グレイシーは「うーん」とどっちつかずの返事をすると、机の上のノートパソコンのほうへよく見えていない目をむけた。なにも言わなかったけど、考えてるのがわかる。最近の行動のせいで、わたしがどんなことになっているかについて。彼氏もいない。土曜の夜になんの予定もない。姉あるあるだかなんだか知らないけど、余計なお世話だと言われるのを半分覚悟する。

すると、グレイシーは言った。「わかった。メガネはかけていく」

今度はわたしも、笑みが広がるのを隠さなかった。「よかった」満足感がこみあげる。「さ、動かないでよ。仕上げちゃうから」

15

月曜日、ベックスの机に『泳ぐ人』についてのエッセイを提出すると、そのあとは姿勢を低くしてすわり、週末に読んでくるように言われていたフォークナーの『死の床に横たわりて』の次々変わる視点についてみんなが話し合っているあいだ、黙っていた。まえはあんなに文学鑑賞の授業が楽しみだったのに、ここ数週間は、授業のあいだじゅう息をひそめ、消えたいと願うようになっていた。

今日なんて本当に消えてるんじゃないかって思うくらいだったけど、授業がもう少しで終わるというときになって、ベックスがこちらを見た。

「マリン、今日は静かじゃないか。われらがビリー・フォークナーについてなにか言いたいことはないか？（「ビリー」は「ウィリアム」の愛称）」

「えっと」わたしはごくんとつばを飲みこみ、壁伝いに走るネズミみたいに心臓が猛スピードで打ちはじめた。こういう自分は好きじゃない。こんな自分は知らない。わたしは軽く咳払いした。「いいえ、ないです」

「本当に？」ベックスは本気ともそうともわからない調子で、眉をつりあげた。「なにもない？」

わたしは首を振った。一か月前なら、必死でなにか気の利いたことや、知的で相手を感心させるようなことをひねり出そうとしただろう。でも、今日はそんな気持ちになれなかった。「言いたいことはもう、みんなが言ってくれました」わたしはなんとかそれだけ言った。

これでもうほっといてくれるだろう。ベックスは、自分が正しいことを見せつけるために生徒を追い詰めるタイプじゃない。

ところが、ベックスはわたしをじっと見つめたままきいた。「本を読んでないとか？」

「え？　もちろん読みました」自分の声がとげとげしくなるのがわかる。

ベックスは肩をすくめた。「わかったよ。それで？」

「なにもないです」ベックスがなにをしようとしてるか知らないけど、ふいにこれ以上我慢できなくなった。「ただ、本のテーマに感動できなかっただけです。最初の二十ページで女性の登場人物が死んで、もうひとりの女性は中絶をしようとしているあいだじゅう、最低の男たちにいいように扱われてるんですから。それだけです」

一瞬、教室が静まり返り、自分の鼓動の音が聞こえた。それから、いっせいに笑い声とウワーという声があがった。クロエがぱっと振り返って、ショックで見開いた目でわたしを見る。グレイがおもしろがっているような、うれしそうな顔をしてうなずく。

ベックスの顔だけがなんの表情も浮かべていなかった。それを見て、わたしは言いすぎたことを悟った。これまでもベックスのクラスでは、冗談を言ったり、課題本や著者を茶化したりすることはあった。でも、今のは……

今のはそれとはちがう。

謝ろうとしたけど、ベックスは片手をあげて制した。「ほらな?」その口調はどこまでも冷静だった。「意見があるのは、わかってたよ」そこで授業の終わりのベルが鳴り、ベックスはドアのほうへむかってあごをしゃくった。「今日はここまで」

ブラウン大学の面接時間は、土曜の朝いちばんだった。青と灰色の夜明けがじわじわと地平線を越えてくるのと同時に、わたしは目を覚まし、それから一時間近くかけて服装をチェックした。ワンピースだと、軽そうに見えるだろうか? でも、ワンピースじゃなかったら、暗になにか主張しているみたい? 最終的に黒のスキニーのパンツとレースのついたブルーのボタンダウンのシャツに、ママのオフホワイトのカーディガンをはおった。それから、おばあちゃんのものだった幸運のブレスレットをつける。グレイシーの部屋からウェッジソールのショートブーツを取り返すと、一階におりていった。

キッチンのテーブルで、ママとパパがコーヒーを飲んでいた。

「最強ね」ママはわたしの服装を見て、満足げにうなずいた。

「『体は小さいがね』」パパは言って、乾杯するようにマグカップを軽く持ちあげた。「シェイクスピアの引用だよ、面接に使えるかもしれないだろ。おまえの頭がいいところを見せてやれ。パパから習ったって言えよ」

「もうそこまで小さくないわよ」ママは愛情たっぷりにパパにくぎを刺してから、わたしのほうを見た。「準備万端？」

わたしは一瞬、ためらった。この数週間でじわじわと溜まった不安が一気に押し寄せてくる。「まあ、どうしてもアイビーリーグ（米北東部のトップクラスの難関校八校のこと。ブラウン大学もそのひとつ）じゃなきゃだめだってわけじゃないもんね？」

「ほら、いってこい」パパは空いているほうの手でわたしを抱き寄せると、頭のてっぺんにキスをした。「怖気づいてる暇はないぞ」

ママは残っているコーヒーを携帯マグにそそぎ、わたしを連れてガレージにいくと、車の前座席のヒーターを両方オンにした。基本的には自分で運転していける。ブラウン大学のあるプロビデンスまでは、車で四十五分程度だ。でも、ママがいっしょにきてくれるのはうれしかった。わたしはシートに頭を持たせかけると、窓の外のまだ葉のついていない木々を眺めながら、ママのお気に入りの、ボストン発の大学ラジオ局から流れる音楽を聴いていた。

やがてハイウェイをおりると、プロビデンスの街中に入っていった。大きなショッピングモールの前を通り、川をわたって、かわいい店やレストランの並ぶセイヤー通りを走っていく。

「スタバを探して、本を読んでるから」キャンパスのそばに車を停めると、ママはそう言って、身を乗り出してわたしをハグし、ラベンダーの香りで包みこんだ。「終わったら、メッセージを送って」

ママはハンドルの前にもどると、一瞬、わたしを見つめた。そして、わたしの髪を耳にかけ、にっこりした。「緊張してる？」

「ううん」わたしはうそをついた。

「そう。とにかくあなたらしくね」ママは明らかにわたしのうそを見抜いていて、もう一度ハグしてくれた。「むこうが賢ければ、あなたの賢さを気に入るはずよ」

自然と笑みが浮かんだ。助手席のドアをバタンとしめる。これって、このあいだの夜、わたしがグレイシーにいったのと同じ言葉じゃない？　**自分らしく**。最近、自分がどういう人間かってことについて確信が持てなかったことは、忘れよう。

面接までまだ少し時間があったので、人のいきかうキャンパスをぶらぶらと歩いた。ベケット講堂も見つけて、お腹がほんの少し、キュッとなった。それから、学生センターの階段にすわって、時間がくるのを待つ。頭にスカーフを巻いて、ギターのケースを背負ってる女子学生や、流行りのわざとらしいカイゼルひげを生やしたバカっぽい白人の男子学生、ダークブラウンの髪のきれいな女子の二人組が抹茶ドーナツを分け合いながら手袋をした手をからめているのを眺める。なにがよかったって、だれもわたしを見つめ返さなかったこと。ここにいれば、好きな自分になれる気がした。

面接官は、カリーナという数年前にブラウン大学を卒業したあと、大学に残って入試担当事務局で働いている人だった。背が高く、ほっそりとした体つきの黒人の女性で、黒い髪をドレッドにして背中まで垂らしている。わたしたちはキャンパス内のカフェにすわり、カリーナは授業や課外活動、いちばん力を入れたことなどについて質問した。

「あなたの送ってくれた記事、読んだわよ」カリーナはラテをひと口すすった。あざやかなオレンジ色のシルクのブラウスに、ゆったりしたウールのパンツを履いている。一目見て、大人になったら彼女のようなひとになりたいと思った。

「『女子のルール』。本当によかった」

わたしは笑って、ぴょこんと頭を下げた。うれしかったけど、あまり自信たっぷりに見られたくない――でも、次の瞬間、もし男子だったら、そんなことは気にしないんじゃないかと思った。わたしは無理やり顔をあげ、カリーナの目をまっすぐ見た。

「ありがとうございます。一生懸命書きました」声はほとんど震えなかった。

「ええ、わかる。どうしてああいった記事を書こうと思ったの?」

わたしはためらった。**文学鑑賞のAPクラスの教師がマンションでキスしてきたからです**は、入試の面接で最初に話す話ではないだろう。それに実際、あの記事を書いたのはそれだけが理由ではない。

「男子と女子は同じことをしても、ちがった基準が適用されるように感じたんです」両手でコーヒーのカップを包みこみ、説明をはじめる。「社会においてもですが、特に高校ではそうです。一度、そのことに気づいたら、気になってしかたなくなりました。そして、なにか行動を起こすなら、つまり、そうした二重基準をなくすなら、まずそれを指摘する必要があると思ったんです」

カリーナはうなずいて、モレスキンのノートになにか書きこんだ。それから、大学卒業後はなにをしていると思うかとたずねてきた。

「ジャーナリストです」とわたしは答えた。もちろんそれで生計を立てるのが難しいのはわかっているとも付け加える。それから会話はいろいろな方向へ飛び、プロビデンスでの暮らしや、このあと天気予報のとおり雪が降ると思うかどうかという話をした。

カリーナは顔をしかめた。「降らないといいけど。わたしはテキサス出身なの。ここにくるまで、スノーブーツなんて持ってなかった。ようやくニューイングランドの冬に慣れてきたところなのよ」

「慣れるのは大変でした?」わたしはたずねた。

「最初はホームシックにかかっちゃった」カリーナは椅子に寄りかかると、少し考えた。「それに、正直言って、ここの大学は圧倒的に白人が多いから。今は、わたしが学生だったころよりだいぶましだけどね。でも、まだ道のりは長いかな」

わたしは、外を歩いていた学生たちのことを思い出した。正直、うちの高校にくらべればはるかに多様性がある。自分がこれまでそうしたことについてあまり考えてこなかったことに気づいて、ハッとした。ほとんどの男子は、「女子である」ってことがどういうことか気づいてないのと同じだ。わたしも、肌が黒かったり褐色だったり、英語以外の言葉をしゃべったり、別の国からくるってことがどういうことか、ちゃんと考えたことがなかったのだから。

「それは、わかります」

カリーナはうなずいた。「これで、わたしからはぜんぶよ」そして、ノートを閉じ、顔いっぱいの笑みを浮かべた。「はい、これ、わたしの名刺。なにかあったら、連絡して。運に恵まれますように。だけど、正直、あなたの成績と課外活動を見るかぎり、運なんかなくても大丈夫そうね」

「本当ですか？」バカみたいに声がうわずるのを、抑えられなかった。「そう思います？」

「本当よ」カリーナはテーブル越しに手をさしだし、大丈夫というようにわたしの手を握った。

16

次の日、おばあちゃんに会いに〈サンライズ・シニアホーム〉へいった。部屋のドアをノックすると、おばあちゃんはボールペンの先で口紅を塗った唇をなにとはなしにたたきながら、グローブ新聞のクロスワードパズルを解いていた。

「グラノーラバーだよ」わたしは、居間エリアのコーヒーテーブルにタッパー容器を置きながら言った。「グレイシーがつくったの」

おばあちゃんは両眉をつりあげた。「ずいぶんとヘルシーね」お気に召さないようすだ。

「チョコチップ入り」せまい二人がけソファにおばあちゃんと並んですわると、いつもおばあちゃんのつけているグレープフルーツとトロピカルフラワーの香りを吸いこんだ。「チアシードの味はほとんどしないから」

おばあちゃんはニッと笑った。「はい」新聞をこちらへさしだし、クッションに身を横たえる。

「手伝ってちょうだい。ポップカルチャー系の問題はお手上げなのよ」

パズルを見て、もうほとんど埋まっているのに驚いた。「わたしがいなくたって、ぜんぜん大丈夫みたいじゃない」

おばあちゃんは片手を振(ふ)った。「グローブ新聞のクロスワードパズルは簡単なのよ」そう言いつつも、ちょっとご満悦(まんえつ)なのがわかる。「ボケ防止にいいって言われてね。たいした効果はないでしょうけど」

「そんなことないよ！」わたしはにっこりしたけど、ちょっとぎこちなくなってしまった。おばあちゃんがアルツハイマーのことを持ち出すと、どう反応していいかわからなくなる。現実として、アルツハイマーは進行性だ。おばあちゃんがよくなることはないし、〈サンライズ〉から元の家へもどることもない。大切なのは、生きているあいだ、おばあちゃんに楽しんでもらうことだと、ママはいつも言っている。そのために、わたしはここにきているんだと、自分に言い聞かせる。

グラノーラバーの入っているタッパーを開ける。おばあちゃんの言うとおり、どちらかというとヘルシー寄りの味になっている。冷蔵庫からアイスティーを取ってくると、パズルの残りのマスを埋(う)めながら、ブラウン大学の面接の話をした。

「合格まちがいなしって言ってくれたの」わたしは最後にそう言って、ニヤニヤした。

「そりゃそうよ」おばあちゃんはアイスティーのコップをかかげて、乾杯(かんぱい)をした。「もちろんそうに決まってると思ってますよ、マリン」

「おばあちゃんはどんな大学生活だった？」このあいだ、わたしの年齢(ねんれい)のころは、そんないい子じゃなかったといっていたのを思い出してたずねる。「ほんとに不良学生だったの？」

おばあちゃんはコップ越しにわたしを見つめた。「最高のときでしたよ。ボストンで逮捕されたのよ、ベトナム戦争に反対してね」

わたしはあんぐりと口を開けた。「えっ、うそよね？」

「そんなに信じられない？」おばあちゃんは今度こそすっかり悦に入ってるのも隠さずに、ブルーの目を抜け目なく輝かせた。「ああ、あなたのおじいちゃんにはだれにも言わないってちかったのに。あなたのママすら知らないと思うわ」

「うん、知らないと思う」そのときのことを思い浮かべようとする。パールのイヤリングとアイリーンフィッシャーのおしとやかなスラックスを履いてるおばあちゃん。「おばあちゃん、ワルだったんだ」

おばあちゃんはグラノーラバーを二つに折った。「かもしれないわね。でも、当時はそんなふうに感じなかったのよ。必要だと思ったの。まちがっていることを正すためにできることをするのが」

「おばあちゃんもブラを燃やしたとか？（当時、フェミニズムの主張としてブラジャーを燃やすパフォーマンスが行われた）」わたしは笑いながら言った。

おばあちゃんは眉をクイッとあげた。

わたしは手を口に当てた。「うそでしょ！」

「あら、だって六〇年代よ。そもそもだれもブラなんてしてなかったのよ」おばあちゃんは肩をすくめて、ひらひらと手を振った。

わたしは噴きだした。「ほかに、わたしに話しておきたい人生の秘密はない？　この——ええと、十七年ものあいだ、隠してきた秘密」

おばあちゃんはちょっと考えた。「そうねえ、最初、抗議活動をしたのは、公民権運動のときだった。ワシントンまでキング牧師の演説を聞きにいったのよ。教会の人たちといっしょにね。でも、それは知ってるでしょ」

「おばあちゃん、わたしは知らなかったってば」あぜんとしておばあちゃんを見つめる。

おばあちゃんは膝の上に散らばったグラノーラのかけらを払い落とした。「でもね、もっとなにかできたかもしれないって、ずっと思ってるんですよ。ううん、できたはずなのよ。だから、それっぽっちの経験をひけらかしてまわるのは、まちがってる気がしたの」

わたしはゆっくりとうなずきながら、『バッド・フェミニスト』の中のエッセイのことを思い出した。それは、映画の『ヘルプ～心がつなぐストーリー～』（二〇一一年公開。一九六〇年代の公民権運動を背景にした作品）についての話で、あれはSFであって歴史小説ではない、と著者のゲイは書いていた。あの映画は、風邪をひいて家にいるときに、ママといっしょに見たのを覚えている。恥ずかしいけど、正直、とても感動的な話だと思った。あのときは、人種差別的なナラティヴがあるなんて気づきもしなかった。白人女性がいきなりやってきて毅然と不平等と闘うなんて。現実には、黒人の女性たちは何十年もずっと闘いつづけてきたのに。最近では、本を読んで学べば学ぶほど、もっと勉強しなければと思う。

「それで、どうなったの？」片脚をおしりの下に敷いて、わたしはたずねた。「なんで今までなにも話してくれてなかったの？」

おばあちゃんは、考えたこともなかったというように肩をすくめた。「そのあとは、そうね、おじいちゃんと結婚したの。ごくごく平凡な話よ。あなたのママと兄弟たちにはわたしが必要だった。だからそのあとは……」おばあちゃんはそこでいったん黙ってから、またつづけた。「でも、ただの言い訳だったかもしれないわね。今じゃ、たしかなことはわからないわ」

わたしはグラノーラバーからチョコチップとチェリーだけ食べ、残りはナプキンの上に置いた。

「もっとしたかった？　つまり、抗議活動を？」

おばあちゃんは考えこんだように言った。「そうね、別の方法では抗議をしつづけていたと思いますよ。上院議員のところへいったり、手紙を書いたり、自分が信じている大義のために寄付をしたり。九〇年代当時は、ケネディ上院議員の事務所のスタッフとはファーストネームで呼び合う仲だったのよ」おばあちゃんは意味ありげにわたしを見つめた。「反逆者になる方法にはいろいろあるって考えたいの。今、自分にあるもので、できることをする、とかね」

「信じられない。ぜんぜん知らなかった」わたしは首を振った。

おばあちゃんはからかうように言った。「そうねえ、自分のおばあちゃんにもっと質問しておいたほうがいいんじゃない？　今のうちにきいとくといいわ。わたしがまだ覚えているうちにね」

わたしは顔を曇らせた。おばあちゃんがいつまでもいるわけではないと思うだけで、胸の奥が焼けこげるような気がする。

「おばあちゃん」言いかけて、おばあちゃんがわざと言ったことに気づく。おばあちゃんが優雅に片手をあげて制したから。

「からかっただけよ、マリン」おばあちゃんはわたしの腕をぎゅっと握ると、窓の外を見た。今日はそこまで寒くなく、真冬のただ中の思わぬ休息日だった。おばあちゃんは両手をパチンとたたいた。「さて、パン屋さんまで散歩にいって、それなりのクッキーがあるか見てみない？」

今、自分にあるもので、できることをする。その言葉を心に刻む。「いいね、その言葉」グラノーラバーの入ったタッパーのふたをパチンと閉じて、立ちあがる。

おばあちゃんはわたしの手の中に自分の手をすべりこませた。

次の水曜日は女子バレー部の決勝戦だった。意外にも学校で話題になっていた。下級生のカップルが、学校の支援が足りないというわたしの記事がよかったと言いにきてくれたくらいだ。

「バナーとかそういうの、つくったほうがよくない？」デイヴがカフェテリアの奥の席でターキーサンドイッチの包み紙を開きながら言った。最近、ブッククラブのメンバーですわることが増えている。毎日じゃないけど、週に二、三回はいっしょにランチを食べていた。助かってる、クロエはわたしと関わりたくないみたいだし。それに今、それ以外のときは、図書室で「タイトル・ナイン」（公的高等教育機関の教育プログラムや活動等での性差別の禁止について定めた教育改正法第９編の通称（つうしょう））についての記事を書いていた。

「壮行会のときの残りがまだあるよ」リディアが言った。リディアは生徒会のメンバーで、余っている風船やポスター用の紙やチョコチップクッキーのありかを把握していた。「放課後に待ち合わせよう」

　わたしはうなずいて言った。「今日は、母親の車があるから。何人かなら乗せられるよ」リディアがにんじんスティックを一本さしだしたので、にっこりして受け取る。

「大丈夫。足はおれが確保したから」

わたしは振り返った。グレイがうしろにいるのに気づいてもいなかった。肌がチクチクする。心の準備がないまま、彼の姿を見ると、いつもこうなる。「え？」

グレイはいたずらっぽい笑みを浮かべた。「すぐわかるよ。とにかく、八時間目が終わったら正面出口にきて」


授業が終わったときには、外は凍えるような寒さになっていた。駐車場の奥で木々が葉の落ちた枝を揺らし、吐く息が白く見える。校舎のわきのピクニックテーブルのところに、グレイがリディアとデイヴといるのが見えた。「いけ、ブリッジウォーター」と書かれたポスターをつくっている。グレイは下唇を噛んで集中してる。

「なんだよ？」顔をあげてわたしがニヤニヤしているのに気づくと、グレイは言った。

「なんでもない。いいポスターだね」

「うっせーな」グレイは赤くなった。グレイが赤くなるなんて！　ま、ほんのちょっとだけど。「みんながみんな、デキのいいご立派なライターってわけじゃないんだよ」

「わたしは立派なんかじゃないよ」そう言ったけど、うれしくなかったとは言わない。

「マリンは立派だと思うよ」グレイが言い、それに答えようとしたとき、駐車場にスクールバスが入ってきた。運転手さんが、楽しげにあいさつがわりのクラクションを鳴らす。「よし、っと」グレイはポスターの最後の一文字を書き終えると、体を起こした。「おれたちの車がきた」

わたしは目をしばたたかせた。「え、どういうこと？　まさか……スクールバスを手配したの？」

「ラクロス部のスクールバスなんだ」グレイは認め、ほんのちょっとだけ自慢げな表情を浮かべた。

「でも、ひとつだけ難点がある」

「なに？」

「乗っていくのは、おれたちだけじゃないってこと」グレイが体育館の入り口のほうへあごをしゃくり、わたしは目を見開いた。ロッカールームからラクロス部の部員全員がぞろぞろと出てきて、バスのほうへやってきたのだ。あ、全員ではない。ジェイコブはわざわざわたしにむかってしかめ面をしてみせてから、反対の方向へ歩き去っていった。

わたしはあっけにとられてグレイを見た。「うそでしょ。応援にくるように説得したってこと？」

「むこうからきたいって言ったんだよ」グレイが言ったので、わたしは疑わしげな視線をむけた。「わかったよ、まあ、きたいって言ったっていうのは言いすぎかも。だとしてもさ」

わたしは声をあげて笑った。ブッククラブのメンバーは驚いたようにそのようすを眺めている。クレイン先生すら、びっくりしているようだった。「グレイ、気が利いてるじゃない」

「まあ、おれって人間のことを知ってくれれば、気づかいのできるやつだってわかると思いますよ」

わたしは口をぽかんと開けたまま、なんの言葉も返せなかった。グレイが思ってたような人じゃないってことだけは、たしか。

「みんな、そろそろ乗りましょうか」わたしが声を失っていると、クレイン先生が言ってくれた。わたしはペンや紙をママの車のトランクに放りこむと（みんなを試合会場まで乗せていくために、今日一日貸してもらっていた）、バスに乗りこみ、やめておこうとか考えるまえにグレイのとなりにすわった。

　試合会場のセントブリジット校は、いくつか町をへだてたところにある名門女子高で、床から天井まである窓と最新の科学棟があった。グレイは売店のほうへ歩いていった。本物の売店で、外にぼろぼろの自動販売機が並んでいるだけのうちの学校とは大ちがいだ。グレイは、特大の炭酸飲料を自分用に、みんなにはピーナッツの袋をひと抱え買って、もどってきた。

「世話好きのお父さんって感じ？」みんなにピーナッツをまわすようすを見て、わたしは笑った。

「かもな。みんな、お行儀良くしないと、試合を見に連れていかないぞ、みたいな」

わたしはフフッと笑って、ピーナッツをひと粒口に入れた。「グレイって実はオタク？　それがグレイの秘密？」

　グレイは肩をすくめた。「それも秘密のひとつ」グレイはじっとわたしを見つめたまま、答えた。彼の手の甲がわたしの手をかすった。偶然だと自分に言い聞かせていると、しばらくしてまた触れた。彼の指がわたしの手をすっと撫で、小指をからませようとする。わたしは唇を噛んだ。

「グレイ……」

グレイは眉をあげた。「マリン」わたしの口調をそっくりまねて言う。

わたしはフウッと息を吐いた。頭の中で考えが巡る。彼に関心がないわけじゃないのはたしか。自分に正直になれば、ブッククラブの最初の集まりのときから、彼に興味をひかれている。駐車場でリュックのファスナーを直してくれたときから。ううん、そのまえからかも。グレイの存在に気づいてなかったはずがない、いつもファンの子たちに囲まれて。ただ、あの一人にはなるまいと思ってただけ。

「グレイと付き合った女の子たちが、あれこれ言われてるのは知ってるよね?」わたしはようやくそれだけ言った。

しらを切ると思ったけど、グレイはすぐにうなずいた。「ああ、知ってる。で、クソくだらないと思ってる。どうしてほかのやつらにとやかく言われなきゃいけないんだ？　お互い楽しんでるんだから、いいじゃないか」

わたしはびっくりした。でも、本当は驚くようなことじゃないのかもしれない。それを言うなら、わたしだって同じ罪を犯してる。うちのテラスでクロエと何度、わたしたちがいいと思ってた男子とキスするような大胆な女子の悪口を言ったかわからない。バレンタインデーのダンスを見てる二年生の女子たちのことを、物欲しげだよね、とか。言われてみれば、グレイがだれをモノにしたとか、そういったたぐいのうわさはさんざん耳にしてるけど、女の子にひどい仕打ちをしたという話は聞いたことがない。それに、グレイがそういうことをペラペラしゃべってるのは、ぜったいに聞いたことがない。

「まあとにかく」グレイはピーナッツの殻を割って、憎めない笑みを浮かべた。「そもそもマリンに手を出そうとしてるなんて、言った？」

そう言われたとたん、ベックスのマンションでのことがよみがえってきた。状況を読みちがえたこと、相手の意図を勘ちがいしたこと。「そういう意味じゃなくて――」

動揺が顔に出ていたにちがいない。グレイはわたしの肩をやさしくこづいた。「白状すると、実際、マリンとどうにかなりたいって思ってる」そう言って、グレイは肩をすくめた。「だけど――えっと、うそくさく聞こえると思うけど、ちがうんだ。つまり、マリンとは、どうにかなりたいって思ってるだけじゃない。わかってくれる？」

わたしは眉をあげた。「そうなの？」

「ああ。おれが言ったことは本心だよ。かっこいいって思ってるんだ、マリンがやってること。てか、軽く感動してるかも」

すぐには反応できなかった。ここ何週間か、自分が学校で浮いてるような気がしてた。だから、グレイがわたしがやってることをいいと思ってくれてるなんて、すぐには信じられなかった。ちょっと考えてから、わたしはようやく言った。「そっか、覚えとく」

「覚えといて」グレイは温かい目でじっとわたしを見つめた。「じゃ、そろそろ解放してくれるなら、バレーボールの試合を見たいんだけど」

わたしはフッと笑った。「悪かったわね、気を散らして」

「ほんと、気が散るよ」グレイは言ったけど、笑ってた。

つられて笑ってしまった。

変な気持ちだった。女子バレー部の優勝をかけた試合を見てると——ただの試合だってことはわかってる。だけど、どうしてだか希望があふれてきて、最終セットでエリサが決勝点を決めると、わたしたちはみんなどうかなったみたいに飛び跳ねながらヒューヒューさけびまくった。レフリーが試合終了のホイッスルを吹き、チームがコートになだれこむ。リディアとデイヴはありとあらゆるパターンのハイタッチをしあい、クレイン先生は酔っ払ったアメフトファンみたいに声をあげつづけてた。

「やった！」わたしはなにも考えずにグレイの首に抱きついた。グレイは倒れかけて、それからさっと下をむいて、わたしにキスをした。それが、今日いちばんのサプライズだった。

18

次の日、ベックスのレポートが返ってきた。当然Aだと思っていたので、最初、てっぺんに赤々と記されている文字がDだと気づかなかった。

え、どういうこと？

超早業でレポートをひっくり返し、まわりを見まわして、だれにも見られていないことを確認する。恥ずかしさと信じられない気持ちで全身がカアッと熱くなる。これまでDを取ったことなんてないし、ましてや、エッセイで取るなんてありえない。しかも、ベックスの授業でなんて。こんなこと……起こるはずない。

でも、起こった。

今日はボキャブラリーの授業だったけど、授業のあいだずっと、耳の中でゴーゴーと轟音が鳴り響いて、だれがなにを言ってもまったく耳に入らなかった。授業が終わるころには、ルース・ベイダー・ギンズバーグ（史上二人目の女性最高裁判事）張りの弁護スピーチを組み立てていたけど、みんながいなくなった教室の前まで言ってしゃべろうとすると、舌がもつれた。

「どういうことですか？」ようやくそれだけ言って、くしゃっとなったレポート用紙をさしだした。丁寧に タイプされた紙のはしが重なったまま、白旗のように垂れ下がる。

「残念だが、今回のレポートはきみのいつものレベルには達していなかった」ベックスは失望した顔をつくった。

「それって――」わたしは首を振った。「どこがですか？」

「時間をかけずにぞんざいに書いたのがわかる。手を抜いたのを感じる。時間をかけて記事を書いてるのは知ってる。そっちに気を取られたんじゃないか？」

「そんなことありません。最高の出来ではないかもしれません。でも、Dだなんて」

ベックスは肩をすくめた。「この分を取りもどしたいなら、特別に課題を出してもいいが」

その言い方に、首のうしろの肌がちりちりと粟立つような感覚に襲われた。これはレポートのせいじゃない。もっと個人的なことだ。「本当の理由はなんですか？」

「どういうことだ？」ベックスの眉が顔から飛び出そうなほど跳ねあがった。

「わたしがこんな成績なんて、おかしいです。だって……おかしい」

わたしたちは黙ってにらみ合った。それから、ベックスはハアッと息を吐いた。

「いったいどうしたんだ？」ベックスは机に寄りかかって、首のうしろの髪をゴシゴシとこすった。

一瞬、ベックスが元の、わたしがいちばん楽しみにしていた授業の教師にもどったように見えた。

それがわたしをひるませた。「え？」

「ここのところ、ずっと文句ばかりじゃないか。課題本リストのことや、授業での態度も……それに、言いたくないが、〈ビーコン〉の記事のことだってそうだ。正直……」そこで、ベックスは言葉をにごした。

わたしは眉を寄せた。「正直、なんですか？」

ベックスはぐっと目を細めた。「もう問題はなしって言ってたじゃないか」

わたしは一歩、うしろに下がった。「問題なしなら、Dはつかなかったってことですか？」

考えるまえに口から出ていた。言葉が、挑戦状のように宙を漂う。ベックスは唇をきゅっと結び、あごの筋肉をピクリとさせた。

「落ち着け、マリン」その声にはありありと警告の響きがあった。「わたしはきみの教師だぞ」

「そうですね」わたしは紙くず同然のレポートをリュックに突っこむと、くるりとまわれ右し、ドアへむかった。「わかってます」


レポートのことは、ママとパパには言わなかった。どうして言わなかったのか、自分でも理由はわからない。自分がだれをかばっているのかも、わからなかった。自分なのか、ベックスなのか。

その日は、夕食のあと片づけはわたしの番だったから、シンクでぼんやりとお皿をすすぎながら、ベックスに真っ向からものを言ったのは賢明だったのだろうかと考えていた。一度でいいから、自分が正しいことをしたと思いたい。

　残ったチーズとサワークリームを冷蔵庫にしまい（今夜はパパがタコスをつくって、グレイシーは、食卓のむかいにすわってるわたしまで涙が出るほど大量のハラペーニョをのせていた）、うっすら黒ずんだ黄色のスポンジでカウンターをふいていると、うしろからママがきて、わたしの肩にあごをのせ、腰に腕をまわした。

「わたしの大事な娘の調子はどうかしら？」ママがやさしくぎゅっと抱きしめる。「マリンは自慢の娘よ。わかってる？」

　ちらりとママのほうを見る。どうしてはげましてほしいときがわかるんだろう。「ありがと」

「本気で言ってるのよ」ママはわたしの頬にキスをすると、すっと体を起こした。そして、カウンターをふきんで機械的にふきながら、コンロの上に置いてある時計を見やり、いかにも真剣に考えこんだように言った。「『グレイズ・アナトミー』（大病院で働く外科医（げかい）たちの仕事や恋愛（れんあい）を描（えが）くテレビドラマ）が始まるまであと二十分あるんだけど、セブン‐イレブンまでいってアイスクリームを買ってくる時間はあると思う？」

　ちょっと考えてから、答える。「急げば」

　ママはうなずいて、玄関のフックからキーを取った。「いくわよ」

19

金曜の夜、グレイに連れられて、ボストンコモン（ボストン市中心部にある公園）のカエル池にスケートをしにいった。冷え切った手をグレイの大きな温かい手が包み、大勢の人のあいだを縫うようにすべっていく。スピーカーから大音量でアリアナ・グランデが流れ、ホッケー用のスケート靴をはいた子どもたちが、ファー付きのアノラックを着た大学生たちの横をかすめるようにすべっていく。巨大なクリスマスツリーで、色とりどりのライトが点滅している。

休憩時間になると、公園を見おろす小さなコーヒーショップでホットチョコレートを飲んだ。レトロなエジソン電球がさがり、床は籐のバスケットみたいなモザイクタイルになっていて、出入り口にかかった分厚いベルベットのカーテンが、外の冷気が入ってくるのを防いでいる。

グレイは大きな体を二つに折るようにして窓際のグラグラする椅子にすわった。膝が、ディナープレートとたいして大きさの変わらないモザイクタイルのテーブルにぶつかる。

「そこで大丈夫？」わたしは笑いながら、ホットチョコレートがこぼれるまえに自分のマグを持ちあげた。

「もちろん。最高の気分だよ」また調子のいいことを言ってるし、と思いながら、見あげると、わたしを見つめるおだやかな目と目が合った。全身がじんわりと温かくなる。

「そっか」赤くなったのを隠そうとして、ホットチョコレートをひと口すする。ジェイコブのときは、こんな気持ちになったことはなかった。グレイの近くにいるだけで、体の内側で骨という骨が熱を発するような気がする。「なら、よかった」

グレイは特大のシナモンクッキーを二つに割ると、半分くれた。「うちの母親たちが毎年クリスマスに焼くんだ。まるまる一日使って、焼くんだよ。二人とも姉妹が大勢いてさ。おばたちと女のいとこたちが全員うちにきて、百万種類くらいつくるんだ」

「グレイは味見係？」ふざけて言う。

グレイはフンと鼻を鳴らした。「うちの母親たちが、おれがのんびりすわってるのを許すと思う？女性たちがおれに食い物をつくってるあいだに？　ちゃんと手伝ってるさ。おれはプロ級の材料計量係なんだ」グレイは笑った。

わたしはニッと笑った。「でしょうね。じゃ、親戚が多いんだ？」

「めっちゃね」グレイは二口でクッキーを食べ終わった。「えっと、いとこが二十二人？　中にはもう子どもがいるいとこもいるからね。動物園だよ」

「いいね」ホイップクリームがマグの底に沈むまえに、スプーンですくう。「うちは、グレイシーとわたしだけだったからな。おばあちゃんと仲がいいのはそのせいもあるかも」

グレイは興味をひかれたみたいだった「そうなんだ？　いいおばあちゃんなの？」

「うん、最高」わたしはすぐさま答え、最近は必ずしもしっかりしているわけでないことは言わないでおいた。「ついこのあいだ、おばあちゃんがライオットガール（音楽とフェミニズムと政治を組み合わせたサブカルチャー運動）だったって知ったの。それまでぜんぜん知らなかったんだ」

「すごいな」グレイはニッと笑った。

二人で話しているうちに、どんどんお客が少なくなり、しまいにはわたしたちと、エスプレッソをゆっくり飲んでいるかっこいい中年の女性だけになったけど、それでも、わたしはまだ帰りたくなかった。グレイは質問上手で、女系家族の中で唯一の男だってことを自虐ネタにして、いろんな話をしてくれた。アリスというお姉さんがいて、シカゴで政治学を学んでいるらしい。

「会ったら、ぜったい気が合うよ」グレイが自信たっぷりに言うのを聞いて、ごく自然に未来の話が出ることに、思わず顔がほころぶ。

ついにバリスタの人たちが店じまいの雰囲気を漂わせながらテーブルをふきはじめたので、店を出て、チャールズ通りを歩きはじめた。

石畳にわたしたちの靴音がこだまする。バーの入り口から笑い声がもれてくる。本当なら、もっと浮かれた気分になってもいいはずだった。あともう少しでクリスマス休暇だし、だれもいない通りには電飾が輝き、ヒイラギや花のデコレーションが飾られている。

でも、寒くて暗い通りを歩いていると、最近、あとをついてまわる恐怖の影がむっつりともどってくるのを感じた。グレイといるときは、昨日のベックスとの会話のことは忘れていた。本当にすっかり忘れていたのだ。でも、そんな状態は長くはつづかなかった。あいかわらずなにもかも不可解で、屈辱的だった。ああ、どうすればいいんだろう？

グレイはなにかあるとわかったみたいだった。陽気にとりとめもない話をして、会話を持たせようとしてくれている。でも、こうこうと明るい駅の改札をくぐると、グレイは足を止めた。

「どうかした？」頬が寒さでピンク色になっている。「なんだか、ちょっと……心ここにあらずって感じがする」

首を横に振った。「大丈夫、なんでもない」そう言って、エスカレーターに乗り、高架の上のプラットホームにむかう。遠くのほうにチャールズ川の暗い流れが見えた。シットゴー（ガソリンスタンド）の白とオレンジと青の巨大なネオンサインが光っている。「バカみたいなことなの」

「なんでもないと、バカみたいと、どっち？」

わたしはためらった。「両方かな？」電光掲示板には電車の到着まで十分という表示が出ていたけれど、線路のほうを見やって電車を探す。「どっちでもないかも？」わたしはため息をついた。息が白く見える。「わからない」

グレイはうなずいて、コートのポケットに両手を突っこんだ。「話さなくたっていいよ」グレイは靴のかかとに重心をのせた。「だけど、念のため言っとくけど、話したくなったら話していいからね。衝撃的な事実を告白すると、なんとおれは聞き上手なんだ」

思わずフフッと笑ってしまった。「自分のことを聞き上手っていう人が聞き上手だったためしはないって知ってる？」

「うそだろ？」グレイは茶目っ気たっぷりに言い返した。「その説、今、考えついたんだろ？　自分がおれの話を聞いてるふりをして、実は頭の中で別のこと考えてたもんだから」

「ひどい！」グレイの腕を肘でこづく。それから、ぐっと頭をそらして、空を見あげた。

「冗談だって」グレイの頬にちらりとえくぼが浮かぶ。それから、グレイは首を振った。

「マリン」ホームにいる人たちに聞こえないような小さな声で言う。「話してみなよ」

わたしはため息をついて、そして……話した。すべてを話した。ベックスのこと、最近クロエが忙しくて、わたしを避けているように感じること、両親にうそをついていること、レポートのことと、ぜんぶ自分のせいじゃないかっていう気持ちがしてしょうがないこと。

「だれのことも面倒に巻きこみたくないの。でも、なかったことにしようとしてるけど、うまくいってない気もする」最後にそう言って、ピーコートの下で体を小さく震わせた。

話し終わったあとも、グレイはしばらく黙っていた。それからいきなり頭をぶんぶんと振った。

「なんだよそれ！」グレイの声に含まれた怒りに、びっくりする。「あいつ、サイテーのクソやろうだな！」

わたしがいきなり大声で笑いだしたので、ホームの反対側にいた女の人がじろじろとこちらを見た。これだったんだ、とわたしは思った。クロエにこの話をしたとき、こう言ってくれると思ってたんだ。こう言ってほしかったんだ。

「だよね」今ではおなじみになったのどにこみあげる塊を、しっかりしなきゃという気持ちを、飲みこむ。「だと思う」

「思う、じゃないよ。クソやろうそのものだ」グレイはきっぱりと言った。

コンクリートの上の自分の靴を見る。「だれかに話したほうがいいと思う？」

グレイはしばらく考えてから、言った。「わからない」すごく誠実な言い方だった。「おれの母親は、生きる上でなにを受け入れるかは自分で決めなきゃだめだって言うんだけど、今回の話を聞いたら、そう言いそうな気がする。これって、母親の言うことでもいちばん嫌いなやつなんだ。なぜなら、正しい答えはないってことだから」グレイは肩をすくめた。「だけど、マリンがどういう決断をしようと、味方はいるってことだけは覚えといて」

そのとき、電車がものすごい音を立てながらホームに入ってきた。グレイは手をのばして、わたしの手を取った。

クリスマス休暇のまえの金曜日、わたしは自習時間にディオガルディ校長に面談を申しこんだ。校長室の合成革の椅子に浅く腰かけ、震えないように両手をももの下にはさむ。

せまい校長室は雑然としていた。机の上にはファイルが山積みになっている。窓辺に置かれた鉢植えの植物はしおれていた。本棚にはディオガルディ校長の子どもたちの写真が飾られている。二人とも大学生くらいの年頃の、赤毛にそばかすだらけの顔の兄弟で、キャンプ場でおどけたポーズを取っていた。心のどこかで、娘もいたらよかったのにと思わずにはいられない。

「ええと、あとちょっとだけ待ってもらえるかね」校長はあいまいに言って、指を一本あげ、目をぎゅっと細くしてパソコンの画面をにらみつけた。ここにすわってから六分のあいだにパソコンから聞こえるピーとかビーとかいう音からすると、政府のデーターベースに侵入を試みているか、添付ファイルを送信しようとして失敗しているか、どちらからしい。

「ゆっくりやってください」わたしは言ったけど、本当のことを言えば、待たされれば待たされるほど、なにもかも、皮膚すら投げ出してここから飛び出し、筋肉から内臓からすべてぶちまけながら廊下を逃げていきたい衝動にかられた。深く息を吸いこんで、もぞもぞしないよう体に力を入れる。**落ち着いて、手短に。**自分に言い聞かせる。

ついにディオガルディ校長はキーボードの上で両手を組み、眉をひそめて、ドスンと椅子の背に寄りかかった。まちがえてスペースボタンを押してしまったらしい。パソコンが抗議の音をビービーと鳴らし、わたしは頬の内側をぐっと噛んで、緊張した笑いがもれそうになるのをこらえた。

「さて、マリン、話とはなんだね？」

わたしは深く息を吸いこんだ。「ええと――」

「そういえば、きみの記事は読んだよ」校長はそう言って両方の眉をクッとあげたが、どう解釈したらいいのか、わからなかった。「わが校のジェンダー教育方針について、いろいろ言いたいことがあったとはね、気づいてなかったよ」

「ええ」わたしはなんとか明るく無害そうに見える笑みをつくった。「最近、考えるようになったことなんです」

ディオガルディ校長はうなずいた。「そのようだね」そして、コホンと咳払いをした。「さてと、きみの話というのは？」

ごくんとつばを飲み、ナイロンの服越しに膝に爪を食いこませる。「ベケット先生のことなんです」

「ほう?」ディオガルディ校長の眉が警戒したようにピクッとした。「ベケット先生がどうかしたかね?」

わたしは深く息を吸いこみ、できるだけ事実だけを述べるようにして、最初に家へ送ってもらったときのことから、マンションでの出来事までを話した。

「わたしにキスしたんです」わたしはそう言いながら縮こまった。ディオガルディ校長の前でこんな言葉を口にするなんて、信じられない。ベックスの話をするのに、この言葉を使うなんて。なにもかも恥ずかしすぎる。

わたしが話し終わると、ディオガルディ校長はしばらく黙っていた。ホイッスルが二本の前歯に当たる音だけがリズミカルに響く。そして、ようやく口を開いた。

「その申し立ては非常に深刻なものだぞ、マリン。教育委員会に報告しなければならない案件だ。委員会は徹底的な調査を望むだろう」

「わかりました」わたしはゆっくりと言った。校長は、取り下げるように警告しているのだろうか。なんとなくそうだという気がした。「わたしはただ――ほかにどんな調査が必要になるんですか? その……なにがあったかは、今、お話ししましたよね」わたしは戸惑って、首を振った。

ディオガルディ校長の無表情な顔が一瞬、ほんのわずかに揺らいだ。「いいか、マリン。これはまだ手続きの一環にすぎない。一連の措置を決めるまえに、もっと情報を集める必要がある。まず、委員会は委員会できみと面談したいと考えるだろう。それに、おそらくベケット先生とも話したいと思うはずだ」

「それでもし、ベケット先生がつくり話だと言ったらどうなるんですか？」

ディオガルディ校長は眉をひそめた。「そうなのか？」

「は？　まさか！」思ったよりもきつい口調になってしまった。「もちろん、ちがいます！」

「口の利き方に気をつけるように」ディオガルディ校長は注意し、首にかけたホイッスルに手をのばした。いつでも反則退場を告げられるよう、そこにあることをたしかめるみたいに。「この状況がとても……感情的なものであることはわかっている。だからこそ、きちんと手続きを踏む必要がある」校長はまた笑みを浮かべた――父親的な、大丈夫だという笑みを。「こうしたことは時間がかかるんだ、マリン。だが、教育委員会は徹底的にするだろう。われわれがやるべきことをやると信頼してほしい」

わたしは椅子のひじかけをぎゅっとつかんだ。なぜかわからないけど――ううん、たぶん「感情的なもの」という言い方のせいで、校長の言うことに同意しないかぎり、これ以上なにを言っても無駄だと感じた。

わたしは「わかりました」とだけ言って、リュックを手に取り、立ちあがった。急に立ちあがったせいで一瞬めまいがして、閉所恐怖症的な症状に襲われ、空気が熱く重くなって息ができなくなる。「では、ええと、ありがとうございました。授業にもどります」

ディオガルディ校長は眉間にしわを寄せた。わたしがもっと感謝するのを期待しているんだ、ということに思い当たる。わたしがその脚本に従っていないから。

「マリン」校長は言いかけたが、わたしはそれ以上なにか言われるまえに当たり障りのない笑みを顔に張りつけた。

「ディオガルディ先生、先生のご助力に感謝します」念押しするように言う。「本当です」

「当然のことだ」校長は機嫌を直して言った。わたしはまた、彼にとって相手にするに足る存在になったのだ。優秀で、〈ビーコン〉紙の信頼できる共同編集者であり、つまらないことで騒ぎ立てたりしない、感じのいい女子に。

「なにかききたいことがあれば、遠慮なくわたしのところへくるように。いつでも力を貸すよ」

もう一度お礼を言って、笑みを顔に張りつけたまま、校長室を出た。オフィスのパソコンで熱心にフェイスブックのページをスクロールしているミズ・リンチに手を振ると、だれもいない廊下に出るまで待ってから、ようやく仮面を外し、二年生のロッカーに寄りかかって深呼吸して、胸にせりあがってきた恐怖の渦をのみこもうとする。

ディオガルディ校長に話すことで、このみじめな一連の出来事に終止符を打ちたかった。

でも実際は、ようやく始まったばかりだった。

授業のあと、グレイはわたしのロッカーの横で待ってくれていた。ネクタイをすでにゆるめ、かわいくってバカみたいなトナカイのニット帽（しかも、ポンポン付き）を、ウェイヴした髪が隠れるくらい目深にかぶっている。

「マリン」ディオガルディ校長との面談以来つきまとっている、破滅が迫りつつあるという感覚も忘れ、彼の笑顔にゾクゾクする。「どうだった？」

わたしは肩をすくめた。「よかった、かな？」なるべく手短に、事実だけを話すようにして、校長室での面談のようすを伝えた。「感情的なもの」に翻弄されている感じにならないように。「クリスマス休暇のあとには、いろいろわかるんじゃないかな」

「そうか、よかったよな？　ディオガルディ校長は教育委員会に報告するってことだろ？」

「うん、そうだね」うなずいたけど、実際は、そのことを考えるだけで、手近な雪だまりに穴を掘って、春まで冬ごもりしたいくらいだった。あんな話をディオガルディ校長にしようと考えるなんて、それですべてが終わると思っていたなんて、なんてバカだったんだろうと、すでに思いはじめていた。最近、それがわたしの人生のテーマになってる気がする。**いったいどうなることを期待してたわけ？**「そう思う」

「よかった」グレイはもう一度言った。単純なことだっていうみたいに。それでも、彼がはげまそうとしてくれているのは、わかっていた。「ピザ食べにいく？」

　わたしは首を横に振った。ブリッジウォーターの生徒はみんな、クリスマス休暇前の最終日に〈アントニオズ〉にピザを食べにいく。いつもだったら、一年のうちでいちばん好きな放課後の行事のひとつだ。寒い歩道にまで待つ人の列があふれ、チーズとペパロニの温かい香りが漂う。でも、今日は人ごみの中にいく気になれなかった。「用事があるんだ」と言うのがせいいっぱいだった。

　うちに帰ると、ママはダイニングテーブルでノートパソコンを開いていた。まわりに大雑把に重ねた書類が広がっている。パパはもう、明日のクリスマスイブの〈七つの魚の饗宴〉（魚やシーフードを使った料理。クリスマスイブを祝うイタリア系アメリカ人の文化）の下ごしらえを始めていた。

「ただいま」リュックを玄関に置くと、髪を耳にかけた。勇気を出そうとする。でも、事態を動かしてしまったのだというパニックに似た気持ちがこみあげる。それが正しいことなのかも、よくわかってないのに。「話さなきゃいけないことがあるんだ」

21

特にママは怒(いか)り狂(くる)うと思っていた。だってママは、わたしが五年生になるまえの夏休みに、デイキャンプでエイブリー・デミトリオスに意地悪をされたって聞いたとたん、パジャマのままエイブリーの家までいって、相手をびびらせまくった前科の持ち主なのだ。

でも、実際は、微動(びどう)だにせずすわったまま、片方の手をパパと、もう片方の手をわたしとつないだまま、じっと話を聞いていた。

「なにをしたですって⁉」話がキスのところに差しかかると、ママはきき返したけれど、パパがママの手を握(にぎ)った手にぎゅっと力を入れたので、すぐさま唇(くちびる)を結んだ。

「ごめんなさい、つづけて」ママは頭をはっきりさせようとするみたいに振(ふ)った。その目には涙(なみだ)が浮(う)かんでいた。

わたしはつづきを話した。テーブルをじっと見つめたまま、記事のことと、レポートのこと、そして、今日のディオガルディ校長との面談の話をした。ぜんぶ話し終わると、三人ともしばらく黙(だま)っていた。

「信じられない」ママが言った。顔をあげると、ママが手のひらぜんぶを使って涙をぬぐっていたので、びっくりした。「教師がそんなことをしたなんて。本当につらかったわね」

わたしたちは長いあいだ、話し合った。パパがチーズとクラッカーとレーズンを出してくれた。二人とも、わたしが思っていたような質問はしてこなかった。**勘ちがいってことはないの？ 相手を勘ちがいさせるようなことをしたんじゃないの？ そもそもどうしてマンションにいったりしたの？** そのことで、どうしてほんのちょっと後ろめたい気がしたのか、わからない。こんなに簡単に許されていいのかなって。

ふいに裏口が開き、三人ともビクッとした。友だちの親に送ってもらったグレイシーがのんびりと入ってきた。頬が寒さでピンク色に染まっている。

「お腹空いたー」グレイシーはそう言ってから、わたしたちが降霊会でもしてるみたいにテーブルを囲んでいるのに気づいた。「なにかあったの？」

わたしは一瞬、ためらったけど、すっと息を吸って、にっこりほほえんだ。「なにもないよ。大丈夫」そして、グレイシーにクラッカーを一枚さしだした。こうやってパパとママのあいだにすわっていると、本当に大丈夫だという気がした。

クリスマスの次の日、わたしはクロエの家へいった。ママの車をクロエの家へ乗り入れ、前庭の芝生の上に置かれた巨大なビニール製のスノードームを避けて、車を家の前につける。クロエのママとパパは毎年のようにクリスマスの飾りを増やし、今年は一メートルくらいあるキャンディ杖が花壇に並び、煙突の横からライトアップされたサンタクロースが手を振っていた。クロエにとっては死ぬほど恥ずかしいことらしく、感謝祭から新年までのあいだはだれも家に呼んでもらえないんだけど、わたしはいつもすてきだなって思っていた。

　クロエのお母さんに中へ入れてもらうと、クリスマスツリーの前に寝そべって戦艦で遊んでいる弟たちに手を振って、二階のクロエの部屋へいった。クロエはまだパジャマ姿で、ノートパソコンでアイライナーの引き方の動画を見ていた。

「マリン」ほんの少しだけ開いているドアをノックすると、クロエは驚いたように言った。

わたしは眉を寄せた。「今日はモールにいく日でしょ？」クロエとわたしはこの四年間、クリスマスの次の日は毎回モールへいって、親戚からもらったダサいセーターを返品し、セールをのぞいていた。最後は、インマンスクエアの、奥まったところにあるサブカルっぽい雰囲気のカフェでペパーミントモカコーヒーでしめるのが決まりだ。

「え、そう？」クロエはそんなことは初めて聞いたって感じで首を振った。生理がくるよりまえからの習慣だったのに。「ああ、そっか。かも。でも、きっとグレイと会うんだろうと思ってて」

「え？」クロエがわたしとグレイのことを知ってることすら、気づいてなかった。そこまでクロエと疎遠になってることに、胸がチクリと痛む。「グレイは新年までニューハンプシャーのいとこのところにいってるの。それに、グレイと会うはずないじゃん。今日はクロエと二人で出かける日なんだから」

「そっか。どうしよう」クロエは肩をすぼめた。

わたしは眉をひそめた。「いきたくないってこと？」ここのところ、クロエとのあいだがぎくしゃくしているのはわかっていたし、カイラと過ごしてるっていうのを百パーセント信じてたわけじゃない。でも、今日、出かけないのは、いくらなんでもおかしい。

「ううん、そんなことない」クロエは、まるで凍った土に穴でも掘ろうって誘われたみたいな顔をしてノートパソコンを閉じた。「シャワーだけ浴びてくる」

「無理にいかなくたっていいよ」ふいにやめておいたほうがいいような気がして、言う。もちろんクロエの気乗りしないようすのせいもあるけど、人ごみが気になる。だれか学校の知り合いに出くわすかもしれない。それどころか、ベックスに会うかも。わたしは、まだベッドメイクしていないベッドのはしに腰をおろした。

「話があるんだけど、いいかな？」キルトから飛び出た糸を引っぱりながら言う。クロエのお母さんが、むかしのキャンプTシャツでつくったものだった。「聞いても、引かないでほしいんだけど」

クロエは眉を跳ねあげ、即座に言った。「マリンが、ベックスをディオガルディとのトラブルに巻きこんだこと？」

「え――」わたしは目を見開いた。「どうして知ってるの？」

「みんな知ってるよ」クロエはノートパソコンをマットレスの上に移動させると、ベッドからおりた。「学校じゅうが知ってる」

「え、ほんとに？」わたしの心は沈んだ。わたしはわざと休みに入る前の日を選んで、ディオガルディ校長に話したのだ。そうすれば、あれこれうわさが飛び交うまでに少しは時間が稼げると思ったから。「どうして？」

クロエは肩をすくめた。「知らない」クロエはわたしの顔を見ずに、言った。

「じゃあ、クロエはだれに聞いたの？」

「それ、重要？」

「重要だよ。もしうわさが広まって――」

「そうやって、いじくりまわすの、やめてくれる？」クロエがさえぎって、キルトのほうを指さした。「ぜんぶがバラバラになっちゃう」

「ごめん」わたしはキルトを置いて、ふいに汗ばんできた手のひらをジーンズの膝でふいた。「わたしのこと、怒ってるの？」わたしはたずねたけど、答えはわかっていた。わからないのは、その理由だ。

クロエはクローゼットの扉の裏にかけてあったバスローブを取ると、腕にかけた。「わたしがわからないのは、どうすればいいと思うか、わたしに相談すらしなかったことよ。最初から、ぜんぶ計画してたくせに」クロエは校名の入ったパーカーを着た肩をすくめた。

「ちょっと待ってよ。計画なんてしてない。どういう意味？」

わたしがわざとわからないふりをしてるとでもいうように、クロエは憤って言った。「マリンは最初から復讐しようって決めてたってことよ。おかげで――」

わたしは首を振った。「ベックスに対して？　そもそも復讐って――」

「ベックスはクビになるかもしれないんだよ」クロエはさえぎって言った。「おかげでわたしたちは、卒業まで百歳くらいの代理教員に教わるしかなくなって、バカみたいにつまらない作品を読まされたり、そう、出来事を順番に記述するようなレポートを書かされたりするはめになる。マリンがくだらない誤解にいつまでもこだわってるせいでね」

「ちょっと、クロエ」のどが締めつけられる。目がひりひりする。友だちになってから今まで、クロエがこんな言い方をしたことは一度もない。「いったいどうしたの？」

「どうかしてるのはそっちでしょ」クロエはぴしゃりと言った。そして、廊下のほうを振り返ると、声を低くして言った。「どうしてマリンがそんなだか、わからないだけ。どうして自分のまちがいを認められないのか――」

「わたしはまちがったりしてない！」

「じゃあ、なんなの？　彼があなたのことを好きだとでも思ったわけ？」クロエはバカにしたように笑った。「自分のマンションに連れていったのも、マリンを彼女にしようっていう極秘の計画だったとか？」

「もちろん、そんなこと思ってない」今度こそ、本当に涙がこみあげてきて、視界がぼやけた。天井の照明を見上げ、深く息を吸いこむ。「クロエはわたしの親友のはずだよね？」

「親友よ」クロエはすぐに答えた。「だから、親友がバカなまねをしてるときにそれを指摘するのも、わたしの仕事でしょ」

「バカなまねだと思ってるんだ？」

「現実がまったく見えなくなってると思ってる」

「わかった」わたしは肩をすくめた。だって、それ以外になんて言えばいい？　立ちあがって、リュックを肩にかけ、手の付け根で目をこすった。「やっぱり、モールにいくのはやめといたほうがいいね」

「だね」クロエは盾みたいにバスローブを体の前にかざしたまま、答えた。

わたしは階段をおり、キッチンにいるクロエのお母さんに会わないようにして、外へ出た。弟たちはまだリビングで遊んでいた。アニメチャンネルの騒々しい音に交じって、たわいない話をしてるのが聞こえる。

「沈没(ちんぼつ)！」一人がうれしそうに言った。ドアをしめるまえ、最後に聞こえたのは二人の笑い声だった。

22

休暇のあいだに、わたしと両親はディオガルディ校長と教育委員会と面談した。全員で、講堂のステージに置かれた折りたたみテーブルを囲む。テーブルを設置するのに、用務員のライルさんにわざわざきてもらったのだろうか。わたしは、オーディションを受けてもいない芝居に出ているようなおかしな気持ちで、委員会にすべてを話した。委員会は、事態を重く見ているし、ベケット先生とも話をすると明言した。

そのあとのクリスマス休暇はひどく静かに過ぎていった。グレイがニューハンプシャーからもどってきて、ウォータータウンのダイナーへ朝食に連れていってくれた。

グレイシーとママといっしょに『くるみ割り人形』を見にいった。パパは文句ひとつ言わずにクリスマスの定番映画を百万本くらい付き合ってくれて、しかも、そのあいだに何度も立って、手づくりのマシュマロホットチョコクッキーを持ってきてくれた。〈おまえのことを大事に思ってる、いつもそばにいるぞ〉という意味だとわかっていた。

休み明けの初登校日に、ママは車を使わせてくれた。帰りたいときにすぐ帰れるって思えば、お守りになるから。車を降りて運転席のドアをバタンとしめ、駐車場を走っていく。みぞれでぬれた舗道がすべる。氷のように冷たい雨が、冬のコートの襟元から入りこみ、コンクリートの階段で転びそうになって、手すりをつかんだ。

上級生用の出入り口をくぐると、髪を振って広げ、生徒たちでごった返した明るい廊下のようすをうかがう。ハーパー・ルッソが眉をひそめ、ケイリン・ベネデットになにかささやいた。マイケル・シアがこっちを見て、ニタニタ笑う。

わたしは顔を伏せ、ロッカーへむかった。大げさに考えてるだけ、ここは現実の高校で、九〇年代の学園映画のオープニングシーンじゃないんだから。それでも、人間業を超えたスピードで教科書を取り出し、廊下の通行をふさいでいるカーラ・セントジョンとアミナ・トーマスのわきをすり抜けた。

「――いっつも新聞部の部室でいっしょにいたもんね」カーラが、肩までのブロンドをまとめ、太くて短いポニーテイルにしながら言った。「彼女のほうがどういうつもりだったか、わかんないけど」

「あたしだったら、ベックスに迫られたいけど」アミナはフフッと笑って、なにげなく振りむいたひょうしに、わたしがいるのに気づいた。アミナは気まずそうな顔をしたけど、わたしのほうは気まずいどころか、熱くひりつくような吐き気のうねりに全身をつらぬかれた。

つまり、本当にみんな知ってるってことだ。

最初の二つの授業は、ただただぼうぜんとやり過ごした。頭がガーゼで包まれているみたいに、見ることも聞くことも、それどころかまともに息をすることすらできない。ずっと、文学鑑賞の授業にベックスが現れたら自分がどうするかを、そして、もしベックスが現れなかったらどうするかを想像しているうちに過ぎていった。

「準備はいい？」グレイが廊下を歩きながら、わたしの手に自分の手をすべりこませた。黙ってうなずく。

なにがあっても平気だと自分に言い聞かせてきたけど、教室に代わりの教員が立っているのを見て、正直、ほっとしたあまり膝が崩れそうになった。バーコードヘアに太鼓腹のオタクっぽい中年の先生だ。

「よっしゃ」グレイは小声で言うと、笑みを浮かべながら席に着いた。「ほらな。あいつはいなくなったんだ。もう心配はいらないよ」

「うん」なんとか小さくほほえむ。でも、クロエが入ってきたのを見て、その笑みも消えた。クロエは代替教員を見るなり、足を止めた。

「クロエ」クロエが机の横を通るとき、そっと声をかけた。「あとで話せる？」

クロエは無視した。

代替教員は、ハドックだと自己紹介した。「ハドックってコダラの別名なんですよ、ハハハ」と言って、だれも笑わないと、こちらから見てもわかるくらい顔をゆがめた。そして、今週のボキャブラリーに取りかかったけど、クロエの予想どおり、気の毒なほど退屈でおもしろ味ゼロだ。わたしは、そんなことぜんぜんかまわなかったけど。

でも、かまわないのは、わたしだけらしい。

「あいつ、クソだな」教室のうしろで、ディーン・シェパードがつぶやいた。

「ま、少なくともマリンもやつとはやろうとしないだろ」マイケル・シアがジョークで返す。「てか、したりして」

ノートを一心に見つめる。顔が燃えるように熱い。グレイが二人をにらみつけた。

「すみません」クロエが教室の前で声をあげ、いやに形式ばって手をあげた。「ベケット先生はいつもどられるんですか？」

ハドック先生は顔をしかめた。「明日にはもどるはずだ。だが、今日の授業の時間を無駄にするつもりはない。では、教科書の――」

それを聞いたとたん、頭の中でゴーゴーと音が鳴りはじめ、そのあと先生が言ったことはなにひとつ入ってこなかった。一瞬、本気で聞きまちがいかと思ったほどだ。

明日。もどってくる……明日？

なんてバカだったんだろう。

ぜんぜん終わってなんかいなかったのだ。

ようやくベルが鳴ると、スタートのピストル音を聞いた短距離選手みたいに席から飛び出した。グレイがこっちへこようとしてるのも無視して、よろけながら廊下を歩いて事務管理室までいく。中では、ミズ・リンチが〈フェイマスエイモスクッキー〉を食べながら、ゴシップサイトに見入っていた。

「ディオガルディ校長先生はいらっしゃいますか？」わたしはいきなり言った。

ミズ・リンチは目をぎゅっと細めた。「失礼ですよ」ミズ・リンチはさっとウィンドウを閉じながら言った。リアーナのファンとは想像もしてなかったけど、だれにでもいろんな面があるってことだろう。さっそくクロエに言わなきゃ、と思った次の瞬間、クロエとはもう口も利いてないことを思い出す。

「約束はあるんですか？」

校長のスケジュールを把握するのが仕事じゃないの？　約束がないことくらいわかるでしょうが
——とは言わなかった。

「あ、いえ。ちょっとごあいさつをと思って」明るく言おうとしたのが、実際は、完全に頭がやられる一歩手前って感じになってしまった。

ミズ・リンチは眉間にしわを寄せた。「校長先生に伝えてきます」

校長室の前の椅子にすわって、廊下の壁にかかっているレトロな時計の秒針が進んでいくのを眺める。たっぷり十分近くたったころ、ドアが開いて、ディオガルディ校長が出てきた。

「マリン！」校長はわたしを見ると、うれしくなさそうな顔をした。「入りなさい。きみは、今日、話さねばと思っていた生徒の一人だ」

でしょうね、と心の中で苦々しい思いを噛みしめる。

「ベケット先生は明日、もどられるんですか？」

ディオガルディ校長は顔をしかめた。

「すわりなさい」校長はむかいの椅子を指さした。「まさに、そのことを話そうと思っていたんだよ。教育委員会は休暇中にきみの……申し立てを調査したんだ。最終的に、懲戒委員会は不正行為の決定的証拠を発見しなかった。したがって、ベケット先生は授業に復帰することになる」

「不正行為のことはお話ししましたよね」意図したよりも感情的な声になってしまった。ごくんとつばを飲みこんで、ひじかけに爪を食いこませる。**ヒステリックになっちゃだめ。情緒不安定な女になっちゃだめ。**「わたしがお伝えしたいのは――」

「わかるよ、マリン。だが、裏付けとなる証言がないと、つまり証拠がなければ――」

「証拠がない――」そこまで言って、そこに含まれているより大きな言外の意味が形を取りはじめる。「わたしがうそをついてると思っているんですね？」

「ちょっと落ち着きなさい。だれも、そんなことは言ってない」

「なら、どういう意味ですか？」

「マリン——」ディオガルディ校長はホイッスルをくわえ、すぐにまた出した。再び話しはじめたとき、校長の口調はいきなりやさしくなっていた。

「いいかい、なにがあったかということについて、きみが誤解しているということはないかね？　ベケット先生とのあいだでということだ。だれも、きみのことを責めてはいない。ベケット先生は、わが校でも若い教師だし、女子生徒たちが彼の教室によくたむろしているのは知っている。新聞部の部室にもね。だから、きみが誤解したとしても、それはよくわかる——」

「うそでしょ」止めるまえに、言葉が飛び出した。ガンと椅子を下げ、勢いよく立ちあがる。「そんな話、到底同意できません」

机のむこうでディオガルディ校長は目をキッと細め、鋭い口調で言った。「マリン、きみが動揺しているのはわかるが、だれにむかってそのような口を——」

マリンとか、呼ばないで。窓という窓を震わせるくらい大声でさけんでやりたい。けれども、わたしは口を閉じ、この場にふさわしい態度を取ろうとした。怒りと恐怖をぐっと飲み下す。

「校長先生のおっしゃるとおりです」なんとか言葉を絞り出す。ジャリッと砂を噛んだような感触がする。両手をあげ、無理やり笑みを浮かべた。「すみません。こんなふうな——おっしゃるとおりです」

ディオガルディ校長は薄い笑みを浮かべた。相手がつらいときに言い分を聞いてやる立場にいることで悦に入ってる顔。「わたしが言いたいのは、こうしたことは起こるし、いったん時間をおいて、落ち着いていろいろな角度から状況を眺め直してみると、最初思ったのとはちがって見えてくることもある、ということだ」

「はい」わたしは本棚の上をじっと見つめた。ディオガルディ校長の息子たちがキャンプ場で撮った写真を見る。ひっぺがして、校長の顔に投げつけてやりたい。**落ち着いていろいろな角度から状況を眺め直してみろ**って言ってやりたい。「わかりました」

「さてと」ディオガルディ校長は立ちあがった。「これ以上、ききたいことはないかな——?」

「あ、いいえ」じりじりとドアのほうへ下がりはじめる。ほかになにをきけというんだろう？「ないと思います。お知らせくださり、ありがとうございました」

「いやいや、かまわんよ」ディオガルディ校長は心底ほっとしたような笑みを浮かべて、ぎこちない足取りで校長室からわたしを送り出した。「きみと話せてよかったよ」

23

「そんなバカみたいな話、とてもじゃないけど、納得できない」その夜、ママはキッチンでパーカッションアンサンブルでも始めるのかっていう勢いで鍋やフライパンをガンガン音を立てながら取り出した。

「いい、本気だから。校長室に乗りこんで、あのクソ男のケツの穴を蹴り上げてやる。クソ男が鏡を見たら、口から飛び出た靴の先っぽのL.L.Beanのロゴが読めるくらい思いきりね！　それから、弁護士に連絡するわ」

「ディアナ」キッチンテーブルに腰かけていたパパが、ちょっと疲れた声で言った。目の下にクマができているのを見て、胸を突かれる。「少し落ち着け」

「あなたこそ、落ち着きなさいよ！」ママは噛みつくように言うと、冷蔵庫をガバと開けて、シチメンチョウのひき肉のパックを武器かなにかみたいに振りかざした。「こんなの、おかしいでしょ。それに、不当な処置に対しては感情的になったっていいと娘に教えることがまちがってるとは思いません！」ママは、グチャッと音を立ててひき肉をフライパンの上にのせた。「こういうふうにね！」

「不当じゃないなんて言ってない」パパは立ちあがって、オーブンのポテトを見にいった。「わたしが言いたいのは、暴力に訴えたところでなんにもなりやしない――」

「比喩よ比喩」ママは顔をしかめ、木製のスプーンでひき肉をガンガン突き崩した。「ま、九割がたはね」

「ちょっと二人とも、お願い。わたし、自分でなんとかできるから」わたしはか細い声で言った。

パパは手で顔をゴシゴシこすった。「クラス替えはできないのか？　それが第一ステップだと思うが。どうだ？」

ミニキャロットの先をかじりながら、それについて考えてみた。パパが簡単なことみたいに言うのに驚いたけど、たしかに実際、簡単なことだ。同じ時間に、二つ先の教室で文学鑑賞の普通クラスの授業がある。チャド・ハーバックの『守備の極意』を読んでるはずだ。悪くないかもしれない。

わたしは深く息を吸いこんだ。「それは嫌」せいいっぱい落ち着いた声で言う。

ママは濃い眉毛を片方クイッとあげた。「どうして？」

肩をすくめ、残りのミニキャロットを口に放りこみ、ボリボリ噛みながら言った。「だって、それじゃむこうの勝ちになるから」

パパとママはしんとなって、互いに視線を交わした。心配だからかもしれない。誇らしく思ってくれたのかもしれない。それから、ママはスプーンをカウンターに置くと、こっちへきて、わたしの腰に腕をまわした。

「妹を呼んできて」ママはギュッとわたしを抱きしめてから、手を離した。「もうそろそろ食事の用意ができるから」


そのあと、宿題をしていると、グレイシーが跳ねるようにやってきて、ドアの枠をつかみ、細い体をくるっと回転させるようにして入ってきた。爪はきらきら光るあざやかなブルーに塗られている。「お姉ちゃんにお客さんだよ！　男子の！」

「え？」世界を完全に遮断したくて両耳にEarPodsを入れていたので、玄関のベルが鳴ったのにも気づいていなかった。「ほんと？」

「だよん」グレイシーは「よん」を跳ねるように発音した。「めちゃかっこいいひと」

「うそでしょ」鏡で髪をチェックする。一日の終わりでちょっとベタッとしてるけど、今さらどうしようもない。色付きリップだけ塗って、階段を駆けおりる。

玄関のドアのところにグレイが立っていた。オーバーサイズのスウェットパンツのポケットに両手を突っこんで、果敢にもパパとママにアディーチェの『男も女もみんなフェミニストでなきゃ』の話をしてる。今度の木曜日のブッククラブの課題本だ。ママはすっかり夢中になって聞いている。

パパのほうは困惑顔だ。

「えっと」わたしは明るく言った。「グレイのことは話したよね」

ママは両方の眉をあげた。「そうね」

その声を聞けば、今の今まで、グレイのことなんてまったく聞いてないことがばればれだった。**だって、グレイが現実の存在だなんて思えなかったから。**わたしはそう説明したかったけど、彼がうちのせまい玄関に人なつっこい巨人みたいに立ってるのを見れば、どう考えてもそれはちがう。

ママは、これからチママンダ・ンゴズィ・アディーチェのＴＥＤ（世界的講演会を開催（かいさい）している団体。様々な分野の著名人がプレゼンテーションを行う。アディーチェのスピーチは「シングルストーリーの危険性」。ネット上で視聴（しちょう）可能）のスピーチをグレイと見る気満々って感じだったけど、ありがたいことに、パパがママの腕に手を置いて言った。

「ちょうど二階へあがろうとしていたところなんだ。冷凍庫にアイスクリームがあるから、もしよければ」

「ごめん」二人になると、グレイは顔をゆがめた。「きてもよかった？　マリンが叱られるとか、そんなことにならないといいけど」

「ううん、ぜんぜん大丈夫」わたしは首を横に振った。「うちの親はそういうタイプじゃないから」

でも、わざと偶然話が聞こえるのを期待してこっそりようすをうかがうタイプではあるので、山のように服のかかっているコートかけからコートを取ると、レギンスと学校のパーカーの上にはおり、グレイをつれて外のバルコニーに出た。

「どうしたの？」両手をポケットに入れ、ブルッと震えた。マサチューセッツの一月は相当厳しい。気温は一けた台だし、まさに身を切るような風のせいで頬がひりつき、耳がジンジンする。「なにかあった？」

「いや、別になにもない」グレイは肩をすくめた。「ただ、マリンのようすをたしかめたかったんだと思う。別に、マリンが一人じゃだめだとかそういうんじゃないよ。でも、たしかめたかったんだ、マリンががっくりきてないかって。あんな……」グレイはちょっとぎこちなくつづけた。「あんなことになって」

わたしは眉をあげ、にっこりした。「メッセージでもよかったのに」

グレイはうなずいた。「たしかにね。だけど、それじゃ嫌だったんだ」

「へえ、そうなんだ？」今や、本当の本当に笑っていた。笑わずにはいられなかった。彼みたいなひと、初めて。「どうして？」

グレイの指先がわたしのコートのへりをかすった。ほんのちょっとだけ。「わかってるだろ」

「うん、きてくれてうれしい」急に恥ずかしくなって、けばだったスリッパを見おろした。「わたしは大丈夫、だと思う。人生最大のまちがいを犯したかなっていう気はちょっとだけするけど。ね？でも、それ以外は元気」

「まちがいなんかじゃない」グレイは間髪を入れずに言った。「おれが言うのは簡単なのはわかってる。でも、本当のことを言うのがまちがいだなんて、おれは思わない」

たしかに、グレイがそう言うのは簡単かもしれない。だとしても、その気持ちはうれしかった。

「そうかもね」わたしは言った。でも、それから、今朝のクロエの表情が浮かび、廊下でわたしを追いかけてきたヒソヒソ声を思い出す。「ただ、本当のことなんて意味がないって思っちゃって。あんなふうに名乗り出て、自分の身をさらしたのに、じろじろ見られて、勝手に決めつけられて、あげくになにひとつ変わらなかったんだから」

グレイはじっと考えた。「たしかにそうかもしれない。でも、マリン自身は変わっただろ？」

ハッとした。黙って、今、グレイが言ったことをじっくり考えてみる。それが希望の光だとか、そんなんじゃない。今回のことがあってよかったと思ってるとかじゃない。でも、たしかにわたしは数か月前より強くなった。まちがいなく、ものの見方が変わった。

「そうかもしれない」わたしはもう一度言って、刺すような冷気の中でブルッと震えた。

「おいで」グレイが言ったので、一瞬、キスされるのかと思った。でも、彼はただわたしを包みこむように抱きしめた。わたしたちはしばらくそのまま、照明の光に照らされて立っていた。だれもいない通りを、冬の風がヒューッと吹き抜けていった。

24

その夜、ほとんど眠れなかった。朝、学校へいく車の中でぼんやりと〈エゴー〉のワッフルを少しずつかじる。カップホルダーのコーヒーはすっかり冷めていた。昨日の夜は、なんならキッチンでわめきちらしてもおかしくない心境だったけど、今朝は一転して、すぐさま外へ飛び出して、アメフトのグラウンドの裏の林に逃げこみたかった。クラスを変える変えないなんてどうでもいい。みじめな気持ちで考える。今は、卒業するまで**自宅で勉強**（ホームスクーリング）でもいいって気分だった。

三時間目のまえに、廊下でグレイと会った。「マリン」グレイはわたしの手を取り、ぎゅっと握った。「調子はどう？」

「調子？」顔に世界一うそくさい笑みを張りつけてから、相手はグレイだってことに気づいて、わざとらしく顔をしかめてみせた。目を真ん中に寄せ、歯をむき出す。「超いいよ。ほら、そう見えるでしょ？」

「うん、めっちゃよさそう」グレイは大げさに言って、ポンと肩をぶつけてきた。いっしょに教室に入って、席へむかう。ひそひそとささやく声が聞こえるのは気のせいだって、自分に言い聞かせる。クロエはわたしのほうを見ようともしなかった。

「おはよう」わたしは通路越しにクロエの椅子を足で軽くコツンとつついてみた。でも、クロエは、さっきわたしがグレイにむかって浮かべた笑みよりもさらにうそくさい笑顔をむけ、またすぐに手帳になにか書きはじめた。わたしはため息をついて、リュックからノートを取り出した。

ベックスは三時間目のベルが鳴っても教室に現れなかった。あのボサッとしたハドック先生がくるんじゃないかって期待したけど、そう思った次の瞬間、ベックスがリユースカップのコーヒーを持っておもむろに入ってきた。廊下にひそんで、ベストなタイミングを狙ってたみたいに。

「きた」窓側の席にだらしなくすわってるディーンが言った。「見捨てられたかと思ったよ」

ベックスは屈託のないようすで、頬にちらりとえくぼを浮かべた。「そんなはずないだろ」

濃い色のチノパンにトレードマークのシャンブレーのシャツを着て、切ったばかりの髪のせいでいつもよりもさらに若く見える。

「で、どうだ？　昨日はどんなことを学んだんだい？　それとも、ま、無理だったかな？」

ベックスは出席を取り、最近なにかおもしろい作品を読んだ者がいるかたずねた。いつもどおりだ。それから、特になにかするでもなく、ジョイス作品についての授業に入った。

なにがおかしいって、みんながものすごく集中していたことだ。ディーン・シェパードは、作品における象徴主義について驚くほど鋭い洞察を披露し、クロエは千回くらい手を挙げた。自分がなにを予想していたのかはわからないけど、これでないことはたしかだ。ベックスは純然たる意志の力ですべてを元どおりにしようとし、みんなもそれに全力で協力すると決めたみたいだった。

頭がどうかなりそうだった。でもそれ以上に、怒り狂っていた。火を燃やし、世界中の町に動力を供給できそうなほどの怒り。〈感じのいい女の子〉の自制心の限界を笑い飛ばすような。**みんな、どうしてあんなことがあったのに気にしないわけ⁉︎** わたしは悲鳴をあげたかった。窓が震えるような大声で。**みんな、どうしてわたしのことを気にしてくれないの⁉︎**

ノートの余白部分に意味のないことを書きながら、ベックスがなんの問題もないことを証明するためにわたしを指さないよう祈っていた。何年もたったように思えたころ、ようやく三時間目が終わった。

「よし、じゃあ今日はここまで」ベルが鳴ると、ベックスは言った。「マリン、ちょっとだけ残ってもらえるかな？」そして、教室のうしろで鼻を鳴らす音や忍び笑いが起こると、首を振りながら言った。「ほらほら、わかったから。さあ、野蛮人ども、外へ出ろ」

わたしは驚いて、あんぐりと口を開けてベックスを見つめた。みんながぞろぞろ出ていく。そう、みんな出ていったけど、グレイだけは、バスでも待っているみたいにリュックをがっしりした肩にかけてドア枠に寄りかかっていた。

「なにしてるの？」わたしはグレイとベックスのあいだで視線を走らせた。

「ここで待ってる」グレイはきっぱりと言った。

「わたしは大丈夫だから。いってて」うそをつく。

グレイは首を振った。グレイはベックスより背が高く、体格もがっしりしている。入り口がほとんどふさがっていた。「いや、ここにいたいんだ」

グレイがわたしのために言ってくれてるのはわかったけど、わたしは自分のものだから近づくなって主張されているような気がした。

「いいからいって」ぐっと歯を食いしばる。「グレイ、お願い」

グレイは出ていったけど、そのまえに生皮をはがしかねない目でベックスを見やるのを忘れなかった。「ランチでな、マリン」

ベックスはグレイが去っていくのを見ていたが、それから、わたしのほうにむき直った。「さてと！」ベックスはいかにもうそっぽい明るい声で言い、またあのバツの悪そうな笑みを浮かべた。

「きみの友人のグレイにぼくがどう思われてるかは、よくわかったよ」

一歩うしろに下がったひょうしに、脚の裏側が机にガツンとぶつかった。「グレイはただ――」

「冗談だよ」ベックスは両手を上にあげた。「ジョークだって」それから、眉を寄せた。

「まあ、それはそれとして」ベックスは教卓のはしに浅く腰かけた。「マリン、ぼくたちはその……リセットしないか？」

「リセット?」わたしはバカみたいにくりかえした。予想していた言葉とはちがったからだ。「それって……わたしと先生のあいだのことですか?」

「そうだ」ベックスは机に置いてあった輪ゴムを手に取ると、左右の親指にひっかけてぐんとのばした。

「いいかい、あのレポートのことできみにきついことを言ったのは悪かったと思ってる」

え、待って? どういうこと?

「レポートのことじゃありません」わたしは思わず言った。うっすら恐怖がこみあげる。うそでしょ、そんなふうに思ってたわけ? 「つまり、わたしがディオガルディ校長のところへいったのは――」

「わかってる、わかってる、もちろんそのことじゃない」ベックスはあいかわらず輪ゴムをいじくりまわしてる。「ぼくが言いたいのは、そういうことじゃない」

じゃあ、なんなわけ? ききたかったけど、いくらそう思っても、それを口にするのはあまりにも愚かだろう。昨日の朝からみんながどんな目でわたしのことを見ているかを考える。ディオガルディ校長のことを、「きみが誤解しているということはないかね?」と言われたことを、思い出す。

「わかりました」しばらく考えたすえにそう言って、じりじりとドアのほうへ下がりはじめた。心臓がバクバクしている。「えっと、そうですね、リセットするのがいいと思います」

「よかった」ベックスはようやく輪ゴムを机の上の瓶にもどすと、立ちあがった。「それを聞いて、安心したよ」

「わかりました」またくりかえす。「えっと、ありがとうございました」

「かまわないよ」ベックスは事務的な感じですばやくうなずいた。「じゃあ」

わたしはリュックを肩にかけると、教室を急ぎ足であとにした。グレイが廊下のむかいのロッカーに、足を交差させて寄りかかっていた。

「どうだった？」グレイは体を起こすと、わたしの手を取ろうとした。

わたしは肩をすくめた。なぜかその話はしたくなかった。「まあまあ？」

「まあまあっていうのは、やつがサスカチュワンに引っ越して、二度とマリンに話しかけないってこと？」

「ううん、まあまあっていうのは……」首を振り、イラっとした気持ちを払おうとする。グレイが支えようとしてくれてるだけなのはわかってる。だけど、わたし自身、今起こったことについて考える時間が必要なのだ。「どうでもいい」

「だめだよ、なあ、話せよ」グレイがわたしの腕に手をかけたのを、振り払う。思ったより強くなってしまった。グレイは両手をあげて、一歩うしろに下がった。

「ごめん」めちゃめちゃに振った炭酸のペットボトルみたいな気持ちだった。だれかにおかしな目で見られただけで、爆発しそう。「ちょっと外の空気を吸ってくる」

「マリン――」グレイは眉を寄せた。「ランチにはこないってこと?」

「お腹空いてないの。あとでね、いい?」そして、グレイの返事を待たずに廊下を歩きだす。

グレイから逃げることだけに――みんなから逃げることだけに集中していたせいで、校舎の反対はしまできてからようやく、自分がどこへいくつもりなのかわかってないことに気づいた。隠れる場所なんてどこにもない。二か月前なら、まっすぐ新聞部の部室にいってソファにすわり、長々文句を、そう、ベックスにぶちまけていたのに。そう思って、愕然とする。ベックスともう話せないのをさみしいと思うなんて――ううん、さみしいのは、自分が思っていたベックスという人間を失ったこと。ふいに、それをわたしから奪ったベックスに猛烈に腹が立つ。

気がつくと、生物室まできていた。クレイン先生が机で採点しながら、ピーナッツバターを瓶からスプーンですくっていた。

「ああ、マリン」先生の顔に一瞬、驚いたような表情がよぎった。「大丈夫?」

「もちろん! あの、わたし――」わたしは口ごもり、ブッククラブ関係の用事をなにかひねり出そうとしたけど、なにも浮かばなかった。

でも、クレイン先生は用事はなくてもいいみたいだった。「話したいことある?」先生は静かな声で言うと、ペンを置いた。「その……みんなが話してることについて」

「えっと」必死になって落ち着いた声を出そうとする。信じられない、クレイン先生まで知ってるなんて。「いいえ、特に。その、ちょっとだけここにいてもいいですか?」

クレイン先生は教室のベンチのほうをあごでしゃくった。「もちろん」その声はとてもおだやかだった。「すわって」

25

週末の午後の〈ニコス〉が、サンルームに結婚パーティか洗礼式のお祝いの予約でも入ってないかぎり、おそろしく空いてることは、だれもが知ってる。チップがほしいならあいにくだけど、退屈きわまりない四時間は、クロエとのあいだのぎくしゃくを正すにはいい機会になる。

クリスマス休暇のあと以来、わたしたちはお互いを避けていた——というか、クロエがわたしのことを避けてる。たまにカフェテリアにいっても、クロエは演劇部の子たちとすわっていた。〈ビーコン〉の次号についての相談はすべて、超堅苦しくてよそよそしいメールのやりとりですませていた。

ところが、レストランへいくと、カウンター裏には、クロエのいとこのめちゃそっけないロージーがいて、ナイフとフォークとスプーンをナプキンにくるんでいた。全部の指にごついリングをはめ、鼻でダイヤのノーズピアスが光ってる。

「スケジュールを変えたんだよ」わたしがクロエのことをたずねると、クロエのパパがどことなくきまり悪そうに答えた。「なにか新しい部に入ったとかで」

とても信じられなかった。そもそも今日は土曜日だし。とはいえ、まさかそんなことをクロエのパパに言うわけにもいかない。

　のろのろとバイト時間をやり過ごし、おみやげのバクラヴァ（薄（うす）いパイ生地（きじ）を幾層（いくそう）にも重ね、ピスタチオをはさんで焼いたギリシャの伝統菓子（がし））のパックを抱（かか）えて、帰りに〈サンライズ・シニアホーム〉へ寄った。ナースステーションのカミーユにひとつ差し入れてから、もうひとつはおばあちゃんの部屋に持っていく。

　窓をほんのちょっとだけ開けてひんやりとした新鮮（しんせん）な空気を入れ、二人がけのソファにすわった。膝（ひざ）に落ちたバクラヴァのくずを払（はら）い落としていると、おばあちゃんが言った。

「ああ、そういえば」おばあちゃんは立ちあがると、クローゼットのほうへいった。カーディガンにチノパンのおばあちゃんは、びっくりするくらいしゃきっとしてる。「マリンに見せたいものがあるの」

　わたしは眉（まゆ）をあげた。「そうなの？」

「ええ！」おばあちゃんはつま先立って、いちばん上の棚（たな）をしばらくひっかきまわしてから、こちらをむいた。持っていたのは、布張りの箱だった。手芸用品の店で売っているようなもので、おばあちゃんはブロックトンの家から引（ひ）っ越（こ）すとき、こういった箱を百個はあるんじゃないかってくらい持ってきた。古い書類とか、思い出の品とか、ママやおじさんたちの子どものころの髪（かみ）の毛（け）みたいにちょっと怖（こわ）いものとか、入ってる。

おばあちゃんはソファにもどってくると、箱のふたを開けた。中は古い写真でいっぱいだった。これまで見せてもらった七〇年代の写真には、ポニーテイルにして自転車に乗ってるママとか、カールした毛を襟(えり)までのばしてるおじさんたちが写っていたけど、この箱の写真はもっと古い時代のものだった。高校の卒業式でティーンエイジャーとは思えないまじめくさった顔をしているおじいちゃん。おばあちゃんが育ったノースエンドのレンガ建ての細長いアパートの写真。それから——

「これ、おばあちゃん?」わたしは写真の山の中から一枚取り出すと、かかげて、まじまじと見つめた。

「もちろんそうよ」おばあちゃんは笑った。つやつやしたブラウンの髪(かみ)を、これまで見たどの写真よりも長くのばし、緑の生(お)い茂(しげ)った公園で大勢の人たちといっしょに立っている。ベルボトムのパンツにものすごく大きいサングラスをかけて、ノースリーブの白いTシャツの深いVネックの首元で大粒(おおつぶ)のビーズのネックレスが光ってた。荒々(あらあら)しい表情で、両腕(りょううで)を高くかかげ、口を大きく開けてなにかさけんでる。

「これって——その、なにしてるところ——」なにからきいていいのかわからずに口ごもり、それからようやくたずねた。「これって、ボストン?」

おばあちゃんはうなずいた。「ボストンコモンよ。女友だちとバスに乗って、公民権運動のデモにいったの。おじいちゃんはどうかなっちゃいそうだったけどね」

「おばあちゃんにデモにいってほしくなかったから？」わたしは眉をあげた。

「そうねえ、そうとは言いたくないけど」おばあちゃんはわたしの手から写真を取ると、まじまじと見つめた。「心配だったんでしょう」

「まあ、おばあちゃんが逮捕されたっていうのがこのときだったら、おじいちゃんの心配も当たったわけだけど」

おばあちゃんはひらひらと手を振った。「いやだ、ちがうわよ」おばあちゃんはにんまりした。「第一に、わたしが逮捕されたのはこの集会じゃないわ。第二に、心配したっていうのは、正確じゃないかも。おじいちゃんとわたしでは育った環境がちがうからね。そういうこと。おじいちゃんは、わたしが重要視する事柄について、どうしてなのか、理解できなかった。そうした事柄に対して、わたしが取る行動も」おばあちゃんは写真にむかってほほえむと、独り言のようにつぶやいた。「でも、おじいちゃんは理解しようとしていた。それが、いちばん大切なこと」

グレイのことが浮かんだ。ここ何日か、グレイとはあまり話してない。このあいだ、ベックスの教室の外でのことがなんとなく尾を引いている。あの日、教室で、グレイはわたしのことを守ってくれようとしただけだってわかってる。わたしは、自分の力で自分を守ることがどうしてわたしにとって大切なのか、説明の仕方がわからなかったのだ。

グレイのことをおばあちゃんに相談しようとしたとき、カミーユがドアをノックして、顔をのぞかせた。

「さっきのバラクヴァ、とってもおいしかった」カミーユは笑顔で報告した。「お二人はどう?」

「楽しんでるわよ」おばあちゃんは、箱を小さな膝の上にのせたまま、顔を輝かせた。「娘がきているの」

「孫娘でしょ」わたしはそっと訂正した。

「そうそう、孫娘の……」おばあちゃんの声が小さくなり、パニックの表情がよぎる。話の脈絡がわからなくなってしまったんだと、わかった。

「マリンよ」わたしはなにげない口調をよそおって言った。これまでわたしの名前を忘れたことはなかったのに。たまたまだ。たまたまってだけ。「でも、カミーユとはもう前から知り合いよ。覚えてる?」

「むかしからの友だちよね」カミーユはほほえんだけど、その口調にはほんのわずかに警戒したような響きが感じられた。カミーユはわたしからおばあちゃんへすばやく視線を走らせ、またわたしを見た。「二人とも、なにかあったら、大声で呼んでね。いい?」

「そうする」わたしは約束し、ほほえみ返した。

月曜日の朝、一時間目のまえに生物室で待っていると、入り口にグレイが顔を出し、だれもいない教室を見まわしてから、ありありと困惑の表情を浮かべてわたしを見た。「早かった？」

わたしは首を振った。「ぜんぜん。時間ぴったり」

グレイはおもむろにうなずいた。「今朝、ロッカーにメモが貼りつけてあったから」口の両はしがほんのわずかだけ、上にあがる。「一時間目のまえにブッククラブの緊急ミーティングがあるって。そのことについて知ってたりする？」

首をかしげ、考えているふりをする。「うん、知ってるかな」わたしは今朝、学校にくる途中で買ってきたダンキンドーナツの箱をかかげた。「理由はこれ」

「そっか」グレイのほほえみが本物になる。まっすぐ並んだ白い歯がのぞき、ちょっと照れたような表情が浮かぶ。「ここまでくるあいだ、ブッククラブで緊急ミーティングってどんな理由だろうってあれこれ考えてたんだ。だけど、おれにわかるわけないなって。なにしろ新入部員だしね」

「すぐさま考えなきゃいけない文学の問題があるっていうケースだって、ありえなくはないでしょ」わたしは笑いながら言う。それから、首を振った。「このあいだはあんなふうにキレてごめん。ベックスの教室の外で」

グレイはふっと笑った。「あれ、キレたんだ？」たわんだソファに並んですわる。

わたしは肩をすくめた。「言いたいこと、わかってるでしょ」

グレイはうなずいた。「あのさ」うしろのすりきれたクッションに頭を持たせかける。「そっとしておいてほしいときはそう言って。わかってる、おれが、その、たまに重いってことは。そういうときは言えばいいんだ、『グレイ、申し訳ないけど、消えて』ってさ。簡単なことだ」

わたしは笑った。「申し訳ないけど、ってたしかにね」

「いい付き合いをつづけるためのキーワードさ。相手に敬意を持つのを忘れないってこと」グレイがすかさず返す。

「これって、そういうこと?」考えるまえに、言ってしまった。ふいに天井の蛍光灯の光がひどく明るくなったように感じる。「わたしたち、付き合ってる?」

グレイは眉をあげた。「知りたいのはこっちだ」

わたしは唇を噛んだ。グレイに対してなにも感じてないと言ったら、うそになる。彼といると、胸の中で火花がはじけ、気持ちが風船みたいにふくらんだりしない、って言ったら。でも……

「グレイのこと、重いだなんて思ってない」わたしはようやくそれだけ言った。質問の答えにはなってない。「っていうか、そう、わたしにとってはとっても重い存在よ、いい意味で」彼の手をつかむ。手のひらのたこがわたしの肌を軽くひっかく。「消えろなんて、言わない。っていうか、まじめな話、だれが相手だってそんなこと言わない。でも、特にグレイには言わない」

グレイはほほえんだ。「お行儀がいいから?」

「まあ、そんなとこ」

「どうかな、わからないよ。自分でもびっくりすることになるかもしれない。ある日、いきなりキレて、みんなさっさと消えろって言いはじめるかも」

「かもね」わたしはドーナツをかかげた。「仲直りのしるしってことでいい？」

「ベアクロウドーナツが入ってるといいな」そう言って、グレイはわたしが返事するより早くキスをした。

26

金曜日の朝、体育館の近くのトイレに入ると、横のドアが開いてクロエが出てきた。

「あ、ごめん！」わたしは言って、水道の蛇口のほうを指さした。このトイレには洗面台が二つだけで、片方しか水がちゃんと出ない。「先にいいよ」

クロエは首を横に振った。ブロンドの髪が揺れる。今日の襟のピンは、小さなヤシの木の形。「ううん、先に使って」

「いいって」

「マリン」クロエの声に苛立ちが入りこむ。「いいから先に使って。わかった？」

「わかった。ごめん」わたしはソッコーで手を洗うと、安っぽい緑の液体石鹸のにおいに顔をしかめつつ、ペーパータオルを引き出した。

「で、えっと、最近はどう？」きっかけがつかめそうなのを感じて、言ってみる。

切り出しの言葉としては、救いようがない。クロエの表情を見れば、それがはっきり見て取れた。

「いいよ、特に問題はないし」

「そう、よかった」制服のセーターの袖口を手が隠れるまで引っぱる。このままずっと永遠にどうしようもなく気まずいのかと思ったら、どなりたくなった。**ねえ、わたしだよ、わたしはむかしとぜんぜん変わってないのに！**

「あの、今からじゃ無理だと思うけど、今日の夜、ブッククラブで持ち寄りのパーティをするんだ。もしよければ」

クロエは目をぱちくりさせて、わたしを見た。「持ち寄り？」

「だよね」ふいに自分の真剣さが恥ずかしくなった。三か月前なら、わたしたちがバカにしてたような会だし。「なんか、中西部のお母さんたちの会っぽいよね？　だけど、おもしろいんじゃないかって。ね？　別にブッククラブのメンバーじゃなくても参加可能だから……」

クロエはゆっくりとうなずいた。「うん、ありがとう。今日はほかに予定があって……でも、楽しそうよね」

思わず顔をしかめる。**ほかに予定があって。**たまたま地下鉄で会っただけの知り合いで、怪しい教会の集まりにでも誘われたみたいな言い方。だれよりも長い付き合いでだれよりもわたしのことを知ってるのに。出かけるときはトイレの個室までいっしょに入って、彼女の家でわたしは二回も吐いた、そんな仲なのに。

「そうだね。じゃ、また別のときにこられたら」

「うん、いけたらね」クロエは言って、鏡のほうに身を乗り出してリップを塗り直した。どちらも、それ以上なにも言わないまま、わたしはトイレを出た。

　グレイの練習が終わると、二人で持ち寄りパーティへむかった。グレイのがっしりした手がわたしの手を握る。わたしは前から、暗くなったあと学校にいるのが好きだった。なぜか妙に気持ちが浮き立つ。リディアとエリサが生物室に飾りつけをしてくれていた。ホワイトボードの上にあざやかな色の万国旗が飾られ、いくつかの机をくっつけて、紫のビニールクロスがかけてある。

　グレイは、お母さんの一人がつくったブラウニーを持ってきていた。クルミとキャラメルチップが入っていて、薄片状のシーソルトがかかってる。デイヴはマクドナルドに寄って、五ダース分のチキンナゲットを買い、わたしはクロエのパパがテイクアウト用容器に詰めてくれたラムのミートボールのヨーグルトディップ添えを持ってきた。クレイン先生も、いつもはオーブンなんて使ったこともないって言っているのに、薄切りトーストにハーブの入ったチーズを塗って上等そうなブラックベリージャムを垂らしたクロスティーニをつくってくれていた。

　特に課題本もなく集まるのは初めてだったから、最初のときみたいにぎこちなくなったらどうしようって心配してたけど、ふたを開けてみれば話が絶えなかった。ジャズのバンドをやってるブリとマディの一年生組は、チアリーダーは本質的に性差別的かどうかで議論し、デイヴとグレイはグレイのスマホをスクロールしながら、盛りあがる曲のプレイリストをつくってる。

「ぼくの彼はこの曲にめちゃハマってるんだ」デイヴがプレイボタンをタップすると、ホールジーの新曲っぽい曲が流れはじめた。デイヴは、陸上部のめちゃカッコいい男子と付き合ってる。彼もたまにブッククラブに顔を出してたけど、フェミニズムの映画理論に異常に詳しかった。

「非白人の女性が話から除外されていることについて考えるのも重要よ」デザートのテーブルのほうへいこうとして、クレイン先生が言っているのが耳に入る。「例えば、女性の収入が、男性の一ドルに対し七七セントと言われるとき、それは白人女性のことであって、黒人女性は六三セント、ラテン系の女性はもっと少ない」

「五十五セントです」エリサが教室の反対側から大きな声で言い、またフィオナ・タイラーとしゃべりはじめた。二年生で、二週間くらい前にブッククラブに入ってきた子だ。二人が好きなＣＷ（ＣＢＳコーポレーションとワーナー・ブラザースの合弁企業（きぎょう）として設立されたテレビジョンネットワーク）の音楽番組の話をしてる。

「怒らないで聞いてほしいんだけど」リディアがさっきまですわっていた机に寄りかかって足首を交差させた。「フェミニズムとか、そういう話になると、白人女性はいつも自分の話を会話の中心にしたがるように感じる。耳をかたむけるべきなのは、自分たちの考えだけっていうみたいに。自分たちが優先されるべきっていうか」

　反射的に、そんなことないって言いたくなった。わたし、そんなことしてないよね？　だけど、それから、息を吸い、ブッククラブを始めるまえ、フェミニズムについて知ってるつもりになっていたことをひとつひとつ思い出してみた。わたしにはまだ学ぶべきことが山ほどある。

「そうかもしれない」わたしは認めた。「黒人の活動家が、ミリオン・ウィメン・マーチの名前は、ミリオン・マン・マーチの流用じゃないかって指摘したら、大勢の白人女性が怒ったっていう記事を読んだのを覚えてる。それで〈ウィメンズ・マーチ〉の呼称に変えたのよね（ミリオン・マン・マーチは黒人男性の権利を主張するものだった。それを、白人を含（ふく）む女性の抗議（こうぎ）活動に重ねるのは、黒人から見れば、自分たちの活動を白人たちに奪（うば）われた（盗用（とうよう）された）とも考えられるため）」

「うん、それも一例」リディアは言ったけど、その表情から、そんなことよりほかにもっと重要なことはたくさんあると思ってるのがうかがえた。「だけど基本、白人女性の多くが、フェミニズムは人種や性的アイデンティティや能力やそういったことと切り離して考えられると思ってる——だけどそうじゃない。そのことを考えるつもりなら、すべてをいっしょに考えなきゃいけない。わかる？」

「来週話し合う予定のオードリー・ロードのエッセイは、アイデンティティのちがいやどんなマイノリティーグループに属しているかということが互いにどれだけ影響し、関係しあってるかということを示すすばらしいお手本よ」クレイン先生はブラウニーのはじっこをかじりながら言った。「あと、これから挑戦したい本のリストにカルメン・マリア・マチャドの『彼女の体とその他の断片』が入ってるでしょ？」

「あの本はすごいよ」グレイがすかさず言った。「それに、すごく凄惨（せいさん）」

わたしは驚（おどろ）いてグレイを見た。「読んだの？」

グレイは肩（かた）をすくめた「母親が買ってきたんだよ、おれがスティーヴン・キングが好きって言ったら」

そこから会話はあちこちに飛んだ。『ペット・セメタリー』から、だれがウィンターフォーマル（アメリカの高校のダンスパーティ）のチケットを買ったかということ、だれを連れていくかってこと、ほかにも、Netflixで始まった人狼（じんろう）の出てくる新しい番組のこととか、アイダ・B・ウェルズ（ジャーナリスト、全米黒人地位向上協会（NAACP）の設立関係者のひとり）の短い伝記の話まで。だれだか知らないってデイヴが言って、フィオナがスマホで検索（けんさく）してみせる。ちょうどその説明が終わったとき、グレイがこっそりスマホを見てるのに気づいた。

「ほかにも彼女（かのじょ）がいるとか？」わたしはグレイの脇腹（わきばら）を軽くつついた。

グレイは首を横に振（ふ）った。「ハーレイ・ドプチェクんちでパーティがあるんだ。このあと、いっしょにいかないかってきこうと思ってたんだけど、おれがここにいたくないと思ってるって思われたくなくて」グレイはまわりを見まわした。「だって、いたいと思ってるから」まるで政治家に立候補するとでもいうみたいな、きっぱりとした口調で言う。「ここにいたいんだよ」

「わかってるって、立派なフェミニストだもんね」わたしはグレイの肩（かた）をたたいた。「疑ってないよ」

「わたしもそのパーティにいくつもりだったんだ。車に乗っていきたいひといる?」リディアがきいた。

一瞬気まずい沈黙が訪れ、みんなお互いに顔を見合わせた。最初に手を挙げるのは、なんとなく気が引ける。

そうしたらクレイン先生がふっと笑いをもらした。「ほら、さっさといきなさい」そう言って、最後のミートボールを口に放りこみ、テイクアウトの容器のふたをパチンとはめた。「ちゃんと自分で選んで決めて。じゃ、みんな来週」

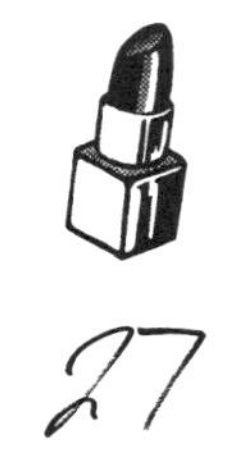

27

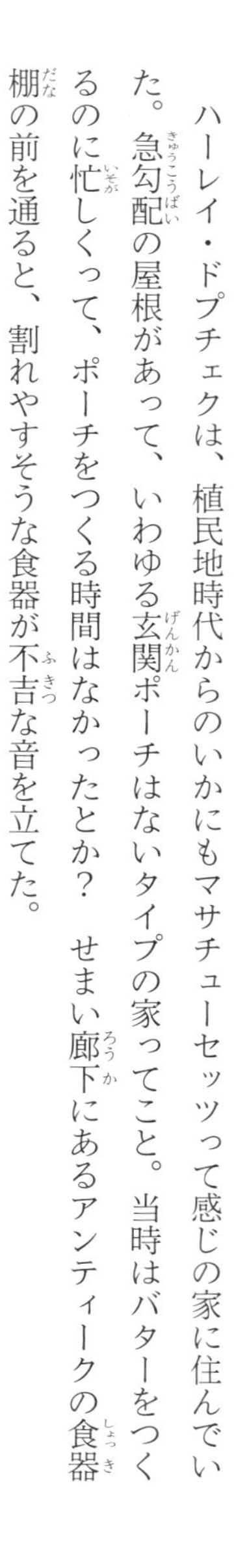

ハーレイ・ドプチェクは、植民地時代からのいかにもマサチューセッツって感じの家に住んでいた。急勾配の屋根があって、いわゆる玄関ポーチはないタイプの家ってこと。当時はバターをつくるのに忙しくって、ポーチをつくる時間はなかったとか？　せまい廊下にあるアンティークの食器棚の前を通ると、割れやすそうな食器が不吉な音を立てた。

「こういうところにくると、自分がでかい怪物って気になるんだ」グレイがこっちを振り返ってささやいた。

わたしはうなずいた。「まさに同じことを考えてた」

グレイは、整った顔にぎょっとした表情を浮かべてみせた。「ひどいな！」

わたしはニッと笑った。「冗談だって」そして、彼の手を取ると指をからめ、一回ぎゅっと握ってから、手を離した。「いこ」

キッチンで、三十缶入りの箱から冷えてない飲み物を出していると、エリサがさっさと冷蔵庫からダイエットコークを出してリディアにわたし、デイヴを庭のほうへ引っぱっていった。グレイは低い口笛を吹いた。

「ブッククラブのメンバー、やるな」グレイはニッと笑った。結局、持ち寄りパーティにきていたメンバーのほとんどがくることになり、みんなでリディアのお母さんのバンの窓を開けて、ラジオの曲に合わせて大声で歌いながらここまできた。「踊る気満々だな」

「ほんとのこと言って、全員きたから驚いたんだ」人ごみの中をじりじりと進んで、リビングに入ると、百年物って感じのソファがはじに寄せられ、節だらけのフローリングをダンスフロアにしてあった。「持ち寄りパーティにってことね。それを言うなら、そもそもブッククラブの活動にくることもびっくりだけど。言いたいこと、わかるでしょ?」

「まあね」グレイは肩をすくめ、頭をうしろの壁の、古そうな植物画のあいだにもたせかけた。「でも、みんながくるのは、マリンがいるからだよ」

わたしは笑った。「グレイはそうかもね」

「まじめに言ってるんだよ」グレイは眉を寄せた。「おれだけじゃない。クールだからだよ、マリンがブッククラブをはじめたことが」

「え……」急に恥ずかしくなって、リビングのほうへ視線をやる。ディーン・シェパードが巨大な石造りの暖炉のそばで、かなり初心者って感じのポップ&ロックをしようとしてる。「ありがと」

「どういたしまして」グレイはあごをクイッとあげた。「踊る?」

わたしは眉をあげた。「グレイ、踊るんだ?」

「いつもね」グレイはわたしの手を取ると、リビングのほうへ引っぱった。「いこう」

グレイは、こんな人初めてってくらいノリノリで踊った。うまいって意味じゃない。腕も足もバラバラだし、動きもぜんぜん合ってない。人にどう思われるか気にしないのってどんな感じだろう、って一瞬思ったけど、まあ、百万人の女子と付き合ってるって言われてる、身長一八〇センチのラクロス部のスター選手なら、楽なものかもしれない。

でも、今夜だけは、そんなことをうじうじ考えたくない。目を閉じて、髪を振り、グレイのリードでくるくるまわる。彼の冬の森の香りを吸いこみ、彼の胸が背中に押しつけられるのを感じる。

しばらくすると、デイヴが、ブッククラブのメンバーでビアポン（テーブルの上のビールが入ったカップに、ピンポン玉を投げ入れあう遊び）をやろうって言いにきた。じゃあ、外で待ち合わせね、と約束して、玄関の階段の下にあるトイレへむかう。まわりにくいガラス製のノブをひねって、ドアを開け——もう少しでつまずきそうになった。クロエが、タイルの上に両膝を抱えてすわっていた。「うわっ」わたしはわざとでない証拠に両手をあげた。「ごめん」

「大丈夫」クロエはつぶやくように言うと、はがれかかったトイレの壁紙に頭をあずけた。アイライナーが流れて、筋になっている。「もう、出るところだから」

洗面台に指をひっかけるようにして、ふらふらしながら立ちあがる。「わたし——わっ」クロエはふらついて、空いているほうの手を壁についた。

　わたしは眉を寄せた。「ほかの予定」ってこれだったんだ？　クロエがこんなに酔ってるのを見たのは、一年生の最初に、うちの親がお酒をしまってる棚の奥にあったピーチシュナップスを試しに飲んで、夜の九時まで地下室中に吐きまくるはめになったとき以来かも。

「大丈夫？」きかずにはいられなかった。

「大丈夫よ」ぴしゃりと言った次の瞬間、クロエはバッとうしろをむいて、あざやかなブルーのパンチをゲーゲー吐いた。なんとか便器には間に合ったけど、ぎりぎり。反射的にクロエの髪をうしろにまとめる。去年の春のパーティのあと、わたしがクロエの家の裏で吐いたときに同じことをしてもらったっけ。ここは、二人いっぺんに入るのがやっとの大きさだ。

　ようやく吐き終わると、わたしはトイレットペーパーを大量に取って口をふけるようにわたしてから、ポケットに手を入れて、クロエが落ち着くまでわざと別の方向を見ていた。

「はあ」クロエはコホンと咳をしてから、親指で目の下をこすって落ちたアイライナーをぬぐった。

「ありがとう」

「いいよ」わたしは、食料品店で商品をひとつしか買わない人を、先に会計の列に入れてあげるときのような「気にしないで」的笑顔をつくった。「家まではだれかに送ってもらえるの？」

母親じゃあるまいし、いちいちうるさいわよみたいな答えが返ってくるのを覚悟したけど、クロエは静かにうなずいた。

「エミリーが送ってくれるから」クロエは言い、今度はわたしがうなずいた。

「なら、よかった」わたしたちはしばらくそこに立って、見つめ合った。目の前にいるのはクロエよ、と自分に言い聞かせる。アイライナーの目立ちすぎない跳ねあげラインの描き方を教えてくれて、電子レンジで十秒チンしたリンゴじゃないとアレルギーを起こし、『パークス・アンド・レクリエーション』（番組）のセカンドシーズンを暗唱できる。クロエのことなら、グレイシーと同じくらい知ってる。自分と同じくらい、知ってる。なのに、まるで知らない人を見てるみたいだった。

わたしは口を開いた。「そっか、じゃあ、気をつけてね」

「そっちも」クロエはわたしのことをじっと見つめた。ふいに目から曇りが取れたように、焦点が合う。

「あのね、マリン――」クロエは言いかけたけど、ぱっと口を閉じた。「なんでもない」なにか言おうとして気を変えた瞬間が、目に見えたような気がした。「またね」

「え、ちょっと待って」わたしはせまいトイレから出ようとしていたけど、足を留めた。「なにかあったの？」

クロエは首を振った。「なんでもないから」そして、ドア枠をつかんで体を支えると、わたしの横をすり抜けた。「また今度」

じゃ……ここまでってことか。

わたしはトイレをすませ、手を洗うと、庭のほうへ出ていった。ゲイジングボール（庭に置く反射素材でつくられた球状の飾り）を持った小人の像が置いてあって、昔風の鶴瓶と木の桶のついた井戸と、日本のコイでもいそうな仰々しい小さな池もある。といっても、ここの池はほとんど泥だけといったようすで、それでも気にしない男子たちが〈ナーフ〉製のうしろにフィンのついたフットボールでキャッチボールをしていた。グレイとブッククラブのメンバーはまだ、ビアポン勝ち抜き戦なるゲームのルールを決めてるところだったけど、ふいにわたしはバカバカしいお酒合戦なんてやりたくなくなった。

「もう楽しくなくなっちゃった」わたしが言うと、グレイは眉を寄せた。

「それは困ったな」そう言ってから、真剣な口調になって言った。「なにかあった？」

「まあね」わたしはほほえんだ。クロエのことを説明したいけど、ここではできない。「グレイはまだいたい？」

心のどこかでごねてほしいって思ったけど、グレイはすぐに黙って首を振り、わたしの手を取って庭を出ようとした。そのとき、左のほうからバカにしたような笑い声がして、振り返ると、ジェイコブがいた。指の先にクアーズの瓶をぶら下げている。

「なにか用？」わたしは言った。

「いや、恋愛ごっこを楽しませてもらってるだけさ」ジェイコブは泥の池越しにどなった。クロエよりも酔ってる。そんなこと、ありえるならだけど。目を意地悪くぎらつかせ、ニタニタ笑ってる。それからグレイのほうを見て、いかにも寛大そうなつくり笑いを浮かべた。

「おれのおさがりなら、喜んでやるよ」ろれつがまわってない。「あと、ベックスのか」

わたしはひっぱたかれたみたいにうしろに下がった。自分が泣くんじゃないかと思ってぞっとする。

「今、なんて言った？」グレイが言った。その声は完全に楽しそうで――親しげですらあったけど、ぱっとわたしの手を放して、ジェイコブのほうへ一歩近づいた。ジェイコブも肩をいからせ、その場に踏みとどまる。

「聞こえただろ？」ジェイコブは悪びれるようすもなく、あごをあげた。

グレイはあっさりうなずいた。「ああ、聞こえた」そして、また一歩進む。それからまた一歩。今やジェイコブはじりじりとうしろに下がっていたが、すぐ横に藻に覆われた池があることを忘れていた。つるつるした石で足をすべらせ、ジェイコブは両腕を大きくまわしながら、背中からひどい臭いの冷たい水の中に落ちた。バッシャーンという音とともに派手に水しぶきがあがる。その場にいた半分が歓声をあげて拍手した。

グレイはジェイコブを見て、それから、こっちを見た。笑わないようにしていたし、この状況を考えれば、かなりがんばってたほうだと思う。

「ごめん」少しだけバツが悪そうに言う。「マリンがおれに守ってもらう必要がないのはわかってるんだけど」

わたしは両手で彼の顔を包み、キスをした。大丈夫って証拠に。「うん、だけど今回だけは許してあげる」

まだ門限まで一時間ほどあったので、グレイの家に寄った。こざっぱりしたケープコッドハウス（一七世紀にニューイングランドで生まれた平屋または二階建てのシンプルな左右対称（たいしょう）のデザインの家）で、窓の下に植えられた薔薇の木には丁寧に防水布がかぶせられ、玄関の赤いドアの上には星の形をした照明がついている。中は暖かくて、ビャクダンの香りが漂い、赤茶色の猫が二階へ駆けあがっていくのがちらりと見えた。

「ただいま！」グレイはコートをドアの横のフックにかけながら大きな声で言った。

「おかえり！」女の人の声がした。

グレイは先に立ってリビングルームに入っていった。壁の二面はすべて本棚で、あとの二面はさまざまな絵がかかっている。ブルーのビロード生地のソファの前には、二脚のデザイナーズチェアが置かれている。想像していた家とちがうと思ったのが、顔に出ていたにちがいない。グレイにそっと脇腹をつつかれた。「家じゅう、ニューイングランド・ペイトリオッツのチームカラー（ペイトリオッツはボストンが本拠地（ほんきょち）のアメリカンフットボールチーム。チームカラーは紺（こん）と赤）だらけみたいなのを想像してた？」

「そんなことないってば」わたしは言ったけど、図星だった。

「やっぱりね」グレイは笑ってから、本棚のほうへあごをしゃくった。「どうしておれが『侍女の物語』の本をすぐ手に入れられたか、わかっただろ？」

　そして、グレイはリビングを通り抜け、書斎へ入っていた。女の人が二人、すわって、『ブルックリン・ナイン－ナイン』（架空（かくう）の警察署「ニューヨーク警察99分署」を舞台（ぶたい）にしたコメディドラマ）を見ながらワインを飲んでいた。二人のあいだで、さっきとはちがう薄い茶色の毛をした猫がゴロゴロのどを鳴らしている。

「おかえり、グレイ」片方の女の人が上へむけた頬に、グレイがキスをした。

「マリンだよ」グレイはわたしを紹介した。「で、おれの母親のヘザーとジェン」

「この子がマリンなのね！」ダークブラウンの髪の女の人（たぶんジェンのほう）がはしゃいだ声で言った。わたしのことを聞いてたのがわかる。

　わたしはほほえんだ。

「ちょっと、母さん、やめてよ」グレイはちょっと恥ずかしそうに言った。

　それからしばらく、ブッククラブや、わたしが〈ビーコン〉に書いた記事の話をした。グレイはその話もしていたらしい。

「パーティはどうだった？」ヘザーがたずねた。

「いまいちだったかな」グレイは言ったけど、持ち寄りパーティのことかハーレイの家のパーティのことか、わからなかった。どちらにしろ、ジェイコブと藻だらけの池の話はしなかった。「食べ物を持って、二階にいくから」

「ドアは開けときなさいよ！」うしろからヘザーが大きな声で言い、グレイはわたしにむかって顔をしかめてみせた。

「わかってるって」そう言うと、声を小さくしてつぶやいた。「かんべんしてくれよ、母さん」

「聞こえてるわよ！」またヘザーの声。

キッチンへ入ると、最近、リフォームしたらしく、ステンレスの調理器具が並び、シンクの上に庭を見晴らす大きな窓があった。

「きいてもいい？」わたしはぽんとスツールの上に腰かけた。「お母さんのこと、二人とも『母さん』って呼んでるの？」

それを聞いて、グレイは笑った。「うん、だね」そう言いながら、〈チーズイット〉の箱を開け、派手なオレンジ色のクラッカーをひとつかみ取り出す。「ほかに呼びようがないだろ？」

「そうなんだけど、どうやって区別してるのかなと思って」

グレイはふしぎそうな顔をした。これまで考えたこともなかったらしい。「うーん、二人しかいないわけじゃん？　それに、姉貴もいつも、おれがどっちのことを言ってるか、なんていうか、ちゃんとわかってるし。どうなんだろ？　今の今まで変だなんて考えたこともなかった。マリンのおかげで気づいたよ」

「どういたしまして」わたしはほほえんで、グレイがさしだしたクラッカーの箱を受け取った。

「思ったんだけど――もちろん、わたしはお母さんたちのことは知らないわけだけど、二人ともグレイが大学でラクロスをするかどうかってことにやきもきするタイプには見えないね」

グレイはぐっと目を細くした。「五分しか話してないのに、わからないだろ」グレイはとげのある口調で言った。地雷を踏んだらしい。

「うん、だよね。それはそうかも」

「母さんたちはおれに……大学へいってほしいんだよ、それだけだ」グレイは肩をすくめた。「で、今のおれの成績で入れなかったら……どうだろ」言葉をにごし、〈チーズイット〉の箱を取って、パタパタ振ってキッチンから出るように促す。「ま、考えるよ」

「グレイなら大丈夫」わたしはそう言って、彼のあとについて階段をのぼっていった。

グレイの部屋は、ほかの部屋にくらべれば、意外性はなかった。白い壁にブルーがかったカーペット、机の前の壁にはトム・ブレイディ（アメリカンフットボールのスター選手）のサイン入りジャージが額に入れて飾ってある。ベッドは起きたままで、くしゃくしゃになったフランネルのシーツはマットレスのはしから外れそうで、溶けかかってるみたいに見える。グレイは床に落ちていたボクサーショーツを拾うと、クローゼットの中に突っこみ、情けなさそうに照れ笑いした。

「ごめん、マリンがくるってわかってたら――」グレイはそこで言葉を途切れさせると、一瞬考えたような顔をしてから言った。「いや、ちがうな。正直、だとしてもずぼらなまんまかも」

「サイテー！」わたしはからかい、部屋を見まわした。物が置けそうな場所にはぜんぶ半分水の入ったコップが置きっぱなしだし、机にはブッククラブの文庫本が雑に重ねてある。たんすの上にはお母さんたちのあいだにはさまれた、わずかに不ぞろいなボウルカットの髪にアニメのキャラクターみたいな出っ歯の男の子の写真が飾ってあった。

「うそでしょ！　これ、グレイ？」思わず写真を手に取った。

グレイは即答した。「ちがうよ。知らない男の子の写真を部屋に飾ってるだけだって」

「なにそれ」どうしたって笑顔になるのは避けられなかった。「かわいかったんだ」

「そのころは……どう考えたって美容院と千二百ドルの歯科矯正が必要だったな」グレイはベッドのはしに腰かけると、うしろに両手をついた。「その写真を置いておけば、謙虚になれるわけ」

「なるほどねえ」まじめな顔で言って、グレイのほうへいって膝のあいだに立ち、温かくてがっしりとした両肩に手をかける。「じゃないと、うぬぼれがはじけまくっちゃうから？」

「そうそう、手に負えなくなるんだ」グレイが笑って言う。「なにしろスポーツの功績だろ、ずばぬけた成績だろ――」

「伝説的なモテっぷりもね」

「しかも、背が高い」グレイがわたしの腰に手をまわし、引き寄せる。「そこも忘れないでくれよ」
「忘れないって」ささやいて、彼の首に腕をまわし、顔をかたむける。わたしの意図を察して、グレイがキスをする。唇を重ねたまま、かすかに息を吐く。この数週間、いつもいつもこうしてるせいで、これがふつうになりつつあるけど、だからといって、ゾクゾクする感じが消えてしまったわけじゃない——むしろ反対。グレイとのキスは、これまでのキスとぜんぜんちがう。ジェイコブといちゃついてたときだって、楽しくなかったわけじゃない。でも、本当のことを言って一度も、なにがそんなにいいのかピンとこなかった。半分はいつも別のことを考えていて、午前中の微分のテストでまちがえた問題のことでくよくよしたり、ママとの言い争いのことを思い出したりしてた。ジェイコブは気づいてなかったと思うけど。

でも、グレイとこうしていると、ひりつくような、うずくような感覚が襲ってくる。

そのうち、やさしくベッドの上に倒され、洗剤と眠気と男の子の香りに包まれる。ドアはまだ開いているけど、グレイの部屋は階段から離れているので、家の中に二人きりのような気持ちがする。Tシャツのすそからグレイの指先が入ってきて、腰の敏感なあたりに触れ、肋骨の下をなぞる。思わずビクンとすると、グレイがパッと目を開く。

「嫌じゃない？」瞳が探るようにわたしを見つめる。

わたしは体を引き、一瞬、彼を見つめる。ふいに、これまでだれにも感じたことのない気持ちが湧きあがる。**わたしにはあなたが見える、**そう彼に言いたい。**そして、あなたにもわたしが見えている、そう、深いところまで。**そして、わたしは答える。「うん、嫌じゃない」

28

木曜日、グレイはラクロスの試合があったので、一人でブッククラブにむかった。今週の課題本は『年齢、人種、階級、性』だ。著者のオードリー・ロード（アメリカの作家、詩人、フェミニスト、人権活動家）のドキュメンタリーを公共放送サービスで見ようってみんなに提案するつもりでクレイン先生の教室に入っていくと、デイヴがびっくりした顔でわたしを見た。

「今日、参加するんだ？」デイヴはリュックからプレッツェルの袋とオニオンディップを取り出した。今日のおやつ係はデイヴらしい。「グレイはハートレイ校との決勝戦じゃなかった？」

「え、うん」わたしは答え、良心のうずきを無視した。本当のことを言って、今日一日、後ろめたさを感じていたから。「でも、グレイもわかってるし」

「ほんとに？」横からエリサも言って、ショルダーバッグを床に置き、クレイン先生の隣の席にドサッとすわった。「ハートレイってグレイが押っ放りだされた学校でしょ？　それって、大きくない？」

「いただきます」わたしは袋からプレッツェルを二つ取ると、食べながら考えた。「どうだろ。たぶん、ああいう女子になりたくなかったんだと思う。ほら、彼氏の応援のために自分の約束のほうをキャンセルするような」

「自分が大切に思ってる相手を応援することが悪いとは思わないけど」エリサがプレッツェルのほうへ手をのばし、ちょうだいって感じで長い指をもぞもぞさせたので、袋をわたす。「だって、みんなもあたしの試合にはきてくれたじゃん？」

「うん、たしかに。でも、それとはちがう」

「どうして？　エリサが女子だから？　それって逆差別じゃない？」

「逆差別っていうのは、まったく別の意味だから」すぐさまリディアが言った。

「いいわね。それ、突っこんで考えてみれば？」クレイン先生が手に持っていたエッセイ集を机に置いた。わたしたちだけじゃ、らちがあかないと思ったみたいだ。「だれか、どうしてまったく別なのかを説明してくれない？」

「なぜならわたしたちの社会では、男性は女性より明らかに力を持ってるから」マディがあっさりと言ったので、驚いて彼女を見た。これまでずっと、ほとんど発言しなかったからだ。でも、マディの声ははっきりとして自信に満ちていた。「白人に対する人種差別なんて存在しない、っていうのと同じ」

クレイン先生はうなずいた。「人種差別は——もちろん、性差別も、障がい者差別も、すべて権力構造よ。なによりも大きな抑圧のシステム。だから、差別のことを考えるときは、この社会で歴史的に権力を握ってきたのはどの集団かってことを問わなければならない。そして、その集団が力を持ちつづけられるように、わたしたちの社会制度が設計されてるってことも」

するとエリサが言った。「じゃあ、適当に例をあげるけど、学校の服装規定は、男子より女子の制服のほうがはるかに厳しいでしょ。それって性差別だよね。で、マリンがグレイの試合にいかないのは、なにかについてなにかを証明しようとしているからだとして――」

「超くだらない」リディアがしたり顔で結論づけた。

「ちょっと！」わたしは抗議したけど、笑っていた。だって、結局のところ、みんなが言ってることはまちがってない。このブッククラブのことが大好きなのと同じで、今日は別のところにいきたいと思ってるのに思ってないふりはできない。これまで認めまいとしてきたけど、わたしはグレイのことが好き。試合へいって、彼のことを応援したい。

エリサはドアのほうにある時計をちらりと見て、眉をあげた。「試合は四時からだよね？　今日は遠足にするってどう？」

「賛成の人？」デイヴがきくと、全員の手があがった。

自分が笑ってるのがわかった。

ハートレイ校は車ですぐ、二十分くらいのところにあった。観覧席は満員で、かすかにロッカールームのにおいが漂(ただよ)っている。結局、クレイン先生も付き添(つそ)いでくることになって、こぢんまりしたフォルクスワーゲンでついてきた。ブリッジウォーター校側に席を探す。みんなの顔が蛍光灯(けいこうとう)の光でわずかに緑色に染まってる。

「あそこにグレイがいるよ！」マディが手を大きくあげて振(ふ)り、わたしたちはてっぺん近くの席に陣取(じんど)った。マディのテンションの高い声に思わず顔をしかめそうになってうつむく。でも、顔をあげると、グレイがまっすぐわたしを見ていた。その表情を見て、ここにくることに対して抱(いだ)いていた違和感(いわかん)がぬぐい去られる。グレイの顔は――喜びにあふれていた。そう、そうとしか言い表しようがない。胸の中に暖かい火がともるのを感じる。

一年近くジェイコブとは付き合っていたのに、正直、インドアラクロスのルールはぜんぜん知らなかった。でも、グレイが走りまわっているのを見るのは楽しかった。赤と金のユニフォームの下で動く肉体、集中してる整った顔。来年、セントローレンス大学でプレイすることに複雑な気持ちを抱(いだ)いてるのは知ってるけど、本人が望めば可能なのは、一目でわかった。生まれついてのリーダーだ。体育館をはしからはしまで全力で走りながら、なおかつチームメイトにさりげなくはげましの声をかけている。

うちのチームが三対二でリードしていた。グレイがゴールを狙(ねら)おうとしたときだった。ハートレイ校の選手がクロスをぐいと突き出した。わたしの目には、わざとに見えた。グレイは気づいて避けようとしたけど、間に合わずに足が引っかかって転んだ。ものすごい音がして、体育館の床の振動がわたしの背骨にも伝わる。横でクレイン先生もハッと息を飲んだ。教師みたいな立場の人に、そんな素の反応をされると、ビクッとする。リディアは、ぶつぶつと低い声で悪態をついた。

グレイは倒れたまま、しばらく動かなかった。レフリーがホイッスルを吹き、スタンドにざわめきが広がる。自分でも気づかないうちに、わたしは立ちあがって観客席を駆けおり、立っている人たちをかき分けてコートに降りていた。

「降りちゃだめだ！」レフリーがどなるけど、無視する。ふだんなら、わたしはこんなことをするタイプじゃない。目立つことをするとか、騒ぎを起こすとか。でも、最近は、自分が行動を起こすのにはそれだけの理由があるということがわかりつつあった。

そして、グレイは「それだけの理由」。

わたしがいくと、グレイはなんとか体を起こそうとしているところだった。別のレフリーとアルウェンコーチ、それにチームメイトが何人か、心配そうに輪をつくっている。グレイの足首はすでに腫れはじめていた。

「救急車を呼ぼう」コーチがポケットからスマホを出そうとした。

「いや、いいです、いいです、必要ありません」グレイは反対したけど、立ちあがろうとしたとたん、血の気が引いて、脂汗がしたたり落ちた。

「わかりました」グレイはまたドサッと床にすわり、顔をゆがめた。「やっぱり呼んだほうがいいかも」

　そして、はじめてわたしがいるのに気づいた。「マリン」

「うん。お母さんたちに連絡しようか？」

　グレイは首を横に振った。「電話してもいいけど、たぶんつかまらない。母さんは夕方の授業があるんだ。それに、母さんは裁判所だし」そして、わたしを見て弱々しく笑った。ひどく痛いってことは、見て明らかだったけど、それを見せまいとしてる。

「たしかに、これって、母さんたちの呼び方が別々のほうが便利なケースかもな」

　数分後に救急車が到着し、救急隊員二人がきびきびとした調子でグレイにいくつか質問し、足首をそっと前後左右に動かした。片方の女性は、わたしたちとそんなに変わらない年頃に見えた。

　ちゃんとわかってるの？　グレイが見るからに痛そうに顔をしかめたのを見て、身をすくめる。**彼がどんなに大切なひとか、わかってる？**

　最終的に、骨が折れている可能性が高いので、レントゲンを撮ることになった。隊員がグレイを支えて、いいほうの足で立たせ、ストレッチャーへ運ぶ。小人が、倒れた巨人を運ぼうとしてるみたい。

「終わったらすぐいくから」アルウェンコーチがグレイに言い、帽子を取って、落ち着かなげに頭をゴシゴシこすったので、『バック・トゥ・ザ・フューチャー』の博士みたいにごましおの髪がくしゃくしゃに突っ立った。「だれかいっしょにいかせようか?」

「わたしがいきます」自分が言うのが聞こえた。

その場にいた人たちがいっせいにこちらを見る。「どなたです?」男性のほうの救急隊員がきく。

「彼の彼女です」思わず言っていた。

グレイが眉をあげ、ニッと笑った。グレイの前で、彼女という言葉を使ったのは初めて――っていうか、その言葉を使うこと自体が、初めてだった。

病院へむかう車の中でグレイの二人のお母さんにメッセージを入れ、看護師さんがグレイをレントゲン室へ連れていくと、待合室にすわって、うちの親とブッククラブのメンバーに事情を説明するメッセージを送った。

グレイにがんばれって伝えておいて! エリサが大量の絵文字といっしょに返信をくれた。**試合は勝ったよ。**

やっと看護師さんの許しが出て、グレイのところへいってレントゲンの結果が出るのをいっしょに待つことになった。

「グレイ」呼びかけて、枕元の見舞客用の椅子にすわる。グレイはまだラクロスのユニフォームのままで、転んだときに人工芝で擦った上腕に痛そうなやけどができていた。

「今、薬漬けだから。ヘンなことしないでよ」グレイが芝居っけたっぷりに言う。

「しないって」わたしは一瞬、自分の手を見おろした。最近、また爪を噛む癖がもどってる。二年生のとき、ママにお酢を塗られてやめたのに。甘皮がぼろぼろにむけてる。

グレイはバカみたいにニヤニヤした。「さっき『彼女です』って言ってるの聞いて、うれしかった」

わたしは笑って、天井を仰いだ。「そっちのほうが話が早そうだったから。フェミニスト・ブッククラブの創設者で、たまに部屋でいっしょに過ごすようになった友だちです、って説明するより」

グレイは枕に頭をもたせかけ、びっくりするくらい鋭いまなざしでわたしを見つめた。「それはそれで、悪くないけどね。でも、彼女っていうのも、やっぱりいい」グレイはわたしの手を取った。「マリン、マリンのこと、本当に好きだ。今、薬でハイになってるってだけじゃない。フェミニストの理論をもっと勉強したいからでもない。マリンは頭がいい。それに、おもしろい。それに、最高に強い」

一気にいろんな感情がこみあげるのを抑えようとする。また傷つくのを恐れる気持ち、グレイが無事でほっとする気持ち、そして、もっと大きくて温かいなにか。そう、胸がいっぱいに満たされて張り裂けてしまうんじゃないかっていうような。「女の子みんなに言ってるんでしょ」やっとのことでそれだけ言う。

冗談のつもりだったけど、グレイは笑わなかった。

「言ってない」グレイは体を起こした。「本当だよ」そして、わたしの手を引っぱって、顔と顔がくっつきそうになるまで引き寄せる。

「おれの彼女になってくれる?」グレイが言う。ささやくような声で。

わたしは答えなかった。キスで口がふさがってたから。

29

二学期になると、最上級生は、授業のない時間は校外へ出ることができる。だから、火曜日は、〈パネラ〉へベーグルとラテを買いにいったあと、図書室の外にある談話室でグレイと待ち合わせた。グレイは、けがをした足首をベンチの上にのせ、課題本のヴァージニア・ウルフの『自分ひとりの部屋』を読んでいた。結局、けがは捻挫（ねんざ）のひどいのだったけど、それでも二週間くらい松葉杖（まつばづえ）を使わなければならないらしい。

「えっ。でもまあ、あと二試合しか残ってないから」お医者さんにそう言われたとき、グレイは言った。

その言い方を聞いて、そこまで落ちこんでいないのに気づいてしまった。お母さんたちとは、まだ大学の件は話していないらしい。

「助かる」グレイはベーグルを受け取り、顔をあげてキスをすると、本をかかげてタイトルをこっちにむけた。「クッソ退屈（たいくつ）」

「ちょっと！」たしなめたけど、わたしも昨日の夜、最初の五十ページを読んだところで、正直、否定できなかった。グレイの横にすわってラテをひと口飲み、リュックの中に手を入れて、スマホのメールをチェックする。校内でスマホを見ているだけでも、ディオガルディ校長に見つかったら、その日一日取りあげられ、事務管理室にある大きなかごに行きになる。かごには、校長がネットで見つけてプリントアウトしたらしい、擬人化されたiPhoneが大粒の涙を流しているイラストが貼ってあった。それはわかってたけど、ブラウン大学の結果が今週中に出るので、さっきから十五分おきにメールを読みこんでる。〈パネラ〉で待っているあいだも、学校にもどるまえにも、チェックしたけど、今、クリックしたとたん、思わず小さく息を飲んだ。送信者の欄に〈ブラウン大学　入試担当事務局〉の名前があったのだ。

グレイが顔をあげた。「ん？」

わたしは答えるかわりに首を振った。これまで思い描いていたこの瞬間は——正直に言えば、高校に入ったときから、さんざんこの瞬間を思い描いてきた——そう、いつだって想像の中のわたしは、うちでノートパソコンの前に落ち着いてすわり、かたわらには紅茶の入ったマグカップが置かれ、膝の上で猫が丸くなっていた。いつか必ず訪れる重大な瞬間だから、多少のおかしなところ（実際は、わたしは紅茶は飲まないし、猫も飼ってない）には目をつぶってほしい。そして今、現実のわたしはなんとか息を吸い、まわりを見まわす。窓の外にはすがすがしい一月の芝生が広がり、グレイの洗顔料のかすかに薬っぽいにおいがして、膝の上で〈パネラ〉の茶色い袋がくしゃくしゃになってる。このときの気持ちを正確に覚えておきたい。

マリン・ロスパト様
ブラウン大学に関心を持ってくださり、ありがとうございます。
残念ながら、来年度の入学を許可することはできません。

顔から血の気が引くのがわかった。指の先がしびれてピリピリする。自分がどこにいるのかもわからず、意味を成す言葉がまったく浮かんでこない。

入れなかった。

補欠にすら、入れなかった。

メールはそのあともつづき、応募者の人数や、入学審査が厳正に行われたこと、ブラウン大学に入れなかったからといって、これからの明るい学究生活が開けていないわけではないことなどが書かれていた。

でも、それらすべてが、わたしには理解できない言語で書かれている。心臓がバクバクし、手足が冷たくなって、感覚がなくなる。またもや、完全に状況を見誤ったってこと。目の前が暗くなる。うぬぼれていた。自分の身に起こることはコントロールできていると思っていた。でも、まちがっていた。

グレイがまたちらっとわたしのほうを見た。濃いまっすぐの眉のあいだが小さくくぼむ。「どうした？」

「えっと」のどに詰まった靴下サイズの塊を飲みこむ。「うん」グレイには言えない。そう思ったとたん、なんらかの形で親には言わなければならないことを思い出す。ああおばあちゃんにも言わなくてはならない。なによりもおばあちゃんが望んできたことなのに。吐くんじゃないかと思ったのは、そのときだった。

ぜったい入れると思ってた。なんてバカだったの？

待って、と思う。頭が一瞬、はっきりする。入れると思ったのは、面接官がそもそもそう言ったからだ。

「あの」勢いよく立ちあがったので、紙袋が床にすべり落ちる。しゃがんで拾うと、グレイに押しつけるようにわたし、開いたままのリュックを肩にかける。「次の授業のノートを車の中に置いてきちゃった。ランチでね」

「え、ああ」グレイはわずかに目を細めた。「わかった」

それから、大きな手をわたしの腕に添えた。「マリン、本当に大丈夫？　なんだか、急に、ようすがおかしくなったよ」

「うん」肩越しに返事をすると、そっとグレイの手を振りほどき、廊下を出口へむかって走りだす。

「大丈夫！」

駐車場にいくと、リュックの中をひっかきまわして、面接の日にカリーナがくれた名刺を取り出した。底のほうでくしゃくしゃになり、はしが汚れてふやけてる。震える手でカリーナの番号をタップし、目を細めて午前半ばの太陽の光を見あげる。

「もしもし、マリンね」受付の助手が電話をつなぎ、カリーナが電話口に出た。わたしだとわかったとたん、気まずそうな声になったのを聞いて、学校と名のつく側の人たちがわたしを歓迎してくれる日はくるんだろうかと思う。「調子はいかが？」

「えっと、正直、あまりよくないです」空いているほうの手のひらに爪を食いこませ、ヒステリックにならないように答える。あと六分で、次の授業にいかなければならない。「今、そちらから、不合格の連絡をいただきました」

カリーナは同情したような口調で言った。「ああ、残念だったわね。ええとね、毎年、大学には三万人以上の応募者がくるの。枠はかぎられているから、たとえとても優秀な――」

「ええ、それはわかってます」わたしはさえぎって言った。「メールにもそう書いてありました。それに、こんなふうに電話するのは不適切だったら、謝ります。たぶん失礼にあたるでしょうから。でも、どういうことか、知りたいだけなんです。その、これからのためにも」

「申し訳ないんだけど、特定の応募者に話すことはできないの。個別にコメントはしないという方針があるから。さっきも言ったけど、応募人数が本当に多いから――」

「カリーナ」もう少しで泣き声になりそうだった。「お願いです。面接のとき、情報はすべて持っていたんですよね？　その上で、わたしに――」

「あんなふうに言ってはいけなかったと思ってる」カリーナはさえぎって言った。「あなたとは信頼関係が築けてるって思った。でも、軽率だったわ、もし誤解させたなら――」

「成績ですか？　それとも、課外活動？　なにが原因なんですか？」

カリーナはしばらく黙っていた。電話のむこう側で自問しているのが感じられるような気がする。

「あのね、マリン」その声はとてもおだやかだった。「入学審査委員会にある情報が寄せられて、あなたには別の学校のほうがむいているという結論に至ったの。そういうこと」

それを聞いたとたん、わたしは体を起こした。クモが背骨を駆けあがっていくような感覚が襲う。

「どんな情報ですか？」

「マリン、本当にこれ以上は――」

「どんな情報なんですか？　もしだれかが、わたしのことでなにか言って、そのせいで大学に入れないのだとしたら――」首を振ったひょうしに、新聞部の部室が視界のはしに入った。その瞬間、謎が解けた。「ウソでしょ。ベックスね？」

「え、なんて？」

「ベケット先生ですね。ジョン・ベケット、文学鑑賞の教師です。ベケット先生は――先生とわたしは――彼の一族は巨額の寄付をしているはず――」言葉が途切れた。「そうなんですね？」

カリーナは長いあいだ、黙っていた。そして、わたしはそれが真実だと知った。

「こんなことを言ってもしかたないかもしれないけど、わたしはあなたを支持したのよ」ようやくカリーナはそう言った。「本当に残念だと思ってる」

「わかりました」遠くのほうで終業のベルが鳴っているのが、ぼんやりと聞こえた。わたしは頭をうしろにそらし、木のこずえを見あげた。視界が涙で曇る。「わたしも残念です」

30

わたしはよろめきながら校舎へもどった。胸が締めつけられ、あえぐように必死で息を吸いこむ。素手で木々を引き裂くか、廊下の真ん中で炎を噴いて燃えあがれそうだった。頭の片隅では、第一志望のアイビーリーグ校に入れなかったことくらい、ぜいたくな悩みだとわかっていた。結局のところ、ほかにも大学はいくらでもある。ほかの道など、いくらでもあるのだ。

でも、これがわたしが望んでいたものだった。わたしはそれを手に入れたのだ。

なのに、彼は……それを奪った。

猛スピードで廊下を歩きながら、はっきりとわかっていることはひとつだけだった。

ベックスを見つけなきゃ。

ベックスと仲がよかったころ、というか、仲がいいと思っていたころのおかげで、この時間はベックスは授業がないのを知っていた。新聞部の部室へいったけれど、中は暗く、だれもいなかった。ブリッジウォーターのスクリーンセーバーが、パソコンの画面で空しく光っていた。

次にカフェテリアにいき、それから、コピー機のある事務管理室へいったけど、見つからなかった。職員室のドアのむこう側で、先生たちが電子レンジや電気ケトルを活用しての生徒には知る由もないひそやかなお楽しみの最中に乗りこんでいく気は十分あったけど、クレイン先生の生物室の近くの角を曲がったとき、むこうからベックスが、例のメッセンジャーバッグをバカみたいに斜めがけして歩いてくるのが見えた。

息を飲んで一瞬、凍りつく。それから、なんとか言葉を声にした。「あの、お話があるんですけど」痰が絡んだみたいな、おかしな声が出た。

ベックスは顔をしかめた。「マリン」まるで一度も教えたことのない生徒を前にして、名前を思い出そうとしているかのように、一瞬黙ってから、つづけた。「授業中じゃないのか？」

「この際、そんなことどうでもいいです。ですよね？」嚙みつくように言い返す。「わかってるくせに」

ベックスはほんの一瞬、目をぐっと細めた。「どうやらずいぶん動揺してるみたいだな」ベックスはやんわりと言った。まるで、そんな感情など自分にはまったく関係ないというように。あまり好きでないテレビ番組のキャラクターを相手にするみたいに。「どこかで話をしたいか？」

「先生のマンションとか？」

止めるまえに口から出ていた。たぶん、二人とも同じくらいショックを受けたと思う。ベックスの唇がぎゅっと閉じられ、あごの筋肉が不規則に痙攣した。

「感心しないな」ベックスは首を振り、背中をむけると、わたしの横をすり抜けるようにして歩きはじめた。「学校の勉強に関する話がしたいなら、どこへいけばいいかは――」

わたしは声を出して笑った。『マクベス』の魔女みたいにヒステリックな甲高い声で。救いようもなくイカれてると思われるのはわかってた。どうせもう学校中にそう思われてる。でも、今回のことがはじまってから初めて、それでもかまわないと百パーセント思った。

「本気？　感心できないのは、わたしのほう？」言わずにはいられなかった。

「もういい」ベックスはまたこちらをむくと、わたしの腕をつかんで、南階段のほうへ引っぱっていった。階段に出ると、うしろでドアが驚くほど大きな音を立てて閉まった。

「なんなんだ、マリン、いったいどうしたんだ？」ベックスはめんくらったようにたずねた。

頭の片隅には、ベックスを恐れる自分がいた。でも、床のリノリウムに足を踏んばり、声が震えないよう念じながら言う。「ブラウン大学の入試課にわたしのことを話した？」

ベックスの表情は変わらなかった。ボーイスカウトのそれみたいに、陰りひとつない顔だったけれど、わきにおろした手がピクリとしたのがわかった。

「それは――いったいどうしてそんなふうに思ったんだ？」ベックスはそう言ってから、コホンと咳をした。それを見て、わたしは確信した。

「話したのね」あれだけのことがあったあとでも、この瞬間までは、どこかで信じていた。大人が

――ましてや教師が――そんなケチで卑怯な真似をするはずないって。「信じられない」

「そもそも――」

「どうしてそんなことができるの？」のどにこみあげてきた塊をなんとか飲みこもうとする。感情的になるだけならまだしも、ベックスに泣いているところを見られるのはぜったいに嫌だ。「ブラウン大学は、ずっと抱きつづけてきたわたしの夢だったのに」

ベックスはあざ笑うように小さく息を漏らした。「ぼくに夢を台無しにされたって？」ベックスは「夢」という言葉を小ばかにするように強調した。まるで、わたしがまだサンタクロースを信じている小さな子どもだとでもいうように。「マリン、きみはぼくの人生を台無しにしようとしたんだぞ」

一瞬、完全に言葉を失った。「わたしが――？」

ベックスは天井を仰ぎ、心底信じられないというように、髪をかきあげた。「なんなんだ。甘いんだよ。この学校の生徒はみんなそうだが、きみは特にな」

目をしばたたかせ、ベックスを見つめる。なにを言われているかわからなかった。大人にこんな口を利かれたことはない。

「どう甘いっていうんですか？」怒りというより、もはや当惑していた。「そっちが――」

「好きなだけ被害者面してりゃいい」最後まで聞かずに、ベックスは言った。「自分はなにもしてないって顔をしてりゃいいさ。だが、きみもぼくも本当のことはわかってるはずだ」

自分が凍りついてるのがわかる。「どういう意味ですか？」

「そんな顔するなよ。子鹿じゃあるまいし」ベックスはあきれたような顔をしてみせた。「いつもつきまとってたじゃないか。部室に入りびたって、あれこれ口実をつくって車で送らせたり」

「ちょっと待って、そんなこと一度も——」

「ぼくの机にすわってみせたり。冗談じゃない。わかってるだろ、自分が媚びを売ってたことくらい。そっちだってその気だったんだ。だが、あとになって怖くなって、後悔したとか、そんなところだろう。こっちだって、黙って性犯罪者にされるつもりはない。そっちだって、ぼくだけじゃなく、自分にも責任があったことは重々わかっているはずだ。いや、むしろそっちの責任だろ」

わたしは泣いていた。どうしようもなかった。涙があふれ、音もなく頬をすべり落ちていく。生まれて初めて、わたしは完全に言葉を失っていた。

「最低男」それだけ言うのがやっとだった。ベックスの返事を待たず、わたしは背をむけて、歩き去った。

31

南出口へむかって走り、大きな扉のバーをぐっと押して駐車場に飛び出す。まだ真っ昼間だけど、そんなことはどうでもいい。今さら、午後の授業をさぼってるのを見つかったところで、なにがある？　ブラウン大学にはいけませんって言われるとか？

駐車場は奇妙なほど静まり返っていた。木々で数羽の小鳥がさえずり、外の通りを時おり車が通り過ぎていく。震える手で車のロックを開け、キーを差しこみ、赤いフォルクスワーゲンに危うくぶつかりそうになりながら、駐車場を出る。頭の中で、ベックスに言ってやりたかったことが、みじめに響く。**わたしが甘やかされてる？　甘やかされてるのは、アイビーリーグに一族の名前を冠した講堂のあるそっちでしょ。二人のあいだにあったことは、わたしに責任がある？　自分のマンションにわたしを連れていったのは、そっちじゃない、クソ男！**

熱い涙で前の道路がかすむ。ジュニパーヒル通りへむかう。市営野球場、ゴルフコース開発地、八年生の卒業パーティをしたホール。走るにつれ、昼間の通りを走る車がまばらになっていく。行先を決めているわけではなかった。うちに帰って、両親の顔を見ることはできない。引き返して、学校へもどることもできない。心のどこかでは、このままずっと走りつづけたいと思っていた。この最低の町を出て、アクセルを踏みつづけ、はるか大西洋まで。

しばらくして、ほとんど無意識のうちに〈サンライズ・シニアホーム〉のほうへハンドルを切った。本能と筋肉に刻まれた記憶がそうさせた気がする。今、いっしょにいられそうなのは、おばあちゃんだけだった。

エレベーターを降りるのと同時に、廊下の先の部屋からカミーユが出てきた。片方の腕に、血圧測定用カフをぶら下げている。今日の医療衣は、並んで歩くおもちゃのアヒルの刺繍がついていて、クロックスはこのあいだと同じあざやかな明るい黄色だった。

「マリン」驚いたようにカミーユは言った。わたしを見たとたん、一瞬、ビクッとして、気まずそうな表情を浮かべる。「どうしてここに？　学校じゃないの？」

「読書デーなの」スムーズに口からうそが出たことに、自分で驚く。「おばあちゃんにちょっと話したいことがあって」

「今はやめたほうがいいと思う。あとでまたきてちょうだいな」

わたしは驚いた。これまでここにきたときに、こんなふうに言われたことはなかったから。「どうして？　なにかあるの」眉をひそめてたずねた。

「おばあさまは今日は大変だったのよ。それだけ。今朝、ちょっと動揺してしまってね。少し休ませてあげたほうがいいと思うわ」

カミーユの口調は軽かったし、やさしかったけど、その裏に、これまで感じたことのない、諫めるような響きがあった。

「動揺したってどういうこと？」声をうわずらせまいとする。「具合が悪いの？」

カミーユは首を振った。「大丈夫よ。ただちょっと——わかるでしょう。おばあさまがおばあさまらしくなるまで、少しのんびりする必要があるのよ」

「え、じゃあ、記憶があいまいになってるってこと？」わたしは首を振った。「それならかまわない。気にしないから」

「マリン——」

「わたしのことはわかるから大丈夫。ね、カミーユ、本当に大丈夫だから。すぐすませる」

カミーユは一歩前へ出た。わたしの行く手をふさごうとしたのかもしれない。腕をつかもうとしたか——でも、わたしのほうが早かった。ぜったいにおばあちゃんに会おうと決めていたし、もしかしたら少しイライラしていたかもしれない。さっとカミーユの横をすり抜け、こうこうと照明のついている廊下を歩いて、おばあちゃんの部屋の前までいく。

今日は、ぴたりと閉じられている。そんなことはめったになかったけど、トントンと軽くノックして、いつもどおりそのままドアを押し開けた。

「おばあちゃん」ちょっと異常なほど明るい調子で呼びかけてから、入り口で立ちすくんだ。

いつものソファにぼんやりとすわっている女性は、わたしの祖母と似ても似つかなかった。口紅を塗っていない唇は色がなく、顔の皮膚と一体化してしまっている。まだパジャマのままで、いちばん上のボタンが留められないまま、とがった鎖骨が浮き出ているのが見えた。

「だれ？」おばあちゃんのブルーの目はうるみ、いぶかしげな表情が浮かんでいた。

わたしは唇を噛んだ。「おばあちゃん」快活な声になるよう気をつけながら、もう一度呼びかける。「わたしよ、マリン」

おばあちゃんは頑固に首を振った。「あなたのことなんて知らないわ」

「おばあちゃんの孫よ」ふいにのどにこみあげてきたものを飲みこもうと必死になる。感情的になっても事態を悪くするだけだと本能的に感じ、最近、こんなことばかりだと自嘲する。「ディアナの娘よ、わかる？」

一歩前に出ると、おばあちゃんはクラシックチャンネルでやってる古い映画の殺人事件の被害者みたいに両手をあげた。

「だれ？　あなたのことなんて知らない」おばあちゃんはくりかえした。「看護師さんはどこ？」そして、開きっぱなしのドアのほうへむかって、声を張りあげた。「ちょっと！　知らない女の人がいるの！　助けてちょうだい！」

「おばあちゃん、お願い」わたしは懇願した。でも、カミーユはすでにきていて、わたしの背中にそっと、でもきっぱりと手を置いた。そして、落ち着いた口調で言った。

「さあ、フランさん、大丈夫ですよ、わたしがいますからね。ここにいるお友だちとちょっと散歩をしてきますから。すぐにもどってきますね。アイスティーを持ってきますよ。いいかしら？」

「この人のこと、知らないの」おばあちゃんは言い張った。怯えたような口調は消え、今はもっとイライラしているふうだ。わたしのことを脅威というより、迷惑な人だというように。どっちがましか、わからなかった。

きちゃいけなかったんだ。ぼんやりと思う。わたしときたら、いく先々で不幸をまき散らしてる。

「わかってるから」カミーユはわたしの両肩に腕をまわし、一度ぎゅっともんでから、ドアのほうへ連れていった。「いきましょう」

「ごめんなさい」廊下に出ると、謝った。「本当にごめんなさい、カミーユは忠告してくれようとしたのに、わたし――」**自分のほうがわかってるって思ってしまったんだ。**なんてバカなんだろう、わたしは。「ごめんなさい」

「ねえ、マリン」カミーユはふうっと息を吐いた。怒ってるわけじゃないけど、いつもみたいにやさしくはなかった。「お母さんに連絡しましょう、いい？」

とっさに首を横に振った。「大丈夫。わたしはただ――もう帰るから。ごめんなさい。中にもどって、おばあちゃんを見てあげて。こんなつもりじゃなかったの」

「マリン――」カミーユがなぐさめようとしているのがわかった。そんなのは、カミーユの仕事じゃないのに。

わたしはぱっと両手をあげてカミーユがそれ以上言うのを制すると、まわれ右をして、のどの奥が涙でひりひりするのを感じながらまっすぐ階段へむかった。

駐車場へもどると、しばらく車の中にすわって、涙と鼻水と悲しみをぬぐっていた。まだグレイシーも生まれていないころ、ブロックトンのおばあちゃんの家へよく泊まりにいっていたことを思い出す。トニーおじいちゃんが亡くなったばかりで、おばあちゃんは大きなベッドでわたしといっしょに寝てくれて、七〇年代のコメディドラマを見たっけ。窓のところでエアコンがブーンと音を立て、おばあちゃんはわたしが眠るまで髪をなでてくれた。

ついに疲れ果てて、わたしは車を駐車場から出すと、家へむかった。いちばん近いルートだと、また学校のすぐそばを通る。赤信号で待っているとき、ちらりと学校の駐車場のほうを見た。八時間目はとっくに終わり、駐車場にはほとんど車は停まっていない。

次の瞬間、背中にぞくっと悪寒が走った。残っている車の中にベックスのジープがある。上級生用の入り口からそんなに離れていない、花の咲いたハナミズキの下に取り澄ましたように停まり、これ見よがしに貼られたバーニー・サンダースのステッカーがバンパーで色あせていた。

はっきりと思った。**わきまえた女の子でいる必要はない。**

そして、駐車場へ車を入れた。

ジープの真横に停めると、サイドブレーキをぐいと引き、エンジンをかけたまま、車を降りる。明確な計画が頭にあったわけじゃない。トランクにあった、バレーボールの試合のときに使ったポスターカラーをつかむ。ママの救急箱と返却期限の過ぎた図書館の本の横に置きっぱなしになっていた。きっと深層心理の奥の奥で、いつか必要になるとわかってたのかも。今では、まったく別の過去からきた遺物みたいに見えた。

乾いてガチガチに固まったペンキ用のはけを噛んでやわらかくし、震える手でペンキ缶のふたを開けると、振り返ってだれもこないのをたしかめた。駐車場に人けはなかった。小鳥すら、もうねぐらにもどっている。幽体離脱したような感覚のまま、思いついた最初の言葉を殴り書きする。ベックスの車のリアウィンドウに描かれた巨大な文字から、赤いペンキが垂れ落ちる。書き終わると、残りのペンキを車にぶっかけ、うしろにさがって作品を眺めた。

そしてすぐさま、車にもどり、発進させた。

翌朝、ぎりぎりで一時間目のフランス語の教室に飛びこむと、マダム・ケンプがこちらを見てうなずいた。

「マリン」マダム・ケンプはホワイトボードに今朝の不規則動詞をだんだんと斜めになりながら書きつつ、言った。「わたしの机に退室許可書があるから。ミズ・リンチが校長室にくるようにって」

その場で凍りついた。リュックのストラップをぎゅっと握りしめる。ぱっと頭に浮かんだのは、去年、ママとケーブルテレビで見た『テルマ&ルイーズ』っていう映画だった。女友だち二人が正当防衛で男を殺してしまい、逃げるっていう古い映画。最後は、警察に捕まるよりはって、車ごとグランドキャニオンに突っこむ。崖から飛び出した車の静止画は信じられないほど衝撃的で、そのあと何週間か、そのシーンが頭にこびりついて離れなかった。二人の女性が不公平なシステムに屈することを拒否する姿は、妙に爽快だった。クソみたいな選択しかないメニューを見て、自分たちだけでやっていくと決めるのだ。

もちろん、実際に落ちたところまでは映さなかったけど。

のろのろと階段をおりて、事務管理室にいくと、ミズ・リンチはだれかのフェイスブックに書きこんだ誕生日のお祝いの言葉にせっせと風船の絵文字をつけているところだった。

「マリンか」校長室の開いているドアをノックすると、ディオガルディ校長が言った。もはやあいさつも抜きだ。社交辞令の段階はもう超えたということだろう。「すわりなさい」

わたしは素直にすわった。ディオガルディ校長が息をするたびに、口にくわえたホイッスルがピーピーとかすかに鳴る。やがて校長は意を決したようにホイッスルを口から出すと、机越しにわたしをじっと見た。

「さてと」肉付きのいい両手を組む。「先に説明したいかね？ それとも、わたしから言おうか？」

「その――」こういうときの正解がわからなかった。これまで、一度だって学校で問題を起こしたことはなかった。どうして呼ばれたかについては、確信していた。いったいだれが見てたんだろう。

「校長先生からどうぞ」

ふてくされた調子で言ったつもりはなかったけど、ディオガルディ校長はそう取ったみたいだ。

「いいだろう」校長は歯切れよく言った。「きみのご希望どおりにしよう」そして、パソコンの画面をこちらにむけると、スペースキーを押した。すると、セキュリティカメラの質の悪い動画が流れはじめた。

そうか。自分でも意外なほど冷静に、わたしは自分の車がベックスの車の横に停まり、わたしが降りてきて、トランクを開けるのを見ていた。**これは、まちがいなく罰を受ける。**

画面に釘付けになって、ベックスの車のうしろに文字が一文字一文字描かれていくのを眺める。S、C、U、それから、真っ赤な山が二つ描かれ、Mになる（クズ、カスといった意味）。どっちにしろ捕まるなら、もっと長い言葉を書いてやるんだった、と思った。

「どう思うかね？」ディオガルディ校長がきいた。わたしは、驚いて校長を見つめた。その瞬間、校長の存在を忘れていたのだ。「まじめな話、なにを考えてたんだ？」

「その――」本気で質問の答えを考えた。「セキュリティカメラのことは考えてませんでした。今は、それしかわかりません」

ふさわしくない答えだった。ディオガルディ校長は机越しにわたしをにらみつけた。真っ黒い眉がくっつきそうだ。「おもしろがっているのかね？」

「いいえ」即答した。本当だった。「おもしろいなんて、ぜんぜん思っていません」

「ならば、きみが今後、どう対処するか、細心の注意を払うことにしよう」校長は言った。

わたしはディオガルディ校長の堪忍袋の容量をゼロにしてしまったのだ。

「きみの将来はきみ自身にかかっている。二週間の停学にしよう。今日からだ。しかし、きみが退学を望むというなら――」

「え、どういうことです？」わたしは、燃えあがる建物から逃げようとするみたいに立ちあがった。

「それって――」

「今、わたしが言ったことを聞いていたか？」ディオガルディ校長の頬が紅潮する。「幸運だと思うんだな。ベケット先生は、警察沙汰にはしないとおっしゃっている」

わたしはまたすわった。校長に言われたからというより、脚がガクガクしてどうしようもなかったから。

「その――」また口ごもり、しっかりしようとひじかけを握りしめたが、無駄だった。朝、飲んだオレンジジュースの味がうっすらとこみあげてくる。「わかりました」

「ベケット先生もわたしも、きみが情緒的なストレスを感じていることは、理解しようとしているつもりだ。それに、きみが本来のきみではなかったこともわかっている」

本来のわたしじゃない。ぼんやりと考え、自分の体から完全に切り離されているように感じる両手を見つめる。

「停学は今日からだ」ディオガルディ校長はまた言った。「わたしからご両親に連絡して、伝えておく。ミズ・リンチにロッカーまで付き添ってもらって、荷物をまとめるように」

「付き添いはいりません」なんとか力を入れて、立ちあがる。会話のすべてが現実のものと思えない。**停学。**このわたしが。月へ送ると言われたのと同じだ。

「マリン――」

「必要ないと申し上げたんです！」すぐに言ったが、意図したよりもはるかに泣き声に近くなってしまった。わたしはすぐさま両手をあげた。人質になった銀行員みたいに。「帰ります、それでいいですよね？　帰りますから」

ディオガルディ校長は一瞬、同情にも見える表情を浮かべてわたしを見た。「わかった。では、荷物をまとめてきなさい」校長は静かに言った。

よろよろと事務管理室から出るのと同時に、ベルが鳴り、教室のドアがまるでバネ仕かけかなにかみたいにいっせいに開いて、生徒たちがどっと廊下に出てきた。そのひょうしにジェイコブにぶつかりそうになった。しみひとつないモカシンが蛍光灯の光で白く浮きあがる。頭にかぶってるホワイトソックスのキャップは服装規定違反だけど、だれもそんなことは指摘しない。

「よう、マリン」唇をゆがめていやらしい笑みを浮かべ、それから、事務管理室のほうへあごをしゃくった。「今度はディオガルディ校長と二人きりだったんだ？」

わたしの中でなにかが壊れた。この数か月間、ずっと溜めこんできたものが、うまく抑えこんできたものもそうでないものも一気にあふれだす。自分がなにをしようとしているかもわからないまま、わたしはジェイコブに飛びかかり、思い切り胸と肩を押した。バシンと手のひらがいい音を立てる。どうかしてる。わたしはけんかなんてしたことがない。グレイシーとだって、小さいころから髪を引っぱりあったことすらない。でも、ジェイコブはふいをつかれた。もう一度、今度はもっと強く、突き飛ばす。ジェイコブはよろめいて、うしろのロッカーにガツンとぶつかった。

「なんなんだよ、マリン?」ジェイコブは両腕をあげ、体をかばおうとした。「頭がイカれてんのか!?」

「そっちは、クソよ!」まわりでみんながハッと息をのみ、もっとやれとどなる。目のはしから視界が曇りはじめる。「そういうことを言われて聞き流すのはもうたくさん!」

相当の見ものだ。クリスマス休暇以降、必死で避けてきたこと——ううん、人生でずっと避けてきたことなのに。ジェイコブが正しいのかもしれない。わたしはイカれてて、ヒステリックで、目立ちたがりで、やけになってるのかもしれない。みんなが思ってるとおりなのかも。でも、もう気にしていられなかった。そもそも、抗おうと考えたのがまちがいだった。

わたしにはもう、失うものなどない。

ジェイコブを追いかけようとしたとき、どこからかグレイが駆け寄ってきて、松葉杖を放り出すと、わたしの腰に両腕をまわした。

「放して!」逃れようとする。今、また別の男に触られるのは耐えられない。だれだろうと、もう抑えつけられるのは嫌。

「ほら、落ち着いて」グレイはそう言って、まわりで見物してる子たちに悪態をついて、わたしをみんなから引き離した。グレイはわたしの二倍はあるけど、暴れまくる。うしろへ手をのばし、彼の下あごをつかんだところで、ようやく解放された。そこは図書館と保健室へいく廊下で、学校のほかの場所にくらべると、暗く、静まり返っていた。

「放して」わたしは言ったけど、もうグレイは手を放していた。そして、ギプスをはめた足をひきずるようにひょこひょこと横へ数歩進んだ。整った顔が痛みでゆがんでいる。始業のベルが鳴ったけど、妙に遠くから聞こえてくるように感じた。

グレイは首を横に振った。「今のはなんだったんだ？　大丈夫か？」戸惑ったようにたずねる。

「大丈夫よ」わたしはぴしゃりと言うと、彼の横をすり抜けようとした。グレイがこっちへ手をのばすけど、噛みつくように言う。「やめて。やめてくれる？　もううんざりなのよ」

もう無理。一刻も早くここから出ないと。ディオガルディ校長が今の事件を耳にしたら、退学になるかもしれない。全速力で逃げて、もう二度ともどってきたくない。

「マリン」グレイはもう一度わたしの手をつかもうとしたけど、さっと体を引いた。グレイは両手のひらをこちらにむけて言った。「ごめん。悪かったよ、おれはただ――」

「やめてって言ってるの！」わたしのどなり声が廊下に響く。「ぜんぶ自分で解決しようとか、わたしを守ろうとか、とにかくそういうのやめてくれる？　一度でいいから、わたしのことを放っておいて」

「わかったよ」グレイは両手をあげたままで言った。まるでわたしが野生動物かなにかみたいに。

危険で、どこかに閉じこめなきゃならない獣みたいに。「ぜったいに触ったりしないから。約束する。ごめん。だけど、ちょっとでいいから、話をしてほしい」

わたしは首を横に振った。今はどうしてもグレイの、模範的な〈ものやわらかなやさしい男性像〉を受け入れることができなかった。だって、実際、そういうことでしょ？

「そんなことしてくれても、役に立たない。これまでやってくれたことはなにひとつ、わたしの役に立ってない。だから――」そこで、言葉が途切れた。自分でもどうしてこんなことを言ってるのか、わからない。なにを言ってるのかも、わからない。でも、止められなかった。

わたしはもう一度、説明しようとした。「ええと、これまで楽しかった。だけど、もう無理だと思う、これ以上グレイと――」

「おれと、なんだよ？　なにが無理なんだよ？」グレイは眉を寄せた。

「グレイとわたし」

「本気か？」グレイは戸惑った表情を浮かべた。「どうして――わからないよ。ジェイコブがクソなせいで？」

わたしは口を開けて彼を見た。「そのせいだと思ってるわけ？」

「ちがうよ、そうじゃない」グレイはあわてて否定した。「もちろん、そうじゃない。でも――」

「もういい」わたしはさえぎった。もう無理だ。わたしたちは無理だ。「別れよう」

「そんな――」

「やめて」もう一度言う。その響きに、満足感のようなものを覚える。頭の中ではすでに、わたしが断ちたいと思っていた関係はこれなの？　と問う声がする。何週間かまえ、グレイが言っていたセリフがどこからともなく降ってきて、止めるまえに口から飛び出す。「グレイ、**申し訳ないけど、、、、、、**消えて」

グレイはわたしを見つめた。その目に、あのときの会話を思い出したような表情がよぎったのを見て、胸がほんのわずかに痛む。それから、グレイはがっくりと首を垂れた。

「わかったよ」その声はひどく小さかった。「そうする」

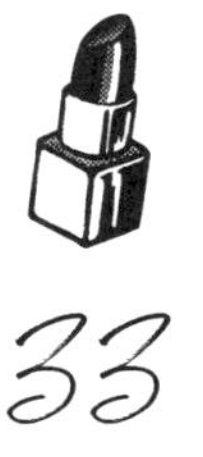

33

なんとかうちまでたどり着き、だれとも話さずにベッドにもぐりこんで、毛布を頭からすっぽりかぶって目を閉じた。ディオガルディ校長から電話がくるのはわかっている。時間の問題だ。

案の定、部屋のドアがノックされ、ママとパパが入ってきた。手を重ね、二人ともまったく同じ、心配そうな表情を浮かべている。

「マリン」ママの声は、驚くほど落ち着いていた。本当のこと言って、今回の事件が起こってから、こんな落ち着いているママは初めてかも。黒い髪は顔にかからないようきっちり結わえられている。

「今、話したい？　それとも、あとがいい？」

「あとがいい」わたしは枕にむかってくぐもった声で返事をした。

そして、驚いた。ママがうなずいたから。

「わかった。ママとパパはおまえのことを大切に思ってるよ」パパが言った。

それを聞いたとたん、涙があふれ出した。

次の瞬間、二人は駆け寄ってきた。よちよち歩きの子どもが転んだときみたいに。

「マリン」パパが言い、ママはベッドのはしに腰かけた。「なにがあったんだい？」

　わたしは深く息を吸いこんで、一気に話しはじめた。ブラウン大学からのメール、カリーナに連絡したこと、おばあちゃんのところへいったこと、ベックスの車のこと。

「ママたちがやってくれたことぜんぶ、学業成績達成テスト（全国標準テスト）のためにつけてくれた家庭教師も、くだらないピアノレッスンも、無駄にしちゃった。おばあちゃんが望んでいたこともぜんぶ」

　ママは首を振った。「なにも無駄になんてなってないわよ」

「ほんとに？」わたしは泣きながら言った。「ここ数か月で、わたしがだめにしなかったことがひとつでもある？　ブラウン大学。クロエとの友情。グレイ。ぜんぶ、わたしのせい」怒りと恥ずかしさで、手の甲でごしごし顔をこする。「ぜんぶ、わたしのせいなの」

「なに言ってるの？」ママが途方に暮れたように首を振る。「そんなことないわ、マリン。そんなわけない。どうしてあなたのせいになるの？」

「わたしがあいつに憧れたりしたから！」甲高い声でさけぶ。情けなさでいっぱいになる。「憧れてた！　ずっとつきまとってた。だから、勘ちがいさせちゃったのよ。だから――」

「ちょっと待って」ママが目を見開いた。「まさか、そんなわけないでしょ。いい？　今度のことは、そんなことはまったく関係ない」

ママはもう一度首を振った。「マリン、先生を好きになる生徒なんて、いくらだっている。わたしが大人になるまで、何人の先生に憧れたと思う？」

「それとはちがう。もしわたしが——」

「そこにちゃんと線を引くのは教師の役目だ」パパがきっぱりと言った。「教師は大人なんだから」

論理的には、もちろん、ママとパパの言うとおりなのはわかっていた。ベックスとわたしは、恋愛の駆け引きにおいて対等の立場にはなかった。ベックスは教師だし、わたしは彼の授業を取っている生徒だ。でも、今、めちゃめちゃになった自分の人生を眺め、そんなふうに信じることはできなかった。

「だとしても——」どっちつかずのまま、半ばうわの空で首をすくめる。「わたしがもっとわかってなきゃいけなかったのよ」

「もっとわかってなきゃいけなかったのは、むこうよ」ママはわたしに腕をまわして抱き寄せ、髪をなでてくれた。「それに、実際、わかっててしたのよ。なにもかも本当にひどい」

少なくとも最後の点については、ちがうとは言えなかった。ママの腕に体をあずけ、目を閉じる。どっと疲れが押し寄せてくる。

「あんなやつ、大嫌い」ママの首に顔をうずめて、つぶやく。

「わかってる」ママの腕に力が入る。「ママもあんな男、大嫌いよ」

34

停学の最初の数日は、そんなにひどくなかった。Netflixで低予算のロマンチックコメディを見つづけ、散歩であちこちを歩きまわった。キッチンの棚にあったおばあちゃんの昔の分厚い『シルバーパレットＮＹ発 いい日いい味４０７』を出してきて、レシピの中からオレンジとペカンナッツのパウンドケーキをつくり、ママにおばあちゃんと看護師さんたちのところへ持っていってもらった。

それから、退屈が訪れた。

ベッドに仰向けになって、天井を見つめる。スマホを見まいとする。クローゼットを整理しようかなと考えていると（それくらい、絶望的にすることがなかった）、玄関のベルが鳴った。

「マリン！」しばらくして、ママの呼ぶ声がした。その声には、かすかに意外そうな響きがあった。

「お客さんよ！」

それを聞いて、わたしもめんくらった。まじめな話、まだ縁を切ってない友だちなんて残ってた？　ぎこちない足取りで廊下に出て、階段をおりていくと、最後の一段で足が凍りついた。

毛足のもつれたカーペットの上にクロエが立っていた。シルクっぽいトップスにオープントゥのブーティをはいて、黒のスキニージーンズのうしろポケットに手を突っこんでる。アイライナーはいつもどおり完璧だったけど、本当にひさしぶりに口紅は塗っていなかった。

「どうしたの?」言ったとたん、クロエの小さな肩が身を守ろうとするように丸まっているのに気づいた。眠っていた親友の直感が、ギィときしんでよみがえる。「クロエ、大丈夫?」

クロエは肩をすくめ、廊下にかけてあるシーグラスでつくったオーナメントのほうへ目をやり、わたしを見ずに答えた。「話せる?」

ちらりとママのほうを見ると、そろそろと書斎へもどっていくところだった。わたしはまたクロエに視線をもどした。「うん」

玄関の横にかけてあるパーカーを取ると、外のバルコニーにある二人乗りのブランコにすわった。ブランコが揺れるのに合わせて、鎖がキィキィと小さく音を立てる。これまで親友同士の大切な話はほとんどぜんぶ、このブランコでしてきた。六年生のとき、ブランドン・ファローがクロエのノートの裏表紙に落書きしたへたくそなペニスと睾丸の図を気丈に読み解こうとしたときも、高校一年の春に、クロエのお姉さんが拒食症の治療で大学をやめることになったときも、去年、わたしがジェイコブと初体験をしたいのかどうか、考えていたときも。これまでずっと、クロエにならなんでも話せると思っていた。でも、今はなんて言ったらいいのかわからない。

でも、わたしからは話す必要はなかった。

「質問してもいい？」クロエは塗りたての親指のマニキュアをこすりながら言った。あいかわらずわたしの顔を見ようとしない。「どうしてベックスの車に落書きしたの？」

わたしはぱっとクロエのほうを見た。ショックだった。また振り出しにもどされたように感じたから。「わたしを責めるために、わざわざここへきたわけ？　くだらない車のことで？　そういうことなら――」

「落ち着いて」クロエはさえぎると、ようやくこっちを見た。その目は炎のように燃えあがっていた。「マリンを責めにきたわけじゃない。そんな言い方してないでしょ？　ただどうしてか、理由をきいてるだけよ」

わたしは肩をすくめた。「どうしてそんなこと知りたいのよ？」

クロエは苛立ったように息を吐いた。そして、ブランコの背に頭をあずけると、言った。「マリン、話して」

「そっちから話して」わたしは駄々をこねた。わかってたけど、どうしようもなかった。クロエの仕打ちに傷つかなくてすむ方法がわからなかったから。

「あのね」クロエは小指の爪からマニュキュアのかけらをはがし、ピッと弾き飛ばした。「ここのところ、自分がマリンのいい友だちじゃなかったのはわかってる」そして、片手をあげて、わたしが反論しようと声をもらしたのを制した。「それに、マリンはわたしに説明しなきゃいけないわけじゃない。でも、マリンが話したいなら、聞くよ」

だから、わたしは話した。ぜんぶ話した。ベックスが復帰した日のことから、カリーナに電話をかけたこと、階段で腕をつかまれたことまで。

「わたしがしゃべったから、ベックスは仕返ししたかったんだと思う。だからした。たぶんわたしも……ベックスに仕返ししたかっただけだと思う」最後にそう言うと、片方の脚をのばして、バルコニーの手すりを蹴った。思ってたより力が入って、ブランコが勢いよく揺れる。「でも、それでぼろぼろになったのは、わたしのほうだった」

ブランコがキィキィときしみながら揺れている。クロエはなにも言わなかった。ちらりと見ると、顔が家の外板と同じくらい蒼白になってる。

「ごめん」みるみるクロエの目に涙があふれ、わたしは息を飲んだ。「マリン、ほんとのほんとにごめん」

すぐにわたしは首を横に振った。「ねえ」驚いて両手をあげ、手のひらをクロエにむける。ここのところ、状況も事情もなにもわからないまま二人の友情が失われていくように感じていたけど、こんなふうに泣かれるのは予想していなかった。「別に……大丈夫だから」

「大丈夫じゃない！」クロエはブランコから立ちあがって、バルコニーを歩きまわった。「いろいろあるけど、大丈夫じゃないことだけはたしか」

「クロエ」わたしはブランコのはしをつかんだ。そして、静かな声で言った。「どういうことなの？」

クロエは首を振った。ちらりと家の前に停まっている車のほうを見る。このまま車に乗って夕日に突っこみたいのか、車にも乗らずにどこまでも走りつづければいいのか、自分でもわからないみたいに。この顔ならよく知ってる。ここのところ、鏡の中でしょっちゅう見てるから。でも、結局クロエは、またわたしの横にすわり、法廷で証言しようとするみたいにコホンと咳をした。そして、深く息を吸いこむ。

「彼はわたしのことを好きだって思ってた」クロエは言うと、ぱっと手の付け根で目を押さえ、ゴシゴシこすった。マスカラが落ちて、真っ黒になる。「ああ、信じられない。こんなことを声に出して言ってるなんて。本当にバカみたい。彼がわたしのことを好きだと思ってたなんて」

「だれのこと？」わたしはきいた。でも、もうわかってた。頭の隅の隅の隅っこで。もしかしたら、ずっとわかっていたのかもしれない。

クロエは親指で目の下をこすり、落ちたマスカラをぬぐった。「だれだと思う？」

はじまったのは十月だった、とクロエは言った。クロエは彼のマンションにいった。暖炉の両側にくくりつけの本棚のあるビクトリア様式の建物。貸したい本があると言われた。二人でレコードを聴いた。パスタをつくってくれた。クロエは親に図書館にいるとうそをついた。

大人びてる感じがする、と言われた。

「マリンから、二人のあいだにあったことを聞いたとき、めちゃくちゃ頭にきた」クロエは認めた。「マリンの説明の仕方──彼がどんなに不快だったか。わたしはそんなふうに思わなかったから。少なくとも、あのときは、そんなふうに感じなかった。わたしたちは……付き合ってるって思ってた」クロエが天井を仰ぐと、また涙がひと粒頬をすべり落ちた。「付き合ってる二人がするようなこともしてたし。そう──秋には彼とケープコッドに泊まりにもいった」

わたしは目を見開いた。「ええっ」

「だって断れる？」クロエは首を振った。「今ではバカだったってわかってる」

「バカだなんて思わない。ただ──その、ホテルに泊まったの？」

クロエは肩をすぼめた。「彼の家族が、別荘を持ってるのよ」

「でしょうね」髪をかきあげる。「ごめん、こんなこときくなんてクソだね。その──いつ？」

「カイラのところにいくっていった週末」

「やっぱり、そうか。週末にカイラのところへいくなんて変だと思ったんだ」その瞬間、妙だけど、自分がそこまでクロエのことをわかってなかったわけじゃないと証明された気がした。完全にだまされてたわけじゃないって。それから、そんな話じゃないことに気づいた。「親にはなんて言ったの？」

「修学旅行」クロエは情けない顔をした。「親が出す許可証とかぜんぶ偽造して」

「バイトのときにわたしがまずいことを言うかもしれないって思わなかったの？」

「思ったよ、あったりまえでしょ」クロエはハアッと息を吐いた。「怖くて死にそうだった。週末のあいだ、ずっとそればっかり考えてた。だけど、彼には言いたくなかったの。だって、思い出してほしくなかった――」

「十七歳だってことを」

「自分でもわかってる！」クロエはどなった。そのことに二人ともギクッとして、一瞬、黙る。次に口を開いたとき、クロエは声をぐんと小さくして、ささやくように言った。「マリンにはやさしくしようとしただけだって、そう言われたのよ」マニキュアはもうほとんどはがれていた。膝の上に、薄いピンクのかけらが散らばっている。「まったくそういう気はなかったのに、マリンが誤解しただけだとか、そういうことを。だけど、それから、別れようって言われた」

「だから、あんなに怒ってたんだ？」

クロエはうなずいた。「今は危険だからって、言われた。だから、わたしはマリンのせいだと思ったの。本当にごめん。これまでそういう映画とかテレビ番組とか本をさんざん見たり読んだりしてきたんじゃないの？　って感じだよね。だけど、そう思ってしまった。わたしと彼の場合はちがうって。そして、マリンを責めた。マリンに彼を取られたような気がした」

「そういうことだったんだ。もちろん、そのこと自体最低だけど、どういうことかは、やっとわかった」わたしは言った。

「マリンにこんなことを話すのは本当に嫌なんだけど、そのあと、またよりをもどしたんだ。でも、もうまえとはちがってた。彼がまえとはちがったのよ。それに、わたしも心の中では、彼がマリンになにかしようとしてるのは、わかってた。なのに……マリンの味方になるべきだったのに」クロエの声がうわずる。「マリンはわたしの親友なのに。なのにわたし――マリン一人にすべてを負わせてしまった」

わたしは首を横に振った。今、聞いたことを想像しそうになるのを、抑えこむ。「一人じゃなかったよ」クロエを安心させる。ママとパパやブッククラブのみんなやクレイン先生のことを考える。そして、グレイの顔が浮かんで、胸の奥がズキンと痛む。「だけど、クロエがそばにいないのは、さみしかった」

「うん」クロエは手首の付け根で涙をぬぐった。「わたしも」

わたしたちはしばらくブランコを漕いでいた。二人ともなにも言わなかった。冬も終わりに近づいた通りを眺める。となりの家のジェイデンが、おもちゃのショッピングカートをむきになったように押しながら、いったりきたりしている。三軒先では、ランカスターさんが雪で凍らないように歩道に塩をまいていた。

「彼のこと、言ったほうがいいかな？」しばらくしてクロエが言った。「ディオガルディ校長にってこと」

わたしは肩をすぼめた。「わからない。自分がいいと思うことをするしかないと思う。ううん、いいと思うことじゃなくて——最悪な中でもまだいちばんましなことって言ったほうがいいかも。あのときは、報告するのが正しいことだって思ってた。今も、それは変わらないかな。だけど、正直、言った価値はあったかなって。学校のみんなの半分はまだ、わたしのうそだと思ってるんだから」

わたしはディオガルディとのやりとりや、教育委員会のこと、そして、結局うまくいかなかったことを話した。こんなふうに言いたくないけど、でもきっとぜんぶクロエのせいにされる、って。

「報告するなとは言わない。それは、わたしがどうこう言うことじゃないし。だけど……本当にわからないの。大丈夫、報告すればうまくいくって、言えたらどんなにいいか」

クロエはしばらく考えていた。ジーンズに落ちたマニキュアのかけらを丁寧に払い落としている。

それから、パッと顔をあげた。

「ねえ！」こっちにむけられたクロエの顔に笑みのようなものが一瞬よぎる。「もっといい方法を思いついた」

〈ビーコン〉編集人から読者のみなさまへ

――真実を

マリン・ロスパト&クロエ・ニアルコス

ブリッジウォーター高校の生徒、教職員、および事務局のみなさん

ここ数週間というもの、さまざまなうわさを耳にされた方も多いでしょう。当ブリッジウォーター校で人気のある教師に対する疑惑です。みなさん、きちんとした情報と風評とを区別しようと努力してきたでしょうし、自分の経験から得た判断とほかの人が生きている現実とに折り合いをつけるのに苦労してきたかもしれません。これまで慕っていた相手が、尊敬に値しない人物かもしれないと言われても、なかなか受け入れられないものです。ましてや、憧れていたり、好意を抱いていたりすれば、なおさらです。

しかし、わたしたちは、ビーコン紙の共同編集人として、そして若きジャーナリストとして、本紙の品位を守り、ジャーナリズムの力をもって真実を語ることをお約束します。社会によりよい変革をもたらす報道の力を信じ、真実を伝えるという精神にのっとって、本日の記事を発表いたします。

当該教師に対する疑惑は、生徒と不適切な感情的かつ肉体的な関係を結んだというものです。彼は勉強を口実に生徒を自分の部屋へ招き、不適切な性的行動を起こしました。さらに、それを告発した生徒に対して報復しました。以上はすべて真実です。わたしたちはこの情報源に自信をもっています。なぜなら、情報源は、編集人であるわたしたちだからです。わたしたちは二人とも、この教師のそうした行為を直接経験しています。

　わたしたちはこの教師を信頼していました。この教師のことを尊敬し、魅力的でカリスマ性があると考えていました。それを、彼は利用したのです。わたしたちは特別な存在ではありません。彼が言ったように、「大人びている」わけでもありません。わたしたちは、彼の生徒なのです。

　わたしたちのうち一人が名乗り出て、彼のそうした行為を告発しました。ブリッジウォーター校の公式見解は、「信頼に足る情報が十分あるとは言えないため、当該教師は懲戒処分には値しない」というものでした。ですから、もう一人が、実は驚くほど似たような経験をしたことを打ち明けた際も、また同じような目にあうだけではないかと考えずにはいられませんでした。彼女もまた、ただ「勘ちがい」したと言われるのではないか。同じようにうわさの的になって苦しむのではないか。目立ちたいだけだと、非難されるのではないか。

　わたしたちが今日、読者のみなさんにこの記事を書いたのは、ブリッジウォーター校の暗部に光をあてるためであると同時に、同じような経験をした生徒がいるのではないかと考えたからです。前述の教師だけでなく、優位な立場にいる人間や、当校のほかの人物ということもあるでしょう。そうした生徒が安心して名乗り出られるようにと考えたからです。

わたしたちはあなたを信じます。

マリン＆クロエ

35

わたしたちの記事は次の週の月曜日に、〈ビーコン〉の一面に掲載(けいさい)された。わたしの停学が終わった、最初の登校日だ。わたしが編集作業を受け持ち、クロエはどうやったか知らないけど、ほかの部員に記事のことがもれないようにした。もちろん、ベックスにもだ。

停学が解けたとしても、今日の午前中、ベックスの授業を受けるなんて無理に決まってる。だから、三時間目のベルが鳴ると、わたしは外へ出た。春はそこまできていて、ひんやりとした空気には、湿(しめ)った海のにおいが混じっている。ぬかるんだグラウンドを横切り、野外観覧席をあがっていく。半分ほどのぼったところで腰(こし)をおろし、空を仰(あお)いで、生長しようとする草の芽のように昼の陽(ひ)ざしを浴びた。

どのくらいすわっていたんだろう。まぶたの裏にちらちらと光が躍(おど)っている。すると、グラウンドの反対側から、だれかがわたしの名前を呼ぶのが聞こえた。目を開くと、グレイが、すぐ下の50ヤードラインをまたいでくるところだった。広い肩(かた)の片方にリュックをひっかけ、松葉杖(まつばづえ)はもう持っていないけど、まだほんの少しだけ片足を引きずっている。一学期間まるまるいっしょにいて、ふだんの歩き方とかいろいろ知ってたからわかるけど、そうじゃなければ、気づかないくらいだ。

「グレイ」わたしは声を張って、片手をあげた。グレイは幅の広い金属の階段を慎重な足取りであがってきた。ユニフォームの上に校名の入ったパーカーを着て、片方の手首に例の歩数計をしっかり巻いてる。「また一日に二万歩歩いてるの？」

「近づきつつある」グレイは片方の唇のはしだけあげてほほえんだ。それから一瞬、いい？　ときくように立ち止まり、わたしがうなずくと、となりに腰をおろして長い脚を前に投げ出した。「記事、読んだよ」グレイはリュックから飛び出している〈ビーコン〉のほうへあごをしゃくった。「すごくよかった。もちろん、クロエがあんな目にあったのはクソだけど、二人とも最高に勇敢だったと思う」

わたしは笑みをつくった。「ありがとう」本当は、ぜんぜん勇敢だなんて感じていなかった。クロエが、ベックスにされたことを話せたのはよかったと思うけど。もしかしたら退学になるかもしれないと思うと、ちょっぴり怖かった。でも、気持ちを言えば、なにも感じてないというのがいちばん近い。映画のような瞬間を待ちつづけてる感じ。これまであったことをすべて乗り越えられる、っていうしるしみたいなことが起こるのを。すべて無事に終わるのを。でも、現実はもどかしく、甘くはなかった。今のわたしにできることは、一日一日を乗り越えていくことだけ。

しばらく二人とも黙って、二羽のカナダガンが神経を逆なでするような声で互いに鳴きかわしながら、よちよちとグラウンドを歩いていくのを眺めていた。冷たい風が、芽ぶきつつある枝を揺らしている。

ついにグレイがすっと息を吸いこむと言った。「母さんたちに、セントローレンス大にはいかないって言ったんだ」

「ほんとに？」わたしはパッとグレイのほうを見た。二人のあいだにあったことが、その一瞬だけ、消え去る。「お母さんたちはなんて？」

グレイは肩をすくめた。「まあ、大喜びってわけにはいかなかったかな。尋問みたいにいろいろきかれたよ。だけど、最終的には、お互い歩み寄って、地元のバンカーヒルかマサチューセッツ大の授業をいくつか取るなら（大学に入学せずに、授業を聴講（ちょうこう）するしくみがある）、ハーバービーチで仕事をしていいことになった。だから、そうするつもり」

「よかったね」反射的にグレイの腕へ手をのばし、はっとして、ぎこちなく手をおろした。「本当に、その、立派だと思うよ」

「ありがとう」グレイはちょっと恥ずかしそうにほほえんだ。「ほんとのこと言って、マリンのおかげでその気になれたところあるんだ。マリンが自分がどうなってもかまわない覚悟でできるんなら、少なくとも勇気を出して、母さんたちに大学ではスポーツはしたくないっていってくらい、言えるだろうって」

わたしは笑った。笑わずにはいられなかった。それから、うつむいて言った。「グレイ、ほんとにほんとにごめん」今度こそ手をのばし、指の先でそっとシャツに触れる。「その……ぜんぶ。わたし、最低だった。グレイはあんなによくしてくれたのに」

すぐさまグレイは首を横に振った。「マリン、そんな心配するなよ。マリンはあんなつらい目にあったんだから。な？」

「かもしれない」こんな簡単に自分を許すまいとする。「だけど、言い訳にはならない。グレイは本当に最高の彼氏だった。なのに、グレイにやつあたりして。グレイはぜんぜん悪くないのに。本当にごめん」

「マリン、本当にそのことはいいんだ」グレイは手を振った。「楽しかったしさ。だろ？」

「え、うん、そうだね」ほんの少し、心がざわつく。その言葉と、言いながら無頓着に肩をすくめた感じ両方に。新学期のはじめ、グレイに対して抱いていたイメージが呼び覚まされる。楽しいことだけを求めてる、ちょっと軽い感じのラクロス部の男子。ただ楽しかっただけじゃなかったはず。あのときわたしたちのあいだにあったのがなんにしろ。少なくともわたしはそう思ってた。でも、言い出すきっかけを逃してしまったのがわかった。「そうだね」もう一度言って、ジーンズからありもしない糸くずを取った。「楽しかったよね」

グレイはうなずいた。これでさっぱりして、よかったって感じで。「えっと、その、マリンはどうするの？」グレイはコホンと咳払いした。「秋からどうするかは、考えた？」

「アマースト大学」わくわくした感じで言おうとしたし、かなりそういう感じに近くなったと思う。アマーストもすごくいい大学だ。たしかに、おばあちゃんがいったところじゃないけど、アマーストに入れたのはすごくラッキーだったのはわかってる。「実は、昨日入学金も収めたところ」

「マリンならどこへいっても、うまくいくよ」グレイは当然のことのように言った。「アマーストならそんな遠くないしね」

はっとして彼のほうを見る。どういうつもりで言ったんだろう。ここからそんな遠くないということ？　それとも、彼から？　グレイのすごいところは、すごく楽に話せるってことだった。でも、今はどうすればうまく話せるかわからない。

「だね」慎重に言葉を紡ぐ。「そんな遠くないかな」

グレイはにっこりした。一瞬、なにか言おうとしたように見えた。もしかしたら、わたしが言おうとしたのかも——まだやり残したことがあって、二人ともそれを感じてるみたいな。でも、どちらも言葉を見つけられないまま、ベルが鳴った。

「あーあ、三角法のテストがあるんだよ」グレイは立ちあがって、リュックへ手をのばした。「気をつけて。記事のこととかいろいろさ。じゃ、また」

「うん。だね」そう答えたら、ふいに口をついた。「グレイ——」

「ん？」グレイが振り返る。「なに？」

わたしは口を開き、また閉じた。この数か月で失ったものの中で、これがいちばんわたしの胸をえぐる。

「ううん」ようやくそれだけ言う。「グレイも元気でね」

36

そのあとは、妙に静かに過ぎていった。クロエとわたしは、どんな大きな結果が降りかかってきてもいいように万全に準備していた。万が一退学になった場合に備えて、それぞれの大学に出す手紙までつくっておいたくらいだ。でも、観客席でグレイと話した以外は、だれも記事のことは言ってこなかった。フランス語の単語テストを受け、ランチはブッククラブのみんなと食べた。マイケル・シアすら、ちょっかいを出してこなかった。

心底ほっとしたのは、まちがいない。あの記事は、これまで書いた中でもいちばんリスクが高い。わずかに残された将来さえ犠牲にする覚悟はできていたけど、だからといって、それを望んでいるわけではなかった。

一方で、かすかな失望を感じずにはいられなかった。本当にみんなどうでもいいって思ってるってこと？

次の朝、クロエが迎えにきて、二人が気に入ってるpodcastの最新回を聴きながら学校へむかった。遠まわりしてスターバックスのドライブスルーでアイスコーヒーとちょっとパサついたクロワッサンを買って、学校の駐車場に着いたころには、去年の秋、まだなにも起こってなかったころにほぼもどったような気分になっていた。

でも、校舎に入ったとたん、その気分は吹き飛んだ。

この数週間で、わたしは南廊下に充満するエネルギー測定のプロになっていた。今朝は、まちがいなく、いつもとはちがうことが起こりつつある。空気にピリピリとした電気が走ってるのを感じる。ショーン・カンポーロの視線がわたしたちのあいだに入りこむ。アリー・チャオがひそひそとなにかささやく。

「なんなのよ、これ」思わずつぶやく。クリスマス休暇明けに学校へきた日がまたくりかえされてるみたい。氷のように冷たい感覚が背骨を這いおりていく。もう免疫はできたと思ってた。悪目立ちして、じろじろ見られることに。でも、これだけのことがあってもなお、そうじゃなかったらしい。

わたしは逃げ出そうとした。すぐに一時間目の教室にいくか、また外に取って返すか。そのとき、クロエががっつり腕を組んできた。

「大丈夫」七年間の付き合いで、すぐにわたしの気持ちを察したらしい。その声は完全に落ち着いていた。「なにがあっても、二人いっしょだから。ね？」

無理やりうなずく。「わかった」なんとかそう言ったら、意外にもほんの少し自信が生まれ、ほんの少しだけ背がのびる。「二人いっしょだもんね」
ロッカーへいって、教科書を出し、廊下を歩いていくと、ブッククラブの子たちがカフェテリアの外のラウンジにたむろして騒いでいるのが見えた。混んでいる廊下を縫うようにしてそっちへむかうと、エリサが満面の笑みを浮かべ、リディアがうなずくのが目に入る。

「ちょっと、まじめな話、これってどういうこと？」クロエにしか聞こえないくらいの声でつぶやく。

クロエが答えるまえに、事務管理室のほうからディオガルディ校長がくるのが見えた。てらてらしたブルーのボタンダウンのシャツが玉虫色に光ってるように見える。校長はわたしと目が合うと、手招きし、ホイッスルをくわえた。

わたしたちがそちらへいくと、校長はまたホイッスルを口から出した。「二人とも、ちょっと話せるかな？」

わたしは息を吸うと、クロエの部屋で練習したとおりに、用意していたことを話しはじめた。

「ディオガルディ校長先生、クロエとわたしは、今週の記事について校長先生が心配なさっていることについてはなんでもお話しするつもりです。でも、これだけはお伝えしておきます。あの記事を発表するまえに新聞部の部活動に関する文書に目を通したところ、学校側が編集方針に口を出すのは、はなはだしい違反があったときのみだとはっきり――」

ディオガルディ校長は首を横に振った。「その件ではない。いや、その件とも言えるが――」校長は顔にありありと苦悶の表情を浮かべると、またホイッスルを口に押しこんだ。「ベケット先生は解雇されたと伝えたかったのだ」

一瞬、言葉を失い、目をしばたたかせた。まさか……そんな話だとは予想もしてなかったから。

「本当に？」思わずそうききかえす。

ディオガルディ校長はうなずいた。「ほかにも、名乗り出た生徒が複数いる」校長はみじめな顔で言った。疲れ切った顔をしている。目の下に青白いクマができ、一日分の無精ひげがあごを覆っていた。これまでのことがなかったら、同情したかもしれない。「どうやら……われわれが把握していた以上に、ベケット先生には問題があったようだ。本校や、まえに勤めていた学校でも」

まえに勤めていた学校。ベックスに初めて送ってもらったとき、マンションで生徒たちに夕食をふるまったと言っていたのを思い出した。思わず首を振る。

「本当にやめたんですね？」まだなにか、落とし穴があるんじゃないかと思ってしまう。でも、ディオガルディ校長はうなずいた。

「即時解雇だ、まちがいない。もう二度と本校にはもどらない」

「すごい」夢にも思わなかったことが起こったのだ。「それって……すごい」

クロエはなにか考えているみたいだった。意外にもまだ不満そうな顔をしている。「では、ディオガルディ校長先生」そう礼儀正しく言って、首をかしげ、メガネの奥から鋭い目で校長を見る。「つまり、それは、マリンが最初、校長先生のところへいったときに、マリンの言うことを信じなかったのは、校長先生がまちがっていた、ということですよね？」

ディオガルディ校長は顔をしかめた。「それは、信じるとか信じないとかいう問題とはちがう」校長はクロエからわたしに視線を移し、またクロエを見た。「教育委員会は、その時点でこちらにあった情報に照らし――」

「そこには、マリンが校長先生にお話しした情報も含まれてたはずですよね？」

「それは……もちろんだ」ディオガルディ校長は認めた。「しかし、裏付けがなければ――」

「ということは、校長先生はマリンに謝らなければいけないと思うんですが」

ディオガルディ校長は言い返そうとしたように見えたが、次の瞬間がっくりと肩を落とした。

「すまなかった、マリン」まるでクリンゴン語（『スター・トレック』に出てくる宇宙人の話す言葉）をしゃべろうとしてるみたいに、その言葉はこわばってぎこちなかった。「この数か月間、きみがつらい思いをしたことは、わかっている」

それは、謝罪としてすばらしいとは言えなかったけど、校長が悪いと思っていようがいまいがどうでもいいことに、わたしは気づいた。わたしは真実を話した。そして、ベックスは解雇された。クロエとわたしはまた友だちにもどることができた。もっとひどいことになっていたっておかしくなかったのだ。

「ありがとうございます」夏の最高に暑い日におばあちゃんが出してくれたアイスティーのコップくらい冷ややかな口調で言う。「よくわかりました」

校長がいってしまうと、廊下を見まわし、それからクロエに視線をもどした。びっくりして喜んでいるその表情と、そっくり同じ表情をわたしは今、しているにちがいない。「一時間目はさぼって、朝ごはんを食べにいかない？　二人だけで？」

「それって」クロエは考えこんだように言う。「今年いちばんのアイデアかも」

わたしたちはまた腕を組み、駐車場へもどっていった。首のうしろに温かい陽ざしを感じながら。

37

金曜日の放課後、〈サンライズ・シニアホーム〉にいくと、ナースステーションにカミーユが立っていた。フンフンと静かに鼻歌を歌いながら、なにかの書類を書いている。今日のクロックスは派手なピンクだった。医療衣には、フラミンゴとオオハシがプリントされている。かたわらに置いてあるダンキンドーナツの巨大なアイスコーヒーのカップには、びっしり水滴がついていた。

「プレゼントがあるんだ」わたしはリュックをひっかきまわし、アマースト大学のTシャツを引っぱり出した。

カミーユはびっくりして口を開けた。「マリン、そんなことしてくれなくてよかったのに！」

「約束は約束だからね」肩をすくめて言う。「ブラウン大学のじゃなくて、悪いんだけど」

「なに言ってるの？」カミーユがニッと笑い、真っ白い歯をのぞかせる。「本当にすばらしいわよ。自分でもそう思ってるでしょ？」カミーユの両眉がクイッとあがる。

ちょっと考えてから、答えた。「そうだね、心の底からそう思ってる」

「よかった」カミーユは手をのばして、わたしの肩をぎゅっとつかむと、おばあちゃんの部屋のほうへあごをしゃくった。「なにかあったら言ってね。おばあさまは今朝はとても調子がよかったけど、念のため」

わたしはうなずいた。おばあちゃんがわたしのことをわからなかったあの日以来、一人でくるのは、今日が初めてだった。ママとはいっしょにきたし、そのあと、きたときは、グレイシーもついてきた。今、心臓がバクバクいっているのがわかる。廊下を部屋のほうへ歩いていく。

大丈夫、おばあちゃんなんだから。自分に言い聞かせる。**わたしのことがわかってもわからなくても、わたしにとって、おばあちゃんはおばあちゃんってことは変わらない。**

「おじゃまします」軽くドアをノックする。

「あら、マリン」

ハアッと息をつく。自分の名前を聞いて、ほっとした気持ちが体を突き抜ける。おばあちゃんは二人がけのソファにすわり、キャサリン・グラハムの伝記を膝に置いていた。麻のシャツドレスに、薄いピンクのカーディガンをはおっている。髪はまとめて首の根もとあたりで小さなおだんごにまとめ、口紅のラインはほんの少しだけゆがんでいたけど、それ以外はおばあちゃんそのものだった。

「パパがチャンベローネをつくったんだ」あいさつのキスをすると、タッパーの容器をかかげて見せる。イタリアのケーキで、子どものころよくおばあちゃんがつくってくれた。レモン風味で、ずっしりと重い。おばあちゃんの庭でケーキをぎゅっと握ってうろうろしてると、トニーおじいちゃんの飼ってたトイプードルのロラが、指のあいだからかじろうとしたのを思い出す。「おばあちゃんのレシピでつくったから、正直な感想がほしいって」

「あら、すてき！」おばあちゃんは心からうれしそうだった。「そのレシピは、おじいちゃんのお母さんからもらったの。その話はしたかしら？　あなたのひいおばあさんに当たるわけだけど、まあ、いい人じゃなかったわね。でも、料理については心得ていた」

わたしは笑いながらケーキを二人分切って、コーヒーテーブルに運ぶと、貝の形をした繊細なお皿の縁に指をすべらせた。「クロスワードはある？　練習したんだ」

その日はそんなふうに、クロスワードパズルをしたり、この数週間に学校であったことを話したりして、楽しく過ごした。春のパーティのために買ったドレスの話をしていると、ふいに、おばあちゃんの顔にどこか怯えたような不安げな表情が浮かぶのがわかった。「おばあちゃん、大丈夫？」

おばあちゃんはうなずいた。「ねえ」どこか責めるように、おばあちゃんは言った。「わたしもむかしはこれとそっくりのケーキを焼いていたのに」

わたしは唇を噛んだけど、なるべく表情を変えないようにして言った。「知ってるよ、おばあちゃん。だって、これはおばあちゃんのレシピだもん。覚えてる？」やさしく言う。

すると、おばあちゃんは目をぐっと細めた。おばあちゃんはいなくなってしまったのだと、すぐにわかった。

「おいしいよね？」おばあちゃんに思い出させようとするのはやめて、わたしはそう言った。おばあちゃんがこういう状態になったときは、無理にいろいろ言わないほうがいい。そう、ママがこのあいだの訪問のあと、説明してくれた。また準備ができたら、もどってきてくれる。それは、今日の午後かもしれないし、もっと先かもしれない。そして、いつか、もうもどってこられなくなるときがくる。「春みたいな味だね」

そのあとも、楽しくおしゃべりして過ごした。明るくて大きな声で。やっと夏がくること、〈サンライズ〉前のチューリップの花壇のこと。キャサリン・グラハムのこと、グラハムは大手新聞社の初の女性発行者だったとクレイン先生から聞いたこと。

おばあちゃんのほうは、わたしが話しているのを聞いているだけで満足そうだった。少しずつケーキを食べながら、時おり話が途切れると、まるで駅で会ったおしゃべり好きの他人にするみたいに礼儀正しくうなずいて相槌を打っていた。そろそろ帰ろうと立ちあがったとき、おばあちゃんがそっと手に触れた。

「あなた、いい方ね」やさしくほほえんでいたけど、ぜんぜん知らない人みたいに見えた。「あなたを見ていると、わたしの若いころを思い出すわ」

わたしは首をかしげ、ごくんとつばを飲みこんだ。「そう？」

おばあちゃんはうなずいた。「あなたはとてもいい娘さんね。だけど、いつもいい子にしていなきゃいけないわけじゃないのよ」それから、おばあちゃんはいたずらっぽく眉をあげた。「このわたしも、そうじゃないこともあったんだから」

一瞬、おばあちゃんはいつものおばあちゃんにもどったように見えた。わたしに初めての日記を買ってくれて、薔薇を育てて賞をとって、曇りひとつなく磨かれたステンレスのシンクで卵の黄身と白身を分ける方法を教えてくれたおばあちゃんに。

それから、おばあちゃんは目をしばたたかせ、またいなくなってしまった。わたしは手をくるりとひっくり返して、おばあちゃんの手を握った。そうっと。それから、手を離して言った。

「そうだね。それを忘れないようにするね」

エピローグ

フェミニスト・ブッククラブの最後の読書会は、六月初めの木曜日の暖かい午後に開かれた。クレイン先生の生物室の開け放たれた窓から風が入ってきて、外の木々は青々とした葉を茂らせている。

エリサのお母さんが、手づくりのタマーリ（トウモロコシの粉でつくった生地〔きじ〕でひき肉を包んで蒸〔む〕したメキシコ料理）を届けてくれた。わたしは、グレイシーに手伝ってもらってセブンレイヤーバー（グラハムクラッカーにチョコレートチップやココナッツやナッツ類を載〔の〕せて焼いたキャンディバー）をつくった。

課題本は、ワルサン・シャイアの『母に赤ん坊の産み方を教える』。選んだのはリディアだ。そのつながりで、ビヨンセの『レモネード』のPVも見た（シャイアはソマリ系イギリス人詩人。『レモネード』の歌詞にシャイアの詩の引用がある）。

教室のはじっこでノートパソコンをひらいてループ再生していると、マディとブリジットが隅で即興のダンスパーティを始めた。デイヴも『フォーメーション』（ビヨンセの曲）に合わせて、こっそり歌ってる。だれにも気づかれてないと思ってるみたいだけど。

「マリン、マリンのおかげでとてもいい活動が生まれたと思う」クレイン先生がセルツァー炭酸水の入った紙コップを片手にわたしの横へきて、静かに言った。

ブッククラブは来年も活動をつづけると、下級生たちが決めた。リディアがエリサを部長に推薦し、そのまま全員一致で決まった。

わたしがいなくなってもブッククラブが存続するのは、うれしかった。バカみたいだけど、でも、本物のレガシーをブリッジウォーター校にのこせたような気がしていた。ベックスをやめさせた生徒っていうだけじゃなくて。

もちろん、そっちもわたしのレガシーだけど！

クロエと両親はベックスを訴えた。クロエにとってはとてもつらいことだったけど、それが正しいことだと思ったから。

地元の新聞はベックスに関する特大記事を載せ、ブリッジウォーター校はこの状況にどう対処するのか、プレッシャーにさらされることになった。世間の人たちは、学校側の行動――というより、行動を起こさなかったことに驚きあきれた。

「今の時代、まだこんなことがあるなんて信じられない」みんなは言ったけど、それが現実ってことだと思う。今もまだ**こんなこと**はあるのだ。

教室を見まわし、胸がじわっと熱くなる。

今日はクロエもきてる。課題本は読んでないけど。

「本当に大丈夫だと思う？」ここにくるとき、廊下でクロエはためらった。「いきなりいっても平気かな？」

「本の集まりじゃないから」わたしはクロエの手をつかんで、教室に引っぱりこんだ。「えっと、本の集まりではあるんだけど、そうじゃないの」

今、クロエはエリサとビヨンセのPVのメイクアップアーティストのことを話している。きてよかったと思ってるのがわかる。

一人だけ、きていないのがグレイだった。

ため息をついて、クレイン先生に笑みにならない笑みをむけてから、食べ物の置いてあるテーブルのほうへいった。

もしかしたらグレイがなつかしんできてくれるんじゃないかと思ってた。これが最後の部活なんだし。でも、わたしが彼を遠ざけてしまったのだ、永遠に。

たしかにあの日、観客席で彼に謝ったけど、謝るだけじゃ足りないこともあるって、わたしはだれよりもよく知っているのに。

悲しみをタマーリに沈めようと手をのばしたとき、うしろのドアが開くのを感じた。

振り返ると、制服にホワイトソックスのキャップをかぶった彼がいた。初めてクラブにきたときみたいに唇の片はしだけあげて、どこかきまり悪そうな笑みを浮かべている。でも、わたしと目が合うと、ニッと笑った。

わたしも笑みを返した。顔じゅうで笑って。

わたしたちの物語は、これからどうなるにしろ、まだ終わっていなかった。

「遅れてごめん」グレイはちょっと恥ずかしそうに肩をすぼめた。「最後まで読まなきゃいけなかったからさ」

訳者あとがき

マリンは十七歳の高校生。部活は新聞部に所属し、最高学年の今は中学からの親友クロエと共同編集者をつとめている。将来の夢はジャーナリスト。彼氏のジェイコブは強豪のラクロス部の部員で、読書と映画鑑賞が好きなマリンとは少し趣味がちがうけど、うまくいってるし、今は、大学受験が目前に迫り、大好きな祖母と同じ名門ブラウン大学に進学しようと、勉強や課外活動に忙しい。とうぜん小さな悩みはいくつかあるけど（勉強が大変！　校則が窮屈！）、全体的には充実した学校生活を送っている。

　でも、本当に「小さな悩み」しかない？　そう、ある事件をきっかけにマリンは気づいてしまうのだ、女子にだけ適用されるルールがあることに。

　少しくらいメイクしたら？　足の毛は剃らないとね。メイクが濃すぎ。スカート短すぎ。体にぴったりした服や、細いストラップのタンクトップとか、あ、ハイソックスも禁止ね。だって、男子の気が散るでしょ。胸もおしりも！　男子の気が散っちゃうんだってば！

ピザは食べられないとかいう女子はかんべん。じゃあ、シェイクも？　それはちょっと。うわ、太った？　がりがりだと女らしくないよ。あんまりグラマーだと、太って見えるよね、存在感ありすぎっていうか。ああこれ、あなたの健康を心配して言ってるのよ。
おもしろい女子がいいよね。あ、でも目立ちすぎはダメ。頭もよくないと。でも、あんまりよすぎてもね。黙ってばかりじゃダメだって。え、それ、主張しすぎ。ほら、よゆうもって。ぴりぴりしないの。サバサバしてて男っぽくていいよね。やだ、そこまでやったら男そのものだから！

校内新聞でこの記事を発表したとたん、マリンは学校で浮いてしまう。それまではちゃんとほどほどにおしゃれして、ほどほどにダイエットして、ほどほどに遊ぶけど、決して羽目を外しすぎないよう、目立ちすぎないようにしてきた。でも、本当に思っていることを書いたとたん、主張しすぎる、フェミニストすぎる女子になってしまったのだ。

日本でも、「メイクは女性の身だしなみ！」とか「すっぴんは失礼」のような（謎）ルールを一度は耳にしたことがあると思う。でも、一方で、「厚化粧はだめ」「濃いメイクは嫌われる」というのも、同じくらい目にする。太っている女の子に対する悪口もしょっちゅう見るけれど、痩せすぎている（とか、バストがない）女の子は魅力がないというのだって、やっぱり同じくらい聞く。

ジェンダーのダブルスタンダードもある。例えば、男性がリーダーシップを発揮すると「積極的で頼もしい」とプラス評価になるのに対し、女性が同じ行動をとると「出しゃばり」とか「目立ちたがり」といったマイナス評価になりがちなことは、よく知られている。だから、マリンは大学入試の面接で誉められたときに、一瞬、「あまり自信たっぷりに見られたくない」と思い、反応に躊躇してしまうのだ。

それでも、マリンは記事を書いた。それは、最初に書いたように「ある事件」がマリンを変えたからだ。

新聞部の顧問ベックスは、マリンがいちばん好きな英文学の授業の教師でもある。ほかの先生たちとはちがってフレンドリーだし、学生時代モデルをやっていたといううわさもあって、生徒たちの人気も高い。マリンとクロエも例外ではなく、しょっちゅう二人でベックスのうわさ話をしては、もりあがっていた。けれど、ある日、貸してもらう約束をしていた本を取りにベックスのマンションにいって……。

今どき、「彼女が家にきたら、OKってこと」「セクシーな服を着ていたから、そういう目にあってもしょうがない」なんて言う人はいない！　と信じたい。でも、実際はどうだろう。残念ながら、日本は性犯罪についてはとても甘い国だ。例えば、性交同意年齢（キスなどを含む性行為への同意を自分で判断できるとみなされる年齢のこと）が十六歳に引きあげられたのは、つい昨年（二〇二三年）【注1】。それまでは、なんと明治時代からずっと十三歳のままで、先進国ではいちばん低かった。つまり、十三歳以上の場合、たとえ相手がずっと年上だったり立場が上だったりして「ノー」と言いにくかったり、無理やりお酒を飲まされたなどで、「ノー」と思うこと自体が難しい状況だったりしても、それは考慮されなかった。暴行や脅迫など「抵抗できない理由があった」ということを、自分で具体的に説明できない場合はすべて、性的行為に「同意した」とみなされてしまっていたのだ。

それが、今回の性犯罪に関する刑法の改正案成立により、ようやく「同意のない性的行為は犯罪」とはっきり示されるようになった【注2】。相手がいやと言えなかったり、抵抗できない状態だったりしたときに、性的行為をすれば罪に問われることになったのだ。遅い！　と言いたいし、事実、先進国を対象にした調査でも、日本は性犯罪に関する規定がもっとも遅れていた（る）国だ【注3】。

では、なぜ法改正が成立したか。大きな役割を果たしたのは、二〇一九年からはじまった「フラワーデモ」だろう。二〇一九年に性犯罪で起訴された被告人が無罪になることが相次いだ。それを知った人々が、被害者に寄り添い、反性暴力の声をあげるために、花をもって東京駅に集まったのだ。この運動は、福岡、大阪、名古屋、仙台、札幌などへ広がり、「フラワーデモ」と呼ばれるようになる。デモは毎月十一日に行われ、二〇二〇年には全国四十ほどの都道府県で開かれた。女性たちが声をあげたことで、社会を動かしたのだ。

「女性たち」と書いたけれど、フラワーデモでは男性も声をあげている。かつては、「据え膳食わぬは男の恥」などということわざもあったけれど、男性にも「ノー」と言えない状況はたくさんある。それは、近年明らかになった芸能事務所の問題からも明白だ。けれど、男性に対する強姦罪がようやく認められたのは、二〇一七年である。

遅まきながらも法改正が進んだのは、声をあげた人たちがいたからだ。マリンも、冷笑されたり、「わたしだったら、だれかの人生を破滅させたりしない」「感情的」「媚びを売ってた」などと言われる。一方で、声をあげたことで、理解してくれる人、賛同してくれる人がだんだんと集まり、彼女の力となったのだ。

作者のキャンディス・ブシュネルは、大ヒットシリーズドラマ『セックス・アンド・ザ・シティ』の原作者として有名。ＳＡＴＣは、フリーランスのジャーナリストとして新聞に書いたコラムがもとになっている。そのエッジの利いた文章と、時代のトレンド、今の空気を描く技量は、今回の作品でもいかんなく発揮されている。ケイティ・コトゥーニョはヤングアダルト作品を中心に数々のベストセラーを出している作家。ふたりのコラボレーションは楽しかったと、ブシュネルはインタビューで答えている。

ライオットガールだったマリンのおばあちゃんや、マリンをそっとサポートしてくれるクレイン先生など、魅力的な登場人物も多い。それから、ぜひ注目してほしいのが、マリンたちがブッククラブで取り上げる本。授業で読むジョン・チーヴァーの『泳ぐ人』やヘミングウェイの『武器よさらば』もだが、マーガレット・アトウッドの『侍女の物語』や、カルメン・マリア・マチャドの『彼女の体とその他の断片』、ヴァージニア・ウルフの『自分ひとりの部屋』（マリンとグレイは、最初の数十ページは「退屈！」と言っているけど、それはそれで面白い）。クレイン先生がマリンに貸したロクサーヌ・ゲイの『バッド・フェミニスト』も、二〇一四年の出版当時大きな影響を与えた本だが、近年では、それに対する批判の声もある。フェミニズムは常にアップデートされているのだ。

　アップデートされれば、学んで、アップデートすればいい。マリンも過去の自分を振りかえって、後悔したことはたくさんある（例えば、同級生の「男子にだらしない」ディアナの悪口を言っていたこととか）。でも、少しずつアップデートして、「自分でいいと思うこと」を考え、実行する勇気が持てたし、これからもまたアップデートしていくだろう。訳者であるわたしはとっくに大人だけれど、マリンと同じように、アップデートしつづけていきたいと思う。

　最後になりましたが、快く質問に答えてくださったキャンディス・ブシュネルさんと編集の荻原華林さんに心からの感謝を！

三辺律子

注1　相手が十三歳未満である場合、または相手が十三歳以上十六歳未満の子どもで、行為者が五歳以上年長である場合、性交等やわいせつな行為をすると、「不同意性交等罪」や「不同意わいせつ罪」として処罰されるようになった。ちなみに、アメリカの性交同意年齢は州によって異なるが、十六〜十八歳。

注2　二〇二三年、「強制性交等罪」は「不同意性交等罪」になり、「暴行」「脅迫」「障害」「アルコール」「薬物」「フリーズ」「虐待」「立場による影響力」などが原因になって「同意しない意思を形成したり」（ノーと思うこと）、「表明したり」（ノーということ）、「全うしたり」（ノーをつらぬくこと）することが難しい状態で性交等やわいせつな行為をすると、「不同意性交等罪」や「不同意わいせつ罪」として処罰される。

注3　例えば、
法務省「諸外国の性犯罪に関する処罰（概要）（注1）」https://www.moj.go.jp/content/001318167.pdf
国際人権ＮＧＯヒューマンライツ・ナウ「性犯罪に関する各国法制度調査報告書」https://hrn.or.jp/2019_sex_crime_comparison/
等の調査を参照。

キャンディス・ブシュネル　Candace Bushnell

ベストセラー作家。主な作品に『キャリーの日記』『セックス・アンド・ザ・シティ』『セックス・アンド・ザ・シティ新章』『リップスティック・ジャングル』『サマー・アンド・ザ・シティ』などがあり、いずれもミリオンヒットとなった。『セックス・アンド・ザ・シティ』は映像化されて世界的人気を博し、シリーズとなる『キャリーの日記』『セックス・アンド・ザ・シティ新章』のほか、『リップスティック・ジャングル』もドラマ化されて話題を呼んだ。現在はニューヨーク市とサグハーバーに暮らす。

ケイティ・コトゥーニョ　Katie Cotugno

ベストセラー作家。主な作品に『You Say It First』『99 Days』『Fireworks』『How to Love』などがある。エマーソン大学で執筆、文学、出版について学び、レスリー大学で小説のMFAを取得した。アメリカのもっとも優れた短編小説や詩、エッセイなどに贈られる文学賞、プッシュカート賞にノミネートされるなど、文芸誌でも高い評価を受けている。ボストン在住。

三辺律子　Ritsuko Sambe

英米文学翻訳家。訳書に『エヴリデイ』（デイヴィッド・レヴィサン作）、『タフィー』（サラ・クロッサン作）、『マンチキンの夏』（ホリー・ゴールドバーグ・スローン作）、『かわいい子ランキング』（ブリジット・ヤング作）、『ライオンと魔女とようふくだんす』（C. S. ルイス作）、「ズィーラーン国伝」シリーズ（ローズアン. A. ブラウン）ほか多数。共著に『BOOKMARK　翻訳者による海外文学ブックガイド』『はじめて読む！　海外文学ブックガイド』など。

ガールズ・ルール　愛（あい）され女子（じょし）でいるには

2024年10月8日　初版発行

作　キャンディス・ブシュネル、ケイティ・コトゥーニョ
訳　三辺律子

発行者　吉川廣通
発行所　株式会社静山社
〒102-0073　東京都千代田区九段北1-15-15
電話 03-5210-7221　https://www.sayzansha.com
印刷・製本　中央精版印刷株式会社

装画　須藤はる奈
装丁　坂川朱音
組版　マーリンクレイン
編集　荻原華林

Japanese text ©Ritsuko Sambe 2024　Printed in Japan　ISBN978-4-86389-759-5